KB260570

이주문화연구총서 1

민족의 기억과 재외동포소설

김형규

박문사

시작하는 말

　재외동포문학 연구를 본격적으로 시작한 것은 지난 2004년 하반기 숭실대 학진 연구 과제에 참여하면서부터다. 이때 재일동포 한국어 문학, 정확히 말해 총련계 재일조선인 문학에 대한 자료 수집과 연구를 진행했고, 이후 아주대 인문과학연구소의 공동연구에 참여하면서 중국조선족 문학에 대한 연구 또한 진행하게 되었다. 이를 계기로 지난 몇 년간은 공동 및 개인 연구 과제를 중심으로 재외동포문학에 대한 연구에 매달려 왔다. 이 책은 그동안 진행해 온 연구의 중간 결산이라 할 수 있다.

　처음에 재외동포문학에 대한 연구를 시작할 때는 우리 문학사에서 잘 알려지지 않은 자료를 발굴, 소개함으로써 문학사의 빈자리를 메워 보고자 하는 의도가 컸다. 재일동포 문학이든 중국조선족 문학이든 정도의 차이는 있지만 이념적인 편견, 국가적 역학관계 등에 영향 받아 간헐적·제한적으로 소개된 수준이었기 때문이다. 재일동포 문학의 경우 일본 문단에서 대중적인 주목을 받은 작가나 작품만 일문학계에 소개되고 있었을 뿐 총련계 한국어 문학은 북한 문학의 아류

쯤으로 치부되어 외면되어 왔고 중국조선족 문학의 경우 중국의 개방과 한중 수교 이후 사회적으로 교류가 활성화됨으로써 그나마 그들의 문학에 대한 관심이 커졌지만 이마저도 부분적이거나 일회적인 차원에 그친 감이 없지 않았었다.

중국과 일본의 재외동포문학이 우리의 식민지 경험과 근대 국가 성립이라는 역사적인 과정과 밀접한 연관 아래 있음은 자명하지만 그들의 문학이 담고 있는 삶의 경험과 인식은 혈연과 기원으로 환원되는 당위적 차원에 그치지 않는다. 그들의 삶은 우리 민족의 역사적 시련 가운데 가장 암울했던 시기를 기억하고 있으며, 그 과정은 선택이 아닌 생존을 위한 처절한 노력과 욕망의 과정이었기 때문이다. 그들이 여전히 강력하게 부여잡고 있는 민족은 우리의 굴곡진 역사와 동화와 배제의 압력이 역동적으로 얽힌 현실의 결과물이며 그러한 현실에 대한 대응방식이다. 특히 끊임없이 중국인화, 혹은 일본인화를 강요하는 타국의 국민적 질서 안에서 우리말을 통해 민족적 지향을 확인하고 강조하고자 하는 노력은 일면적으로 평가하기 어려운 그들 삶의 내면적 깊이와 맞닿아 있다. 다소 과거 지향적이며 혈연적인 느낌에도 불구하고 본서의 제목에 '민족의 기억'이란 용어를 굳이 내세운 이유도 그들이 지나온 삶과 문학의 역사적 깊이를 다시 한번 환기하기 위해서다.

본서의 1부 '재외동포문학의 특수성과 현황'에 실려 있는 두 편의 글은 재일동포 한국어소설과 중국조선족 소설의 기본적인 특성을 이해하고자 시도한 논문이다. 「조국 표상을 통해 본 '재일(在日)'의 존재론과 가능성」은 총련계 재일동포의 예민한 조국 지향이 어떻게 변모되고 소설적으로 인식되고 있는가를 소설의 전반적인 전개를 통해 확인한 글이다. 그들은 비록 북한의 해외공민으로서의 자의식이 확고하지만 그들의 조국지향은 이념을 넘어서는 역사적 배경을 가진다. 또한 북한 중심의 국가 지향도 최근 들어서는 분단 이후를 지향하는 미래적 가능성이란 차원에서 균열되고 있다. 「중국조선족 소설의 연구 현황과 현재적 의의」는 그동안 간헐적으로 소개된 중국조선족 문학에 대한 연구 성과를 정리해 본격적인 연구의 방향을 가늠하고 의의를 찾아보고자 한 글이다. 만주 지역을 삶의 터전으로 한 중국조선족 소설은 우리 민족의 역사적 현장으로서 만주 공간의 기억과 지위를 복원할 수 있다는 점에서 의의가 있다. 동시에 다양하고 복수적인 문화적 가치들의 교섭과 혼성을 통해 주류적인 한족(漢族) 문화나 모국의 문화 권력의 중심으로부터도 탈영토화(déterritoralisation)를 지향한다는 점에서도 의의를 찾을 수 있다.

2부 '역사적 기억의 변용과 국가주의'에서는 주요 시기별 소설의 특성을 정리해보고자 했다. 「조선 사람으로서의 자각과 '재일(在日)'의 극복」은 문예동의 단편 소설들을 대상으로 재일동포가 처한 정주와 지향이라는 존재의 이중성이 민족의식의 자각으로 통일되는 방식에 대해 고찰했다. 문예동의 소설에서 '재일(在日)'의 상황, 즉 재일조선인이 처한 조국 지향과 일본 정주라는 이중성과 괴리는 강한 북한 지향을 통해 극복된다. 이는 민족의식과 집단적인 기억을 관념적인 의식의 차원에서 강조하는 방식으로 주로 이루어진다. 결국 구체적인 현실, 다시 말해 정주성이 상대적으로 배제, 약화됨으로써 객관적인 현실인식과의 거리가 멀어지게 된다. 「재일본조선문학예술가동맹의 소설에 나타난 귀국 운동과 '재일(在日)'의 현실」은 1960년대 초반 주로 이루어진 북한으로의 귀국 운동을 형상화한 소설을 통해 귀국 운동의 동력과 '재일(在日)'의 특수성을 이해해보고자 했다. 이를 통해 우선 북한으로의 귀국 운동 자체가 복잡한 정치적인 배경을 가지고 있지만 재일동포의 구체적인 삶 또한 귀국 운동의 필요성과 동력을 구성하는 배경임을 확인했다. 그리고 문예동의 소설은 바로 이러한 구체적인 삶에서 나온 귀국에 대한 관심을 북한에 대한 관심과 지향으로 전화하는 과정을 반영하면서 동시에 혼란스러운 존재 조건 속에서 자기 정체성을 확인하고자 하는 적극적인 의지 또한 반영하고 있음을 확인했다.

「탈식민 지향과 새로운 국가관-중국 조선족의 초기 단편소설의 의미에 대해」와 「1960~70년대 중국 조선족 소설과 소수민족주의의 확립」은 각각 중국 건국 직후부터 반우파 투쟁이 시작되기 직전, 반우파 투쟁시기부터 문화대혁명에 이르는 시기까지를 대상으로 하여 중국조선족 소설의 전개 양상과 특징을 파악한 논문이다. 조선족의 초기 소설은 변화의 양상을 구체적으로 다루면서 사회주의적 통합을 통해 중국 지향이라는 안정적인 선택과 정립의 과정을 보인다. 이는 식민지적 삶에서부터 비롯된 억압된 주체의 복원이라는 탈식민 지향이 중국 사회주의와 결합함으로써 구체적인 가능성을 획득하고, 또 그것이 어느 정도 실현됨으로써 중국이라는 국가적 경계 안에 자리 잡은 한민족 문학으로 자신의 위상을 만들어 가기 시작한 것으로 볼 수 있다. 그리고 반우파 투쟁 이후부터 문화대혁명기에 이르는 시기 중국 조선족의 소설은 중국 공민으로서 자기 위상을 소설적으로 형상화함으로써 중국화가 전면적으로 이루어지는 시기라고 할 수 있다. 이때의 중국화는 조선족이 역사적으로 지니고 있던 민족적 성격과 특성이 중국의 소수민족으로서의 성격과 특성으로 변화하는 과정이기도 하다. 이런 점에서 조선족 문학의 이중성은 대등한 관계로 대립하는 국가(국적)와 민족의 관계에서 오는 것이 아니라 국가 통합이라는 전체와 이에 대해 부분적으로 이질적인 성격을 가지는 소수민족주의의 관계라는 점을 환기할 필요가 있다.

3부는 재일동포의 다룬 영화 <고(GO)>와 <우연하게도 최악의 소년>, 다큐멘터리 <우리학교> 그리고 중국조선족 작가인 김창걸 등을 각각의 대상으로 하여 민족정체성과 자기 확인의 문제, 그리고 이들의 관계에 대해 검토한 글들을 모았다. 재일 3,4세대들에게 뿌리와 생활의 갈등이라는 정체성의 혼란은 부모세대보다 더욱 혼돈스런 상태로 전면화 된다. 이러한 상태는 집단적 정체성에 억압되어 온 개인의 차원에서 자기 확인의 문제, 즉 자아성숙을 위한 통과의례라는 성장의 과정과 결부되는데, 영화 <고(Go)>와 <우연하게도 최악의 소년(偶然にも最惡な少年)>은 모두 이러한 차원의 성장과 관련이 있다. 다큐멘터리 <우리 학교>는 일본의 민족학교에 대한 최초의 구체적인 기록이라 할 수 있다. 성장기에 놓여 있는 조선인 학생들의 모습에 초점이 맞춰져 있지만 재일조선인을 둘러싼 현재 우리 민족의 디아스포라에 대한 이야기이기도 하다. 식민주의 경험의 연장선에서 생겨난 재일조선인의 역사와 현실, 재일조선인을 둘러싼 우리의 편견, 그리고 근대 식민주의의 청산과 관계된 국가적 민족주의의 문제 등 여러 가지 크고 중요한 문제들을 제기하기 때문이다. '자이니치'란 분열된 자아의 통합은 '재일'의 특수성을 고정적인 것으로 인식하고 있는 현실의 모든 인식과 규범에 대한 도전과 탈구축을 통해서 가능할 것이다. 일본 사회의 내셔널리즘이나 모국 중심적 민족주의를 상대화하는 탈중심의 성장, 탈국가적 성장과 함께 할 때 '자이니치'의 진정한 자기 성장도 가능하다. '성장'을 다루는 재일의 서사는 바로 이러한 차원에서 도그마를 제기하고 이를 제거하기 위한 구체적인 시도라는 점에서 의의가 있다. 김창걸은 일제말기의 재만문학

(在滿文學)과 현재 중국 조선족문학에 걸쳐 위치하고 있는 작가라는 점에서 중국 조선족 문단에서뿐만 아니라 재외한국문학이라는 차원에서도 관심의 대상이 될 만한 작가이다. 그의 소설은 작중인물을 중심으로 한 구체적인 개인의 서사가 사회주의 사상을 매개로 당위적인 집단의 서사로, 그리고 자기 확인의 욕구가 바탕이 된 주관적인 회상의 서사로 변모하는 양상을 보인다. 김창걸 소설은 많은 부분 작가의 물리적 체험에 기반하고 있어 주관적이고 과거 지향적이라는 아쉬움이 있지만 이주 조선인으로부터 현재 중국 조선족에 이르는 현실인식, 특히 만주라는 역사적인 삶의 현장에 대한 인식과 변모과정을 보여준다는 점에서 의의를 지닌다.

책을 마무리 하면서 돌아보니 재외동포의 삶을 이해할 역사적인 안목도, 그들의 문학을 통찰할 지식도 필자에겐 턱없이 부족함을 절감한다. 자료적 가치를 소개하겠다던 애초의 의도에도 여전히 미치지 못한 채 아직도 갈 길이 멀다. 그럼에도 불구하고 부족한 글을 책으로 마무리하는 과욕을 부리는 것은 이쯤에서 한 단락 지워 새로운 차원으로 한 걸음 더 나가기 위함이다. 좀 거창하게 말한다면 우리 문학사의 빈자리를 채우는 과거적 의의에 그치지 않고 재외동포문학이 지닌 미래적 가치의 규명에 초점을 두기 위한 전환이라 하겠다. 이는 아직도 국가라는 경계 안에 머물고 있는 우리의 생각보다 훨씬 빠르게 진행되는 경제 통합과 문화의 세계화 흐름에 재외동포문학이 국가적 경계와 탈국가적 지평을 동시에 조망할 수 있는 효과적인 도구가 될 것이라는 기대에 근거한 것이다.

그동안의 연구 성과를 갈무리 한 이 작은 책이 나오기까지 직간접적으로 여러 선생님들께 많은 은혜를 입었다. 그 중에서도 짧게는 10년 길게는 20년 넘게 물심양면으로 살펴 주신 송현호 선생님의 가르침에 힘입은 바가 크다. 선생님의 배려와 질책이야말로 여기까지 올 수 있었던 가장 큰 원동력이었다. 그리고 학문의 길에서 부족하고 미약한 발걸음을 이어오는 데에는 조창환 선생님, 한승옥 선생님, 우한용 선생님, 조광국 선생님의 독려가 든든한 밑바탕이 되었으며 최병우 선생님의 조언이 중요한 길잡이가 되었다. 함께 일하고 공부했던 여러 선배와 동학들 역시 부족함을 깨닫고 분발하게 만든 동력이었다. 모든 분께 감사드린다. 아울러 무엇이든 이해해주시고 격려해주시는 부모님과 항상 웃음을 잃지 않는 딸에게 고맙고 미안하단 말을 전하고 싶다. 책을 마무리하는데 힘써 주신 도서출판 박문사 윤석원 사장님과 이혜영 계장께도 감사의 말씀을 빼놓을 수 없다.

2009년 10월 먼내골 연구실에서
저자 김형규

본서에 실린 글들은 관련 학회에 발표했던 글들을 수정한 것이다. 원문의 발표 서지는 다음과 같다.

- 조국표상을 통해 본 '재일(在日)'의 존재론과 가능성(『한국문학이론과 비평』, 한국문학이론과 비평학회, 2009.09)
- 중국 조선족 소설의 연구 현황과 현재적 의의(『현대소설연구』29, 한국현대소설학회, 2006.03)
- 조선 사람으로서의 자각과 '재일(在日)'의 극복(『한중인문학연구』14, 한중인문학회, 2005.04)
- 재일본조선문학예술가동맹의 소설에 나타난 귀국 운동과 '재일(在日)'의 현실(『한중인문학연구』15, 한중인문학회, 2005.08)
- 탈식민 지향과 새로운 국가관–중국 조선족 초기 단편소설의 의미에 대해(『한중인문학연구』19, 한중인문학회, 2006.12)
- 1960~70년대 중국 조선족 소설과 소수민족주의의 확립(『현대소설연구』40, 한국현대소설학회, 2009.04)
- '자이니치[在日]'의 재발견. 통과의례 서사의 두 가지 양상–영화 〈고(GO)〉와 〈우연하게도 최악의 소년〉으로 본 '재일(在日)'서사의 의미(『내러티브』12, 한국서사학회, 2009.01)
- 다큐멘터리 〈우리 학교〉와 재일조선인의 굴레(『시와문화』3, 시와문화사, 2007.09)
- 김창걸 소설 연구(『한중인문학연구』21, 한중인문학회, 2007.08)

CONTENTS

01 재외동포문학의 특수성과 현황

02 역사적 기억의 변용과 국가주의

03 민족 정체성과 자기확인의 서사

01

재외동포문학의 특수성과 현황

민족의 기억과 재외동포소설

이주문화연구총서 1

1 | 조국 표상을 통해 본 '재일(在日)'의 존재론과 가능성

1. '재일(在日)'의 존재론과 이산(離散)의 상상력

재일동포[1] 사회는 근대 제국주의 전쟁을 중심으로 한 동아시아의

---

1) 1990년대 이후 일본 사회의 다민족화가 광범위해지면서 재일동포 사회도 식민지 시기 이민자만이 아닌 '뉴커머(new commer)'라 불리는 신이민 집단도 한 부분을 차지하게 된다. 하지만 여기서 재일동포는 구이민자, 즉 일제 식민 시기를 역사적 배경으로 하여 일본에 정주하게 된 한민족과 그 후손을 의미하는 용어로 한정하여 사용한다. 이들에 대한 명칭은 역사적·존재적 특수성을 부각시키기 위해, 다시 말해 식민지배의 역사적 배경과 그로 인한 조선민족의 차별적 지위를 강조한다는 점에서 '재일조선인'이란 용어가 선호되기도 한다. 하지만 '조선'이라는 용어는 '한 국'이란 용어에 대응되는 국적 개념과 혼동될 여지가 있다. '재일한인'이란 용어도 마찬가지이다. 재일동포 사회 내부에서는 '재일한국·조선인'이란 용어도 사용하 지단 이는 현재의 국가적 경계를 민족 집단의 표지에 편의적으로 적용한 것으로 민족 개념 또한 이분하고 있다는 지적을 피하기 어렵다. 본고에서는 국적이나 국 가 개념보다는 탈정치적 차원에서 민족의 의미를 강조하기 위해 재일동포로 통칭 한다. 거주국의 국적이나 분단된 모국의 국적에 따른 구분에서 벗어나 역사적 특

국제적 역학 관계에 의해 파생, 형성되었다. 여기서 동아시의 국제적 역학관계는 근대적인 차원에서 남한과 북한 그리고 일본이 국가적 경계를 분명히 하게 되는 일련의 역사적 과정이라고 할 수 있다. 재일 동포 사회의 형성은 바로 이러한 역사적 과정, 즉 한반도와 일본에 근대적인 국가 체제가 확립되고 강화되는 과정과 궤를 같이 한다. 일본 제국주의와 조선의 식민지, 종전 이후 일본에 대한 미군정과 한반도의 분단 등 일본과 남북한의 국민 국가 체제를 확립하는 역사적 사건과 흐름에 첨예하게 맞물려 재일동포라는 특수한 민족 집단이 형성되는 것이다. 이에 따라 재일동포의 사회적 지위와 성격은 국가적 이해관계에 바탕을 둔 역사와 정치 그리고 사회적 상황에 의해 직접적으로 규정받아 왔다. 현재까지도 지속되는 이러한 상황은 일반적인 이주 현상이나 다른 지역 재외동포와는 상이한 특수성이다.

조선인의 일본으로의 집단 이주는 한일합방 이후에 주로 이루어졌는데 이주의 주된 동기는 일본 제국주의와 식민지라는 국가적 종속 관계에 기반한 경제적, 정치적 요구였다.[2] 또한 조선으로의 귀환이 허용되던 해방 직후에 60여 만 명의 재일동포가 일본 잔류를 선택하게 된 데에도 종전 이후 일본에 대한 미군정의 통치 정책과 해방 직후 조선의 불안정한 상황이 중요하게 작용했다. 이렇게 재일동포에

수성과 민족적 기원에 입각해 일본 거주 한민족을 포괄하기 위해서다. 다만 북한 지향이 뚜렷한 총련계 재일동포만을 지칭할 경우에는 '재일조선인'이란 용어를 사용할 수 있을 것이다. 하지만 이들도 기본적으로 재일동포라는 범주 안에서 논의되어야 한다는 것이 필자의 생각이다. 이에 따라 본고에서 대상으로 하는 재일본 조선문학예술가동맹의 작품 또한 재일동포문학이란 용어로 포괄하겠다.

2) 일본으로의 유입이 급증한 1920년대와 1930년대 후반은 각각 농민층의 몰락으로 인한 노동 이주와 전시 병력과 산업 유지를 위한 강제 이주에 의한 것이다. 해방 직전 일본 내 조선인의 수는 2백만 명이 훨씬 넘는 것으로 추정된다.(강재언·김동훈, 『재일 한국·조선인-역사와 전망』, 하우봉·홍성덕 역, 소화, 1995, p.29~30.)

게 주어진 이산의 조건과 체험은 선택된 것이라기보다 강요된 것에 가깝다. 그에 따라 그들의 사회적 성격과 지위 또한 그들 자신의 의지에 상관없이 일방적으로 결정되었다. 한일합방으로 인해 강제적으로 일본 국적을 부여 받아 제국신민이 되었고, 이로 인해 형식적으로는 일본인과 동등한 지위를 부여받지만 실제로는 식민국의 일원인 '조선인'으로 차등적인 대우를 받았다. 또 해방 직후에는 "외국인으로서의 권리도 부정하고 일본 국적을 가진 일본 국민으로서의 권리도 부정"[3]하는 애매한 처우 속에 놓였으며, 1947년 '외국인 등록령', 1952년 '샌프란시스코 강화 조약' 등을 통해 일본 국적을 박탈당해 관리 대상인 외국인으로서 취급됨으로써 정주의 권리를 상실하게 된다. 결과적으로 재일동포의 처우와 권리는 식민지 시기 강제적으로 부여받은 차별적 지위가 유지되는 상황만이 반복되었을 뿐이다. 여기에 모국인 한반도의 분단은 그들을 모국이 존재하지 않는 무국적의 존재, 혹은 반쪽짜리 모국의식을 강요받아 모국으로부터도 끊임없이 구별당하는 존재로 만들었다.

결국 재일동포의 존재적 특성은 제국주의의 식민지배와 한반도의 분단이라는 국가적 역학관계에 의해 규정받아 왔다고 할 수 있다. 그리고 이러한 상황은 현재까지도 지속되고 있다. 이 과정에서 지속된 차별의 사회적 성격과 지위는 국민적 동일성을 전제로 하는 국가적 질서에서 배제된 '비국민'이라는 데 있다. 재일동포는 일본의 국민적 질서에서 배제된 식민국가의 일원이나 그 자손이며, 모국의 영토에서 분리되어 있으면서 모국의 제도나 언어, 문화 등에서 이탈되어 있는 존재이다. 게다가 국적이라는 국가 표지에 의해 정주하고 있는 일본

---

3) 윤인진, 『코리안 디아스포라―재외한인의 이주, 적응, 정체성』, 고려대학교출판부, 2004, p.161.

을 비롯해 모국인 남한 혹은 북한으로부터도 구별되고 배제당하는 존재이다. 국가적 경계에 의해 구속받으면서 동시에 그 경계에 의해 국민의 영역에서 끊임없이 구별되고 배제되는 존재가 재일동포인 것이다.

문제는 재일동포를 구속하고 규정하는 국가적 경계가 단일하게 작용하지 않으며, 명확하게 파악되지도 않는다는 점에 있다. 물론 국가적 경계와 이에 따라 내면화된 '비국민'의 영역과 의식을 국가에 대한 표면적인 귀속 표지인 국적의 문제로만 본다면 상대적으로 수월할 수도 있다. 하지만 재일동포의 원형이 분단 이전의 이주에 있고, 그에 따라 지금은 존재하지 않는 분단 이전의 '조선'을 국적으로 하는 사람도 있다는 점에서 이마저도 명확하지 않다. 또, 일본으로 귀화하여 일본 국적을 가지고 있거나 남한이나 북한을 국적으로 가지더라도 그들의 국가 의식이나 지향이 국적에 맞게 대응되지 않는다. 이러한 점 때문에 재일동포라는 집단의 특성은 물론 각 개인에게 내면화된 '재일(在日)' 의식은 단순하게 이해하기 어렵다. 과거의 조선과 일본, 그리고 현재의 남한과 북한, 일본 등의 관계가 복합적으로 혼재되어 작용하기 때문에 국가적 경계에 의해 규정받고 있지만 그에 따른 국가주의로 단순하게 환원될 수 없다.

재일동포를 끊임없이 비국민으로 구별하고 배제하는 국가적 경계는 다양한 층위에 걸쳐있다. 모국이 남한과 북한으로 단절되어 있고 그 모국이 일본과 북한으로 단절되어 있는[4] 정치·사회적 구조의 층

---

4) "재일조선인은 본국이 남북으로 분단되어 있고, 그 본국(특히 북한)과 일본이 분단되어 있는, 횡적으로도 종적으로도 분단된 존재이며, 그러한 분단선(分斷線)을 개개인의 내부에까지 보듬어 안아야 했던 존재라고 할 수 있을 것이다."(서경식, 『난민과 국민사이』, 돌베개, 2006, p.150.)

위와 과거 식민 종주국인 일본 사회에 정주하고 있다는 역사적인 차원의 층위가 중첩되어 있다. 여기에 1990년대 이후 확산된 일본 사회의 다민족화와 이에 따른 다문화적 흐름의 확대라는 문화적인 층위는 물론 정주의 기간이 길어짐에 따라 파생되는 세대나 계층 변화에 따른 개인적인 층위의 문제까지도 얽혀 있다. 이렇게 국가적 경계는 다양한 층위에서 복합적으로 인식되고 강요되며, 그것이 일정하게 고정되어 균질적으로 작용하지도 않는다. '재일(在日)'의 정체성과 의미는 "제국주의/식민주의, 국민/비국민, 그리고 민족/국가라는 틀 속에 존재하지만"5) 조국/일본, 남한/북한, 또는 조국 지향/정주 지향 등 이분법적인 차원에서 고정적으로 파악되지 않는다.

국가적 경계가 다양한 차원에서 혼재되어 있기 때문에 그들이 동일화를 지향하는 국민적 동일성은 불안정하며 유동적이다. 재일동포가 자신들을 국적에 상관없이 주체가 생략된 '자이니치'로 통칭하는 것은 표면적인 지표나 조건에 의해 단일하게 고정되어 있지 않은, 유동적이며 혼재된 경계의식을 반영한 것이라 할 수 있다. '재일(在日)'의 존재론적 특성은 바로 이러한 불안정하고 유동적인 경계 의식에 있다. 구조적, 역사적 층위는 물론 문화적·개인적 층위까지 다층적으로 연관되어 불안정하고 유동적이며, 그에 따라 국적이나 집단으로 단순하게 환원될 수 없으면서 특정한 국가에 대한 귀속을 통해 쉽게 해소될 수도 없는 긴장상태 자체를 본질로 한다.

불안정하고 유동적인 긴장 상태를 자기 동일성으로 한다는 점에 재일동포의 존재론적 중요성이 있다. 그들 스스로가 다층적으로 작용하는 국가적 경계에 의해 강요받고 있는 자기 분열의 상태를 내면

---

5) 송현호·김형규, 「'재일(在日)'의 현실과 '재일(在日)'의 의미」, 한승옥 외, 『재일동포한국어문학의 민족문학적 성격 연구』, 국학자료원, 2007, p.102

화한 존재이기 때문에 그들은 "모든 국가주의의 허위성과 위험성에 가장 민감한 존재이다."6) 이는 곧 그들의 삶이 국가주의적 경계 의식의 실상과 국민 국가적 질서가 작동하는 구체적인 방식과 양상을 내용으로 하고 있음을 의미한다. 이러한 차원 외에도 그들의 복합적이고 유동적인 경계 의식은 이산에 대한 패러다임의 전환을 요구한다는 점에서도 중요하다. 그동안 재외동포에 대한 관심과 연구가 모국 중심적 시각에서 그들을 주로 주변적 집단으로 취급하거나 정주국의 다문화적 공생을 위한 기능적 차원에 집중함으로써 인간의 보편적 체험으로서, 그리고 그에 따른 내면적 변화와 과정에 대해서는 소극적이었다. 이런 점에서 국적으로 환원되거나 집단적 정체성으로 단순화하기 어려운 재일동포의 존재론은 이산의 경험과 그에 따른 개체적·내면적 변화에 주목함으로써 이산에 대한 인식 지평을 확대하는데 기여할 것이다.

　본고가 재일동포 소설에 나타난 조국 표상의 의미를 파악하고자 하는 의도도 이와 같은 재일동포의 존재론적 중요성에 근거한다. 다층적 차원에서 작용하는 국가주의의 경계와 그 속에서 내면화된 경계 의식의 실상을 파악하고, 그로 인한 자기 분열의 긴장상태가 보여주는 이산의 상상력을 재일동포 한국어 소설을 통해 살펴보고자 하는 것이다. 대상으로 한 재일본조선문학예술가동맹(이하 문예동)은 북한의 해외 공민으로서의 자의식을 표방하면서 한국어로 문학 활동을 하기 때문에 재일동포 문학의 범주에서는 아직도 낯선 대상이다. 하지만 그들이 비록 북한의 해외공민으로 자기규정을 하지만 한반도 내부와는 다른 '재일(在日)'의 상황 속에서 자기 분열의 과정을 내면

---

6) 서경식, 앞의 책, p.11.

화 하면서 일본 사회에 정주하고 있다는 점에서 그들 역시도 다른 재일동포와 마찬가지인 존재적 특성을 지닌다고 할 수 있다. 이런 차원에서 본고는 재일의 구체적인 현실과 이념적 지향 사이에서 작동하는 국가주의적 경계 의식, 그리고 그 경계 의식의 균열 양상을 문예동 소설을 대상으로 짚어 보고 그 의미에 대해 생각해보고자 한다.[7]

─── 2. 돌아갈 곳, 고향의 다른 이름 '조국'

북한의 문예 노선과 총련의 문예정책을 수행하는 것을 목적[8]으로 하는 문예동의 작품에서 조국은 기본적으로 한반도의 북쪽 정권, 북한을 지칭하고 지향한다. 그렇기 때문에 작품에 드러나는 조국 표상도 북한 지향이 대부분 확고하고 분명하다. 하지만 북한 지향이 처음부터 확고한 정치적인 경계의식을 바탕에 두고 있다고 보기 어렵다. 초기의 몇몇 작품에서는 조국이 고향이라는 정서적 공간으로 인식되

---

7) 일문학계에서는 주로 재일동포가 쓴 일본어문학만을 재일동포문학의 범주로 다루고 있다. 아마도 총련계 작가들이 북한지향을 바탕으로 하면서 한국어로 활동한다는 점 때문에 재일동포문학이 아닌 북한문학의 하위 범주 정도로 인식하고 있는 듯하다. 하지만 이는 오히려 국적이나 언어를 절대적인 기준으로 하여 재일동포문학의 범주와 가능성을 제한하는 것이라 할 수 있다. 재일동포 문학으로서 총련계 한국어 문학에 대한 관심을 본격적으로 시도한 것은 2005, 2006년에 숭실대 인문과학연구소에서 학진 프로젝트로 진행한 <재일동포 한국어 문학 자료 수집 및 민족문학적 성격 연구>이다. 이때 수행된 연구 성과들은 다음의 책에 정리되어 있다.
   김학렬 외, 『재일동포 한국어문학의 전개양상과 특징 연구』, 국학자료원, 2007.
   한승옥 외, 『재일동포 한국어문학의 민족문학적 성격 연구』, 국학자료원, 2007.
8) "본 동맹은 공화국 문예 로선과 총련의 문예 정책을 받들고 재일동포 및 전체 조선 인민의 리익에 복무하는 문학 예술가들의 자원적 조직이다."(<재일본 조선 문학 예술가 동맹 규약> 제1장 총칙 중 제1조, 『문학예술』2, 1960.3, p.76.)

는 모습이 보이기 때문이다.

　식민지 시기부터 고향이 아닌 타지에서, 특히 식민지배국에서 차별과 억압의 삶을 경험해 온 재일동포에게 고향은 부정적인 현실 상황에 대비되는 정서적인 공간으로 상징된다. 특히 과거 고향에서 삶을 영위한 경험이 있는 재일 1세대들에게 고향은 '재일(在日)'이라는 특수한 현실에 의해 끊임없이 환기되는 과거 기억의 공간이면서 동시에 차별과 억압의 현실 조건을 견디게 하는 향수의 공간이다. '재일(在日)'의 특수성이 곧 현실의 부정적인 제 조건을 뜻하게 된 상황에는 식민지, 곧 조국의 부재라는 역사적 현실이 놓여 있다는 점에서 재일 1세대들에게 정서적인 동경의 공간인 고향은 현실적인 지향의 공간인 조국과 다르지 않다.

　<화산도>로 알려져 있는 김석범의 초기 작품 중 하나인 <혼백>에서 조국을 고향의 이미지로 인식하는 이러한 양상을 확인할 수 있다. <혼백>은 어머니의 죽음이라는 사적인 체험을 조국으로의 귀환이라는 역사적이고 민족적인 차원의 이야기로 확대하고 있는 문예동 초창기의 대표작이라 할 수 있는 작품으로 1959년 12월부터 시작된 귀국 실현에 대한 감동을 내용으로 한다. 여기서의 귀국은 물론 분단된 조국의 일부인 북한으로의 귀환이다. 하지만 조국으로서 북한에 대한 인식은 남한과 분명하게 단절되고 대립되는 지리적 경계의식이 확고하다고 보기는 어렵다. 그들의 귀국은 '고향'으로의 귀환이라는 성격이 강하기 때문이다.

　<혼백>에서 "고향 구경도 못하구"9) 죽은 어머니 앞에서도 눈물을 흘리지 않던 '나'가 어머니를 떠올리며 서러움과 기쁨이 혼합된

---

9) 김석범, <혼백>, 『문학예술』4, 1962.4, p.18.

눈물을 흘리게 되는 계기는 조국으로의 '귀국 실현'이다. 조국으로 향하는 배가 출항하는 모습을 보며 조국을 실감했기 때문인데, 이때의 조국은 분단된 조국, 한반도의 반쪽 조국으로서가 아니라 고향 땅인 한반도의 일부로서의 조국이다. 자식된 도리를 다하지 못해 어머니의 죽음 앞에서도 눈물을 흘릴 수 있는 자격을 갖추지 못한 '나'가 실감하는 조국은 어머니가 돌아가지 못한 고향의 공간이다. 남한과 분단되어 대치를 이루고 있는, 남한을 배제한 북한이 아닌, 고향 땅 한반도의 일부로서의 북한이고 조국이다.

조남두의 <굽인돌이에 서서>에서도 주인공 '나'는 부모의 죽음, 즉 아버지의 죽음을 접하고도 눈물을 흘리지 않는다. 아버지와의 관계가 소원하던 '나'는 아버지의 일생을 전적으로 이해할 수 없어 죽음의 순간에도 눈물을 흘리지 않는 것이다. 이런 '나'가 아버지에 대해 처음이자 마지막으로 눈물을 보인 것은 "아! 한 번 고향에 돌아가 봤으면"[10]이란 아버지의 독백을 듣고서이다. 이때의 눈물은 고향에 가보지도 못하고 이국에서 생을 마감한 식민지 시대의 인물에 대한 서러움과 안타까움이다.

김석범의 <혼백>과 조남두의 <굽인돌이에 서서>는 이처럼 모두 부모의 죽음 앞에서도 울지 못하는 상황을 통해 이야기를 전개하고 있다. 부모의 죽음에도 슬퍼할 수 없는 근본적인 원인은 부모가 죽었지만 더 큰 부모인 조국이 여전히 부재하기 때문이다. 하지만 북한으로의 귀국을 통해 동경의 공간이었던 조국의 존재감을 실감했기에 비로소 눈물을 흘리게 되는 것이다. 이때의 조국은 가족을 확장시킨 정서적인 차원의 대상이다. 조국의 부재의식을 부모와 연관시켜 형

---

10) 조남두, <굽인돌이에 서서>, 『문학예술』7, 1963.9, p.61.

상화함으로써 조국을 정서적인 대상이나 공간으로 표상하고 있는 것이라 할 수 있다. 고향이 곧 조국이라는 인식은 식민지시기를 거친 후 타국인 일본에서 고난의 삶을 계속해 온 재일 1세대 혹은 1.5세대들에게는 당연한 것이다. 조국에서 삶을 영위했던 기억을 가지고 있던 이들에게 조국은 항상 현재의 부정적인 '재일(在日)'의 현실에 대비되는 정서적인 지향의 공간이며 "잘못하다간 일본 땅에서 뼈를 묻히게 될"[11]지도 모른다는 걱정을 하는, 언젠간 다시 돌아가야 할 공간이기도 하다.

정서적인 지향의 공간인 조국엔 이념이나 정치에 근거한 남과 북의 경계가 중요하지 않다. '조선'사람이란 민족적 공동체 의식 속에 남한과 북한의 구분은 의미가 없다. 남한과 북한이 서로 다른 정치적 체제를 갖춘 '다른 나라'에 가깝지만 언젠가 고향으로 돌아갈 재일동포들에게는 조국은 곧 분단 되기 이전의 '조선'으로 인식된다. 그렇기 때문에 분열된 재일동포 집단도 기본적으론 '민단 사람하구 총련 사람의 꼬락서니가 다를 게' 없는 '같은 조선 사람'[12]이란 인식을 가지고 있다. 김석범의 <어느 한 부두에서>에서 보이는 남한의 뱃사람들과 총련 가족과의 만남은 바로 이러한 차원의 민족적 공동체 의식에 기반하고 있다. 특히 이 작품은 성숙하지 않은 어린 소녀를 중심인물로 삼아 이념과 정치에 우선하는 정서적 차원의 민족의식을, 그리고 그에 기반한 공동체적 의식을 강조하고 있다.

정서적인 지향의 공간으로 조국을 표상하는 것은 식민지시기부터 이어진 부정적인 현실과 그에 따른 현실인식과 관련이 있다. 즉, 부정적인 '재일(在日)'의 현실을 식민지시기의 연장선에서 인식함으로써

---

11) 위의 글, p.53.
12) 김석범, <어느 한 부두에서>, 『문학예술』10, 1964.9, p.28.

식민지와 피식민지라는 대립 구도, 즉 조선 대 일본이라는 현실인식
을 현저에까지 연장, 확대하고 있는 것이다. 조국 표상은 한편으론
식민 종주국이였던 일본에 대립하는 식민지 조국 조선의 표상으로,
그리고 다른 한편으론 식민시기를 포함한 부정적 현실에 대한 정서
적인 안식의 공간인 고향으로 표상된다. 그렇기 때문에 한반도가 남
과 북으로 분단되어 있지만 그 분단으로 인한 단절의식은 과거의 정
서적인 기억으로 대표되는 고향이라는 의식 속에서 부각되지 않는다.
<혼백>이나 <굽인돌이에 서서>도 북한에 대한 지향을 분명히 드러
내고 있지만 남한과 북한의 차이나 단절감보다는 '조선'이라는 민족
공동체로 조국을 인식한다. 또한 <어느 한 부두에서>처럼 남과 북,
혹은 민단과 총련으로 구분되어 있지만 식민 종주국이였던 일본과
부정적인 재일의 현실 상황에 대해선 민족이란 이름으로 통합적으로
인식된다. 현실의 국가적 경계보다는 과거 식민지 시기의 민족적 경
계선이 현실 인식의 기준이 되는 것이다. 과거 고향의 공간으로 정서
적인 차원에서 인식되는 조국은 남한과 북한이라는 분단의 경계선이
명확하고 확고하게 내면화 되지 않은 모습이라 하겠다.

── 3. 이념의 조국, 식민적 질서의 '재현'

　앞서 살펴 본 바와 같이 정서적인 차원에서 고향의 다른 이름으로
조국을 인식하는 경향은 문예동의 초기 작품들에서 부분적으로 확인
되며, 이러한 경향은 곧 북한 중심의 조국 인식으로 변화되거나 강화
된다. 이는 결국 분단된 조국의 상황에 따라 그들의 조국 인식도 남과

북의 분단선이 강화되고 정서적 차원에서 민족의 조국으로 인식되던 조선반도, 한반도라는 지리적 경계의식이 북한으로 축소된 것이라 할 수 있다.

정서적 차원의 고향으로 인식되던 조국이 한반도에서 3·8선 이북으로, 민족공동체로서의 '조선'이 조선인민공화국의 '조선'으로 축소된 이유를 단순히 이념적 차원에 국한해 이해하기는 어렵다. 재일동포가 겪어 온 역사와 일본 사회의 현실적 조건, 그리고 남북한을 포함한 동아시아의 정치적 환경 등이 복잡하게 얽힌 재일동포의 존재적 특수성을 간과할 수 없기 때문이다.[13] 또 식민지적 차별과 억압이 지속되는 재일동포의 존재적 특수성은 개인적인 차원이나 북한 국적만의 문제가 아닌 '2등 국민'으로 배제되는 민족적 차별의 문제, '조선인'으로 분리되고 구별되는 집단적인 차원의 문제이기 때문이기도 하다.

민족적 차별이라는 '재일(在日)'의 부정적 상황 속에서 재일동포들에게 '민족'은 무엇보다도 집단적 결속을 위한 저항 수단으로 기능을 한다. 문예동의 소설에서 민족성이나 민족의식, 혹은 '조선사람'이란 화두가 부각되고 사적인 차원의 개인보다는 공적, 집단적인 차원의 국가나 민족이 강조되는 양상은 결국 차별과 배제의 부정적 현실에 대응하기 위해 요구되는 '민족'의 이러한 기능이 반영된 것이라 할 수 있다. 그렇기 때문에 대부분의 소설 속에 등장하는 개인의 삶, 수난과 천대의 이력은 곧 민족의 수난, 집단의 역사로 읽혀진다. 강제 징용이나 징병으로 도일한 후 열악한 근로조건이나 제국주의 전쟁

---

13) 실제로 전체 재일동포 중 국적이 남한인 경우는 1950년에는 7.4%, 1960년도에도 30%에 불과했다. 또 재일동포의 9할 이상이 남한 출신임에도 불구하고 1959년부터 진행된 북한으로의 귀국 운동 당시에 영구 귀국한 사람이 9만3천여 명에 이른다. 이광규, 『재일한국인-생활실태를 중심으로』, 일조각, 1983, p.86~88.
고병국, 「남·북한 재일동포 정책의 특성과 문제점」, 『민족연구』2, 1999, p.84.

과정에서 희생되고, 해방 이후 부모, 형제 등 혈육과 원치 않는 이별을 하며 지내는 주인공의 이력을 중심적으로 다루는 김민의 <어머니의 력사>, 박원준의 <환송>을 일례로 들 수 있다.

김민의 <어머니의 력사>는 재일동포의 형성과 삶에 대한 증언의 기록이란 차원에서 살펴볼 수 있는 작품이다. '강아주머니'란 인물이 겪었던 삶의 내력을 고백적 서술을 통해 보여주고 있는 이 작품은 역사적 격랑과 민족적 비극의 소용돌이 속에서 수난의 삶을 살 수밖에 없었던 재일조선인들의 삶의 과정을 그대로 압축하고 있다. 한 개인의 특수한 삶의 체험에 그치는 것이 아니라 일제 시대와 해방기, 그리고 한국 전쟁의 시기를 거쳐 민족 교육 투쟁, 귀국 투쟁을 벌이는 과정을 겪으면서 한민족으로서 감당하고 지켜내야 했던 역사적인 삶을 형상화하고 있으며, 민족 혹은 국가라는 공동체적 집단의 역사에 속박된 재일동포들의 존재적 특성을 그려내고 있다. 마찬가지로 '김성규'라는 인물이 겪어야 했던 비극적인 삶의 이력을 통해 재일동포가 겪어야 했던 시대적인 부침을 구체적으로 형상화하고 있는 박원준의 <환송>도 조국의 부재와 제국주의의 존속에 기인한 재일동포의 수난과 천대의 역사를 보여준다.

이 작품 외에도 대부분의 문예동 작품 속 인물들은 조선인, 식민지인으로서 겪었던 집단적 차별을 경험한 인물들이다. 이렇듯 문예동 소설 속의 인물들은 개별적인 존재가 아닌 한민족으로서, 집단적 존재 속 개인으로서 감당하고 지켜내야 했던 역사적인 삶을 그대로 압축하고 있다. 이는 곧 민족 혹은 국가라는 공동체적 집단의 역사에 속박된 재일동포들의 현실적 상황 그 자체를 보여주는 것이라 할 수 있다.

식민지인으로 겪었던 민족적 차별의 경험, 그리고 그러한 상황이 개선되지 않고 지속되는 현실, 즉 '비국민'이라는 존재적 조건에 놓여 있던 그들에게 조국의 부재야말로 부정적인 삶의 근원이다. "조국이 없이 어떻게 살아나갈수 있담. 나라를 빼앗겼기에 겪어야만 했던 망국노의 설움과 이국살이가 아니였던가"[14]와 같은 현실 인식에서 알 수 있듯이 재일동포의 삶은 과거에도 그랬지만 현재에도 여전히 '망국노'의 처지이다. 이런 상황이기 때문에 그들은 그 누구보다 조국에 대해 예민하고 강렬한 지향을 지닐 수밖에 없다. 이런 상태에 그들에게 무관심했던 남한에 비해 상대적으로 적극적이었던 북한의 물질적·경제적 지원이 더해짐으로써 그들의 조국에 대한 귀속감은 급격히 북한 쪽으로 치우치게 된다. 그리고 북한으로의 귀국이 실현됨으로써 그토록 열망하던 조국의 실체를 접하게 되자 그들의 북한 지향은 더욱 확고해지게 되는 것이다. 1959년 시작되어 1984년까지 지속된 북한으로의 귀국 행렬은 1960년과 1961년에 가장 많은 인원이 귀국을 하게 되는데 문예동의 기관지인 『문학예술』은 이러한 귀국운동의 행렬이 고조되던 1960년 1월에 창간된다. 초기의 많은 작품들은 귀국 운동을 배경으로 함으로써 조국에 대한 그들의 강렬한 열망을 드러내면서 동시에 자신들에게도 조국이 있음을 의도적으로 강조한다.

> "나는 일본에 와서 올에 29년이 되지마는, 재주 하나 배우지 못했습니다. 노가다 · 세멘트 공장 잡역 · 돼지 키우기 · 보로 가이다시-제법 여러 가지 해보기는 해 봤지만, 아무 재주도 배우지 못하고 알뜰한 청춘만 다 보내고, 마누라까지 잃었습니다. 그러나 이젠 나에게도 고마운 조국이 있어, 수령님께서 보내주신 배를 타고 귀국하게 됐습니다."[15]

---

14) 조혜선, <가죽구두>, 『문학예술』44, 1972.4, p.127.

배운 것 하나 없이 '청춘'도 잃고 '마누라'도 잃은 '나'처럼 재일동포
는 그야말로 얻은 것은 하나 없이 잃기만 했다. 그러던 그들에게 돌아
갈 조국이 있으며, 돌아갈 수 있도록 현실적 지원을 해주는 조국이
있었던 것이다. 이렇게 재일동포들은 귀국운동을 통해 그들이 고대
하던 조국의 실체를 접하게 된다. 그들에게 이제 북한은 그들을 보호
해주고 지원해주는, 그동안 단 한번도 받지 못한 국민으로서의 대우
를 기대할 수 있는 조국으로 인식된다. 북한을 조국으로 인식하는 경
향이 확실해짐에 따라 남한과 북한의 경계의식은 부각되는데, 결과적
으로 모국의 분단에 따른 분단의식이 재일동포들에게도 전이, 강화되
는 것이라 할 수 있다. 남북한의 분단선이 강화되는 양상은 남한의
현실을 배경으로 하여 남한의 정권과 사회 현실의 부정성을 강조하
는 작품으로 나타난다.

김민의 <첫시련>, 리은직의 <신작로>, <노도의 거리>, <생활속
에서> 등을 남한의 현실을 부정적으로 인식하고 있는 작품의 예로
들 수 있다. 남한의 현실과 그 속에서 생활하는 사람들의 일상을 부정
적으로 그림으로써 남한의 국가 권력이 남한 민중을 실질적인 국민
으로 처우하지 않는다는 점을 강조하고, 이와 함께 남한의 국가권력
을 부정하여 남한의 국가주의가 일본 사회에서 배제된 국민의 영역
을 대신해줄 수 없음을 보여준다. 북한의 해외공민으로서의 자의식
을 가지고 있는 총련 산하 문예동의 작품이기 때문에 남한의 국가
권력에 대한 의도적인 부정이 크게 작용했으리란 것은 짐작할 수 있
지만 남한의 국가주의가 재일동포의 삶을 보호해주는데 실질적인 한
계가 있었음을 드러내는 것으로도 볼 수 있다. 북한으로의 귀국 실현

---

15) 류벽, <자랑>, 『문학예술』2, 1960.2, p.93~94.

을 배경으로 한 작품들만큼 많은 수를 차지하는 이 작품들은 남한의 부정성을 강조함으로써 한반도의 유일한 조국으로서 북한 지향을 합리화하고 강화하는 역할을 한다.

남한과 북한의 경계선, 즉 분단의 경계선은 1965년 이루어진 한일기본조약을 통해 더욱 강화되는데, 이를 통해 재일동포 사회 내부도 남한과 북한을 대리하는 총련과 민단이란 집단의 대립 구조가 고착화 된다. 물론 1965년 이전에도 정치적인 차원에서 북한 지향을 강화하기 위해 의도적으로 남한의 부정성을 부각하는 작품이 많은 것은 사실이다. 하지만 조남두의 〈아우성 소리〉에서처럼 "어느 쪽이 올바른가. 어느 쪽을 지지해야 되는가"[16], "당신들은 도대체 누구에게 총을 돌리고 있습니까"[17] 하는 진지한 물음을 새기는 작품을 찾을 수 있기도 하다. 하지만 한일기본조약을 통해 '한국' 국적만이 정규 국적으로 인정되었으며 남한 국적 보유자들에게만 협정연주권이 보장된다. 이에 따라 동일한 역사적인 배경과 차별적 상황 속에서 "같은 민족이면서도, 다른 법적 지위 또는 처우를 당하게 된, 분단 상황"[18]이 재일동포 사회에 만들어지게 된다. 결국 남북한의 분단선이 재일동포 사회의 분단선으로 그대로 이전되어 작용하는 것이다. '한일법적지위협정'을 통해 개선된 사항은 실제로 국민건강보험의 적용뿐이었지만 '한국'국적이 아닌 재일동포들은 같은 민족 내부에서도 또 다른 구별과 배제의 상황에 놓이게 되었고, 배제된 '한국 국적이 아닌' 동포들에게 북한은 다른 선택이 존재하지 않는 유일한 조국이 될 수밖에 없다. 오히려 민족 내부적으로 배제된 '한국 국적이 아닌'

---

16) 조남두, 〈아우성 소리〉, 『문학예술』11, 1964.12, p.44.
17) 조남두, 〈아우성 소리〉, 『문학예술』11, 1964.12, p.49.
18) 강재언·김동훈, 앞의 책, p.230.

재일동포들은 심화된 배제의 상황에 대응하기 위해 이전 보다 강화된 집단적 결속이 필요해졌다. 이때의 결속 수단은 민족이 아닌 '북한'이다.

북한- 지향의 강화는 사실 재일동포들에게 재일의 구체성을 약화시키는 결과를 초래한다. 정식 국가로 인정받지 못하는 북한이 일본 사회에서 삶을 영위하고 있는 그들에게 조국으로서의 역할을 수행하기에는 한계가 있기 때문이다. 이에 따라 문예동 소설의 북한 지향은 급격하게 사상적, 관념적 성격이 강화되고, 이는 "민족의식을 깨닫고 변화하는 인물들의 이야기지만 그 인물들을 자각시키고 변화시키는 계기는 일본 사회 속에서 살아가는 과정에서 주체적으로 획득되거나 인식되는 것이 아니라 지도적인 위치에 있는 인물에 의한 사상적 자각의 형태로 주로 형상화 되는 양상"[19]으로 나타난다. 또, 북한에 대한 이념적 지향이 강화되면서 재일동포 사회를 비롯한 민족 문제의 모든 불행의 원인이 "미제와 남한 정권"[20]에 있다는 북한의 현실인식을 그대로 반복, 강조하게 된다. 조국에 대한 이념적 지향이 강화되면서 문예동의 소설에서 재일(在日)의 구체적 조건과 삶은 북한의 문예 인식을 드러내는 소재적 역할에 머물게 되고 일상생활의 구체적 생활 경험 속에서 겪는 차별적 지위와 그 과정에서 갈등하고 고뇌하는 개인적·내면적 목소리는 드러나지 않는다. 설령 있다하더라도 개인적 갈등과 고뇌는 모두 조국(북한)에 대한 긍정적 인식과 전망으로 해결될 뿐이다.

문예동의 소설이 지닌 예민한 민족의식과 강력한 북한지향은 바로 다른 집단의 차별과 배제를 감당하고 극복하기 위한 집단적인 결속

---

19) 김형규, 「조선사람으로서의 자각과 '재일(在日)'의 극복」, 김학렬 외, 앞의 책, p.408.
20) 리수웅, <아버지와 아들>, 『문학예술』1, 1960.1, p.79

의 이데올로기이며, 동시에 다른 집단으로부터 구별되는 재일동포의 존재적 특성을 구성하는 핵심적 기제로 작용하여 그들 스스로 일본과 남한으로 지칭되는 정치적인 집단을 배제하는 단절의식을 형성한다. 이런 점에서 민족의식을 북한 지향이라는 편협한 모국 의식을 통해서만 이해하고 있는 그들의 현실인식은 분명 또 다른 형태의 국가주의적 사고 안에 갇혀 있다는 혐의를 벗기 어렵다.

  이념적인 차원에서 북한 중심적 현실 인식은 다른 어떤 경계보다도 남과 북의 경계의식을 강화하는 것이다. 남과 북의 경계선 강화는 재일의 문제를 구체적인 삶과 일상으로부터 급격히 추상화시킬 뿐 아니라 재일동포를 둘러싸고 복합적으로 작용하는 다층적인 경계선을 단일화시킨다. 구조·역사·문화·개인 등 다층적으로 혼재되어 있는 경계 의식을 이념과 북한을 중심으로 한 단선적이고 일원적인 관계로 치환시키는 것이다. 현실적인 정치 집단인 북한이 그들이 지향하는 유일한 조국이기 때문에 북한의 정치적인 현실 인식이 자신과 세계를 보는 중심이 되며, 북한만이 재일의 미래를 책임질 수 있는 긍정의 대상으로 인식된다. 이에 반하여 북한과 대립하는 모든 상황이나 대상, 특히 남한과 미국은 부정적 대상으로 고정, 정형화(stereotype) 된다. 남한 혹은 남한 국적의 동포들을 자신들과 배타적으로 구분함으로써 대립적 질서를 강화하고, 북한을 중심으로 외부 세계나 대상을 고정된 이미지로 타자화하는 것이다. 이로써 식민지 시기부터 항상 국민의 영역에서 소외되고 타자화 되었던 그들이 "분리와 배제 그리고 봉쇄"[21)]라는 정형화의 원리를 스스로 실천하는 타자화의 주체가 된다. 다시 말해 식민적 질서에서 타자화된 존재인 재일동

---

21) 박종성, 『탈식민주의에 대한 성찰』, 살림, 2006, p.31.

포가 타자적 질서를 전이, 재생산함으로써 식민적 질서와 담론을 북한을 중심으로 '재현(representation)'하게 되는 것이다.

—— 4. 한반도의 회복과 통일 지향

남과 북의 대립적 질서를 중심으로 한 재일동포의 경계 의식은 시간이 흐르면서 균열될 조짐이 커진다. 이는 일본 사회에서 살아 온 시간이 길어짐에 따라 언젠가 돌아갈 조국이라는 인식이 약해지고, 현실적인 삶의 터전인 일본 사회에 대한 관심이 커지는 정주의 문제가 점점 더 부각되는 상황에 따른 것이다.

정주 문제의 중요성이 커지게 되는 것은 조국 표상을 북한으로 고정하고 남북의 경계선을 강화하는 기능을 했던 귀국운동, 한일기본조약과 무관하지 않다. 귀국운동은 북한을 통해 조국의 실체를 접할 수 있게 했지만 귀국하지 않고 일본에 잔류하게 된 재일동포들에게는 상대적으로 일본이 임시거처가 아닌 실질적인 정주의 터전이란 의식을 가지게 했다. 이 과정에서 많은 인원이 귀국함으로써 재일동포들의 집단 거주지가 많은 부분에서 와해되고, 그에 따라 조선인으로서의 생활감각을 공유하고 유지시켜 주던 조건이 약화된 것은 결국 일본 사회 내 적응과 동화의 문제를 환기시키는 계기가 되었다. 또 한일기본조약으로 남한 국적의 동포들에게만 협정 영주권이 부여된 상황도 정주와 관련한 기본적인 권리 획득에 대한 요구와 인식을 확산시키는 계기가 되었다.

문예동의 초창기 작품에도 정주와 관련한 상황이 반영된 이야기나 인물의 모습이 등장한다. 귀국 운동 때에 일본 잔류를 선택하는 과정과 이유를 다루는 류벽의 <자랑>이나 일본인 아내와의 갈등을 다루고 있는 <춘분>과 같은 작품이 그것이다. 하지만 이 두 작품은 정주의 문제를 본격적으로 다룬다고 보기 어렵다. <자랑>에서 조선학교 학생인 '명환'이가 아버지의 반대에도 불구하고 잔류를 선택하게 되는 이유는 귀국하지 못하는 동포들에게 민족의식과 북한 중심의 현실 인식을 각성시키기 위한 운동가적 활동이 목표이다. 또한 <춘분>에서 일본인 아내와 귀국을 둘러싸고 겪는 갈등은 일본에서 살아가기 위한 것이 아니라 귀국운동의 당위성과 의의를 아내에게도 이해시키기 위한 과정에서 생긴다. 총련 활동가인 자신의 뜻대로 일본인 아내의 변화를 이끌어내는, 자각의 대상으로서 일본인 아내가 다뤄지고 있다. 또한 아내의 변화를 이끌어내는 동력도 '생활 감정까지도 투철하게 하는 사상'22)이다. 이처럼 두 작품은 모두 정주와 관련된 요소를 이야기 속에 삽입하고 있지만 본격적인 정주의 문제, 즉 일본 사회의 한 구성원으로서 살아가기 위해 필요한 일상생활에서의 차별 폐지와 권리의 획득이라는 시민적 권리에 대한 문제와 인식으로 다뤄지지는 않는다. 어디까지나 북한 중심의 민족의식을 교양시키기

---

22) 아내와의 관계 때문에 고민하던 리민수가 문제 해결을 위한 마음가짐을 갖게 되는 것은 다음과 같은 지부 위원장의 말을 듣고서이다.
    "민수 동무! 우리는 유일하게 정당한 세계관을 가진 의식적인 사람들이요. 따라서 항상 우리 행동의 기준은 우리 사상에 있소. 공적 생활에는 말할 것 없고, 사생활이나 감정 생활에까지, 우리 사상이 철저하게 침투되고 발현되여야 하는 것이요. 그러나 우리는 다 같이 아직 미숙하기 때문에 항상 사상 수준을 제고하기에 노력해야 하며, 그를 기준으로 자기의 모든 생활을 재 보고 달아 봐서 부족점들을 고쳐 가야 하는 것이요. 동무는 지금, 벅찬 우리의 현실이 요구하는 수준에서, 동무의 십 년이 넘는 가정 생활을 점검받고 있는 것이요. 이 점검을 철저히 받으시오. 그리고 거기에서 밝혀진 약점들을 극복하기에 우선 전력을 다해야 하는 것이요. 그렇지 않소?"(류벽, <춘분>, 『문학예술』3, 1961.5, p.33.)

위한 계몽적 차원에서 서술된다.

일상적 삶 속에서 벌어지는 차별의 문제를 정주의 차원에서 제기하는 대표적인 작품은 조남두의 <올가미>이다. 이 작품은 재일동포를 차별하는 대표적인 제도였던 지문날인제도와 외국인등록증 휴대와 관련한 경험을 형상화해 사회적 제도와 인식으로 인한 민족적 차별의 문제를 일상적인 삶의 경험이란 차원에서 풀어낸다. 일본이란 일시 발을 붙이고 있는 외국이면서 동시에 생애의 대부분을 일본에서 보내고 있음도 부정할 수 없다는 사실, 그렇지만 '올가미 속에 갇혀있는 짐승'[23)]과 같은 재일동포의 현실과 그 속에서 겪게 되는 인물의 내면을 '한태'라는 인물의 내적독백을 통해 깊이 있게 보여준다. 일본 사회를 삶의 터전으로 하고 있는 재일동포가 정당한 일본 사회의 구성원으로 대우받지 못하는 상황, 그 속에서 겪는 내적 고뇌를 형상화함으로써 정주의 문제를 제한적이지만 시민적 권리의 문제로 제기한다.

정주 문제에 대한 관심 증가는 재일동포를 둘러싸고 있는 경계 지형의 변화를 의미한다. 이에 따라 견고하던 북한 중심의 경계의식도 달라져 일본과 일본인에 대한 배타적 인식에도 변화가 생긴다. 박관범의 <바다가의 웨침>은 이런 차원에서 일본인에 대한 변화된 인식을 살펴볼 수 있는 작품이다. 기본적으로 일본-조선인이라는 대립적 인식을 바탕으로 하고 있지만 재일조선인 학생의 죽음을 계기로 이루어진 조선고등학교와 일본고등학교의 친선 교류를 주요 내용으로 다룬다. 이 과정에서 우호적인 일본인의 모습을 삽입하고 일본인과 협력하는 모습을 보임으로써 "조선사람뿐만아니라 량심있고 선량한

---

23) 조남두, <올가미>, 『문학예술』28, 1969.2, p.237.

일본인민"[24]도 피해자라는 인식을 제시한다. 일본 사회나 일본인에 대한 포괄적인 적대의식이 달라짐을 확인할 수 있다.

문예동 소설에서 정주의 문제가 본격적으로 다뤄지기 시작한 것은 재일동포 모두에게 영주권이 부여된 1990년대 이후라고 할 수 있다.[25] 이때부터 이전의 추상적이었던 이념 중심적 경계의식을 정주라는 삶과 일상의 문제로 접근하는 모습이 다수 확인된다.[26] 특히 강태성의 작품들에서 문예동 소설의 달라진 현실 인식을 쉽게 확인할 수 있다. 그 중 <상처>는 재일조선인의 불합리한 차별에 반항하는 삶의 방식으로 폭력을 선택한 조직폭력배 '영규'가 조국의 중요성을 자각해가는 이야기이다. 자각한 활동가의 도움을 통해 조국의 중요성을 깨닫는 과정을 그리고 있다는 점에서 문예동의 이전 소설과 비슷한 이야기 구조를 가지고 있지만 차별과 배제의 사회 구조가 한 개인을 억압하는 구체적인 폭력으로 작용하고 있음을, 그리고 그에 대한 반작용으로 폭력을 선택하는 과정을 보여줌으로써 재일조선인의 일상의 문제를 구체화시키고 있다. 역시 우호적인 일본인이 등장하여 도움을 주고 있는 점도 이전 시기의 소설과는 다른 모습이라 할 수 있다.

---

24) 박관범, <바다가의 웨침>, 『문학예술』64, 1977.5, p.58.
25) 1982년 일본이 난민조약에 가입하면서 조선적 재일동포들도 특례영주자의 지위를 부여받았고, 1991년에 특별영주제도가 실시되어 재일동포 3세 이하의 자손에게도 영주권이 부여되어 재일동포 모두가 특별영주자의 법적 지위를 얻게 되었다.
26) 다양한 인간상들을 통해 민족이나 조국 지향에 의해 일방적으로 외면되었던 개인이나 구체적인 일상에 대한 관심이 1990년대 중반 이후 발표된 다수의 작품에서 나타나기 시작한다. 2000년 들어 1960년부터 발행되어 온 『문학예술』이 『겨레문학』이란 명칭으로 재창간된 것도 이러한 변화의 양상이 반영된 것으로 볼 수 있다. 문예동 소설의 최근 경향에 대해서는 다음의 글을 참고할 수 있다.
송현호·김형규, 앞의 글, p.81~104.
허명숙, 「재일한국어 소설문학의 최근 동향」, 김학렬 외, 앞의 책, p.307~330.

강태성의 <유언>과 <물길 백리, 꿈길 만리>는 재일동포 사회의 세대교체와 계승의 문제를 통해 과거와 다른 차원의 '재일(在日)'의식, 즉 정주의 차원에서 변화된 경계의식을 단적으로 보이는 작품이다. 우선 <유언>은 '나'가 아버지의 죽음을 계기로 아버지의 과거 삶의 행적을 추적하여 아버지의 삶에 대해 이해해 가는 과정을 그린다. 이 과정에서 아버지의 일생과 제주 4 · 3사건을 중심으로 한 재일조선인의 역사를 중첩시킴으로써 한 개인의 삶과 민족의 역사를 효과적으로 통합하고 있다. 특히, 일인칭 관점을 통해 작중인물의 내면적 고뇌를 구체적으로 제시함으로써 가족적인 혈연의식을 공동체적 민족의식으로 확대하고, 아버지의 삶으로 기억되는 구세대의 현실 인식을 현재적으로 계승한다. <물길 백리, 꿈길 만리>는 쯔시마 섬을 삶의 터전으로 삼고 있는 재일동포의 이야기로 쯔시마 섬과 일본 본토의 관계를 통해 일본 사회를 후손들이 살아가야 할 터전으로 인식한다. 낙후되어 가는 섬을 떠나 아들의 미래를 위해 본토로 이주하는 문제를 고민하는 주인공은 제주 출신의 어머니가 고향인 제주도를 그리워하는 만큼 쯔시마섬을 고향처럼 여긴다. 어머니의 고향인 제주도와 재일2,3세대가 태어나 자란 일본 영토인 쯔시마 섬을 동일화함으로써 이념적 경계보다 일본에서 살아가기 위한 세대교체와 이에 따른 일상적 경계를 부각시킨다.

구체적인 삶의 차원으로 경계 의식이 반영된 양상은 남한에 대한 인식도 새롭게 설정하는 것으로 이어진다. 6 · 15 공동 선언 이후 이루어진 고향(제주도) 방문과정을 소재로 하고 있는 강태성의 <유채꽃은 피고 지고>는 바로 남한에 대한 인식 변화와 그로 인한 조국 표상의 변화를 단적으로 드러낸다. 남북의 지도자가 만난 6 · 15 공동선언이 서로 부정하던 양 체제를 인정하고 통일 논의의 가능성을 실천적으로 보여준 획기적인 '사건'이었던 만큼 총련동포의 고향 방문 사업은 그들의 내면에 자리 잡은 경계의식 또한 변화시킨다. 이적 단체였던 그들에게 남한은 이제 더 이상 적대적인 권력이 장악하고 있는 부정적 공간이 아니고 고향에서 만난 사람들 또한 지난날의 사람들이 아니다. 북한의 해외공민으로서 자기동일성을 규정해 온 총련계 동포들에게 금단의 땅이었던 남한의 방문은 그동안 관념적으로 형성해 온 반쪽짜리 조국의 이미지를 변화시킨다.

> (전략) 고향에 대한 뚜렷한 표상은 자기가 어디에 뿌리를 내리고 통일을 위한 길을 모색해야 되는가를 생동하게 가르쳐 주는 것 같았다.
> 조국의 대지에 든든히 뿌리를 내린 통일지향-영식은 다음 세대에게 그것을 똑똑히 안겨 주어야 할 것이라고 생각하였다. 통일은 풍화되어서는 안되는 것이다. 민족구성원모두가 하나의 생각으로 굳게 뭉쳤을 때 통일은 닁큼 다가오는 것이 아니겠는가.[27]

58년 만의 고향 방문을 통해 '영식'은 통일의 당위성을 다시 한번 자각하고 다짐한다. 이때의 통일은 북한 중심의 통일도, 남한을 해방시키는 통일도 아니다. 민족의 행복을 위해 남과 북, 그리고 재외동포 등 민족구성원 모두가 합심하여 지향해야 하는 것이다. 조국의 대지, 고향 땅에 대한 구체적인 실감을 획득함으로써 남한에 대한 인식이 바뀌고 그에 따라 조국에 대한 표상도 획기적으로 변화하게 되는 것이다. 이제 남한을 민족 모순의 해결을 위한 투쟁의 대상으로만 여기던 적대적인 인식을 드러내지 않으며 통일 지향의 당위성과 사명감을 강조한다. 물론 작품 전체적으로는 아직까지도 북한 중심의 모국

---

27) 강태성, <유채꽃은 피고지고>, 『겨레문학』7, 2002.8, p.38.

의식을 통해 민족의식을 이해하고 모든 소설적 갈등을 해결하고 있지만 북한 중심의 국가주의보다는 민족 중심의 통일 의식을 강조하는 양상이 나타나고 있음도 무시할 수 없다. 남한과 북한의 대립 의식이 약화되고 그 자리에 통일 지향이라는 미래적 조국 표상이 자리하게 됨으로써 이제 조국은 한반도의 반쪽도 아니며, 남북한이 각각 국민적 동일성에 얽매여 있는 현재의 조국에 머물지도 않는다. 조국 표상의 지리적 경계 의식이 한반도의 일부인 북한에서 한반도로 확대되어 미래지향적인 통일 조국을 지향하게 되는 것이다.

⎯⎯ 5. '민족'의 확장과 가능성

총련계 재일동포들은 북한의 해외공민으로서의 자의식을 지니고 있다. 그렇기 때문에 그들의 국가관과 조국 표상은 상대적으로 분명하다. 총련의 산하 문예기관인 문예동의 조국 지향도 기본적으로 이와 마찬가지이다. 하지만 그들의 삶이 '재일(在日)'의 특수한 상황에 놓여 있다는 점에서 그들도 재일동포의 존재적 특성에서 자유롭지는 못하다. 즉, 다양한 층위에 걸쳐 혼재된 상태로 작용하는 국가주의적 경계에 규정받으며, 그 속에서 불안정하고 유동적인 경계의식을 내면화한 존재인 것이다. 앞서 살펴보았듯이 그들은 여전히 북한 중심의 조국 지향을 지니지만 한편으론 불안정한 경계 의식 속에 변화되는 조국 표상의 양상을 보이며, 재일동포의 존재적 특성과 그에 따라 균열되는 경계의식과 조국 지향 또한 드러낸다.

문예동 초기의 일부 작품에서 조국은 정치적 경계 의식보다는 민족적 경계의식이 강조되는 정서적인 차원의 고향으로 표상된다. 이때의 조국은 부정적인 이국에 대비되는 향수의 공간이며 언젠가는 돌아갈 공간이다. 이주 이전의 '조선'이라는 민족 공동체로 환기되며 남한과 북한이라는 분단의 경계선 또한 확고하지 않다. 이는 과거 식민지와 피식민지라는 대립구도에 기반하여 조선 대 일본이라는 과거의 현실인식이 확장된 것이라 할 수 있다. 그러나 국민의 영역에서 배제되는 차별적 상황이 지속됨으로써 집단적 결속과 저항 수단으로써 민족적 자의식을 강화하게 되고, 이는 곧 조국에 대한 예민한 열망으로 이어진다. 이러한 상황에서 귀국운동과 한일기본조약 등 정치적 귀속과 배제의 역사적 사건을 겪으면서 조국 표상은 정치적인 경계가 강화된 북한 지향으로 확고해진다. 조국 표상이 북한으로 고정됨으로써 남북의 분단선이 재일동포 사회에도 고착화되고, 북한에 대한 이념적 지향 또한 강화된다. 이는 곧 북한을 중심으로 한 타자적 질서를 재현하는 결과를 초래하고 문예동 소설의 추상성과 이념성을 심화시킨다.

이러한 조국 표상은 문예동의 기본적인 조국인식으로 자리 잡지만 정주의 시간이 길어지면서 균열될 조짐을 보인다. 정주의 문제가 본격적으로 제기되고 인식되면서 이념적인 조국 표상은 재일의 일상적 삶의 수준으로 구체화되기 시작한다. 일상적 차원의 차별적 지위를 정주를 위한 시민적 권리라는 측면에서 접근하고, 일본(인)과 남한에 대한 배타적 인식 또한 약화되는 양상을 띤다. 특히 남한에 대한 적대적 인식이 변하고 그에 따라 정치적인 경계의식이 약화됨으로써 조국 표상의 지리적 경계 인식은 자연스럽게 북한을 넘어 한반도 전체로 회복, 확장된다.

이렇게 조국의 지리적 경계가 한반도로 회복, 확장되는 것은 곧 민족의 지위가 회복되는 것이기도 하다. 그동안 총련계 동포들은 자기정체성의 핵심으로 민족의식을 강조해왔지만 이때의 민족의식은 정치적, 이념적 차원에서 북한에 국한되어 왔다. 즉, 민족과 북한을 동일시함으로써 민족의식 또한 한반도의 지리적 분단과 유사한 반쪽짜리에 불과했던 것이다. 하지만 확고하게 고정되어 있던 북한 중심의 조국 표상이 한반도로 확대됨으로써 민족의식은 정치적 경계를 넘어 민족공동체적 차원을 회복하게 된다. 물론 이때의 민족의식은 문예동 초기 소설에서 간헐적으로 확인되는 정서적 동질감을 확인하는 수준에 머물지 않는다. 재일동포 스스로가 이미 남한도 북한이 아닌 제3의 존재로서 주체적인 자기 인식을 시도하고 있기 때문이다. 남한, 북한, 그리고 재외동포가 함께하는 미래지향적인 통일 조국의 지향은 언젠가 돌아갈, 그래서 남한 혹은 북한의 일원으로서 아니라 한반도의 외부에 존재하는 민족구성원으로서의 자기동일성을 재일동포 스스로가 인식하고 있음이다.

이렇게 한반도의 북쪽에 국한되었던 반쪽짜리 경계의식이 민족공동체적 테두리로 확장되는 것은 분단된 질서 속에 놓인 국가주의적 경계에 대한 반성과 성찰이라는 재일동포의 자기 역할을 기대하게 한다는 점에서 의의가 있다. 한반도 외부에서 한반도를 중심으로 한 경계 지형을 인식함으로써 탈국가적 조망이 가능한 경계인의 역할을 수행할 가능성이 생기는 것이다. 이는 곧 총련계 문학이 북한문학의 하위 범주에 그치지 않고 재일동포문학으로서의 존재적 조건을 반영한 상대적 독자성을 강화하는 것으로써 남과 북의 대립을 지양하는 통일문학의 실질적인 매개로서의 역할을 수행하게 될 가능성이기도 하다.

또한- 민족의 회복을 통한 경계 지형의 변화는 재일동포 소설문학의 가치를 심화시키는 것으로 이어질 수도 있다. '재일(在日)'의 문제를 정치적·사회적 구조의 층위와 식민지 경험이라는 역사적 층위에서 일상적, 개인적 차원의 층위로 구체화시킴으로써 재일동포 소설의 다양성과 형상성을 확대하는데도 도움을 줄 것이기 때문이다. 이는 모국중심적 민족문학의 구도에서 주변화되었던 재일동포의 삶과 현실을 가시화시킴으로써 한국문학의 지평을 실질적으로 확대하는데도 기여할 것이다.

2 | 중국 조선족 소설의 연구 현황과 현재적 의의

___ 1. 중국 조선족 문학의 특수성과 관점의 문제

조선족 문학은 재외동포문학[1]의 범주에서도 상당히 특이한 성격을 지니고 있다. 중국 국적을 가지고 있는 한민족이라는 점, 다시 말해 중국이라는 국가 체제에 기본적으로 속해 있으면서 한민족의 언어로

---

1) 해외에서 생산되는 한민족 문학에 대한 명칭과 범주는 명확하지 않을뿐더러 통일된 개념을 적용하기도 어렵다. 이는 재외동포들의 위상이 거주지역이나 국적에 따라 상이하고, 국가와 민족, 그리고 언어와 역사 등이 복잡하게 관계 맺고 있기 때문이다. 본고에서는 해외에서 생산되는 한민족 문학을 남한과 북한이라는 국가적 경계를 넘어서는 포괄적인 차원에서 '재외동포문학'이란 용어로 지칭하고 있다. 이런 차원에서 보면 '조선족'에 대한 명칭도 '재중동포'로 표기해야 할 필요가 있지만 조선족의 경우 중국 국민으로서의 자의식이 뚜렷하고, 그들 스스로도 '중국조선족'이라 명확하게 규정하고 있으므로 '조선족', '조선족문학'이란 용어로 통일하여 사용한다.

문학 활동을 한다는 점은 재미동포나 재일동포 문학과는 다른 특수성이다. 물론 재일동포 중에는 한국어 창작을 고수하고 있는 집단이 있지만 그들의 국가관이 모국 지향적이라는 점에서 차이가 있다. 특히, 조선족 문학의 출판어(print-language)[2]가 한국어라는 점은 기본적으로 조선족이 중국이라는 국가 공동체에 소속되어 중국 국민으로서의 삶을 영위하고 있다는 점에 비추어볼 때 매우 특이하고도 중요한 일이라 할 수 있다.

국가(nation)와 민족(ethnicity)[3]이 동일한 형태로 발전해 온 우리의 역사적 경험에 비추어보면 국가와 민족이 일치하지 않는, 중국적이면서 동시에 한국적인 조선족문학의 이러한 특수성은 쉽게 이해되기 힘든 부분이다. 우리는 1천년 이상 단일민족국가로, 그것도 중앙집권화가 강화되는 형태로 발전해왔으며, 언어와 문화공동체의 발전도 전근대적인 것이었지만 한반도라는 지리적 공간을 주로 하여 국가의 발

---

2) 앤더슨은 출판어(활자어, print-language)를 새로운 공동체의 상상을 가능하게 하는 기초적이면서 역사적인 사건으로 보고 있다. 이 출판어의 출현은 '생산 시스템과 생산관계,' '커뮤니케이션 기술', '인간의 언어적 다양성이라는 숙명성' 등에 의한 우연적이고도 폭발적인 상호작용의 결과로 보고 있다. (Benedict Anderson, 『상상의 공동체』, 윤형숙 역, 나남출판, 2002, pp.71-76.)

3) 'ethnicity'는 공통의 신화, 역사적인 기억과 문화의 공유, 특정 고국과의 심리적 결합, 하나의 공동체에 속한다는 소속감과 연대감을 공유하는 문화적 공동체라 할 수 있다. 이에 반해 'nation'은 공통의 경제와 법적 권리·의무 등을 포함하는 정치적인 공동체라 할 수 있다.(윤인진, 『코리안 디아스포라』, 고려대학교출판부, 2004, p.23.)
서구어인 'nation'의 의미가 정치적인 테두리를 전제로 하고 있음에도 불구하고 우리말로 '민족'으로 번역되는 경우가 많은 것은 민족적으로 동일한 국가형태를 오랫동안 지속해 온 역사적인 경험과 관련이 있을 것이다. 하지만 위에서 언급했듯이 '민족'은 문화적인 동질감을 강조하는 'ethnicity'의 의미로 사용하고 'nation'은 국가를 전제로 한 '국민'으로 사용하는 것이 혼란을 줄일 수 있으리라 생각된다. 이와 관련하여 'nationalism'의 경우에도 다양한 계층과 인종의 국민적인 동질화를 이루었거나, 이루길 지향하는 국민이 주체가 된다는 점에서 '민족주의'로 번역, 사용하는 것도 재고해 볼 필요가 있다.

전과 귀를 같이 해왔다.[4] 이렇게 언어공동체가 민족공동체이면서 동시에 국가공동체를 이루고 있던 우리로서는 국가와 민족, 혹은 언어가 이질적이면서 통일적인 정체성을 이루고 있는 중국 조선족의 상황을 명확하게 인식하기가 쉽지 않다.

중국 조선족은 한반도에서 이주한 조선민족의 한 갈래이지만 엄연한 중국 국민이다. 그들은 중국 소수민족 중 국경 밖에 독립된 나라를 가지고 있는 민족으로 토착 민족이 아닌 이주민족이라는 점에서 모국의식이 다른 소수민족에 비해 강한 편이다. 하지만 중국 국민으로서의 국가의식 또한 분명하게 지니고 있다. 이러한 그들의 국가의식은 1949년 중화인민공화국의 건립으로 이중국적이 허용되지 않으면서 중국 국적을 대부분 획득하게 되었고, 이후 1952년 연변 조선족 자치구 인민정부가 수립됨으로써 공식화되었다. 이로써 중국의 소수민족이라는 사회적 지위가 성립되지만 그들 스스로 중국인으로서의 국민의식을 실질적이고도 확고하게 가지게 된 것은 정치적인 제도 수립의 차원에서라기보다 그들이 경험한 역사적 체험이나 사회적 배경에서 비롯된 것으로 이해해야 한다.

조선족은 우선 불모지였던 중국 동북지역에 정착하여 생존기반을 일궜기 때문에 지역적인 애착심이 강하다. 그리고 일본 제국주의에 대한 저항과 중국 내전 등에 적극적으로 참여함으로써 중국 공산당 정권 수립에 실질적인 기여를 했기 때문에 중화인민공화국 건설에 한 몫을 담당했다는 자부심 또한 지니고 있다. 여기에 중화인민공화국 건립 당시에 이루어진 토지 개혁 과정에서 동등한 지위에 바탕을 둔 토지분배를 받음으로써 소작농의 지위에 머물러 있던 사회적 지위가

---

4) 서중석, 「한국에서의 민족문제와 국가」, 한국사연구회 편, 『근대 국민국가와 민족 문제』, 지식산업사, 1995, p.112, 참조.

실질적으로 상승했다는 점과 모국의 분단으로 인해 남과 북 그 어디도 통일된 국민적 정체성을 가지는데 한계가 있었다는 점 등도 중국 국민으로서의 자의식을 강화하게 된 배경이라 할 수 있다.[5]

조선족 문학은 이주 초기나 일제 식민지시기에 이루어진 조선 문인들의 망명 혹은 정착과정에서 진행된 문학 활동에 근원을 둔다. 김택영, 신채호에서부터 윤동주, 안수길, 김창걸 등 소위 재만문학(在滿文學)의 범주가 조선족 문학의 모태를 형성했다. 이후 1949년 중화인민공화국의 건립 이후 민족 자치가 실시되고 '연변문예연구회'가 결성되면서 본격적이고 독자적인 문학 활동이 전개되기 시작한다. 1956년 중국작가협회 연변분회가 결성된 후 연변지부를 중심으로 길림지부, 목단강지부, 할빈지부, 심양지부, 북경지부, 통화지부 등으로 구성되어 현재에 이르고 있다. 연변분회 회원은 400여명, 중국 작가협회 정식 회원 작가는 40여 명에 이르는 것으로 알려져 있다. 현재 조선족 문학은 민족적 특징을 강하게 내포하고 있으면서 민족의 언어로 문학 활동을 하고 있는, 중국의 지배적인 한족문학과 다른 독자적인 특질을 가지고 있는 대표적인 소수민족문학으로 평가받고 있다.

"숙명적으로 중국적 요소와 모국적 요소가 혼재한 조선족 문학의 이중적 성격"[6]은 조선족 문학의 독자성을 뒷받침하면서 조선족 문학

---

5) '조선족'이라는 명칭도 중국이라는 국가적 테두리를 전제로 한, 중국 내 소수민족 중 하나를 지칭하는 용어라고 할 수 있다. 실제로 조선민족, 고려인, 조선인, 조선족 등 다양한 명칭이 '조선족'으로 확립된 것은 연변 조선족 자치구가 건립된 1952년 전후이다. 조선족 사회의 형성과정에 대해서는 다음의 책들을 참고할 수 있다.
  김상철·장재혁, 『연변과 조선족』, 백산서당, 2003, pp.81-98.
  정신철, 『한반도와 중국 그리고 조선족』, 모시는사람들, 2004, pp.32-35.
  임계순, 『우리에게 다가온 조선족은 누구인가』, 현암사, 2003, pp.236-251.
  이재달, 『조선족 사회와의 만남』, 모시는사람들, 2004, pp.21-68.
  윤인진, 『코리안 디아스포라』, 고려대학교출판부, 2004, p.45-86.
6) 김관웅, 「중국 조선족문학의 력사적 사명과 당면한 문제 및 그 해결책」, 『비평문학』

의 정체성을 구성하는 핵심적인 근거이다. 그렇기 때문에 조선족 문학의 특수성에 대한 통찰을 바탕으로 조선족 문학이 구성해왔거나 지향하고 있는 정체성을 구체적으로 해명하는 것은 조선족 문학이 지닌 위상과 의의를 규명하는 첫걸음이 될 것이다. 이는 조선족 문학을 우리 문학사의 성과로 자리매김하기 위한 과정에서도 필수적인 사항이다. 하지만 무엇보다도 특수하면서도 독자적인 조선족 문학의 성격을 바탕으로 하되 한국 문학의 입장에서 조선족 문학에 대한 관점을 명확히 할 필요가 있다. 이러한 자세를 바탕으로 조선족 문학의 성과들을 수렴할 때만이 우리 문학의 지평은 질적으로 확장될 수 있으며, 나아가 통일시대의 문학 혹은 세계화 시대의 민족문학을 논할 수 있을 것이다. 그렇지 않을 경우 조선족 문학은 문학현상의 양적 확대를 통해 폐쇄적인 민족주의나 국가주의(nationalism)에 기반한 민족문학론을 재생산하는 차원에 그치거나 그럴 의도를 실현하고자 하는 연구자들의 일방적인 구애에 머물 수도 있다.

중국 조선족 문학에 있어서 민족적 특성이나 성격은 중국이라는 국가주의에 기반하고 있기 때문에 우리가 말하는 민족, 혹은 민족성과 일치하고 있다고 판단하기는 어렵다. 민족이란 개념은 "근대 국민국가의 산물로 국가주의를 반영하면서 정치적으로 집권화된 단위의 존재인 국가를 전제하고 있다."[7] 조선족은 중국을 구성하고 있는 소수민족 중 하나로 중국이라는 국가주의에 기반하고 있는 에스니스티

13, 한국비평문학회, 1999, p.552.
　　조선족의 특수한 지위나 성격을 나타내는 말로 조선족 연구자들에 의해 주로 사용되는 '국가와 민족의 이중성'란 말은 그 의미를 좀 더 분명히 하고 사용할 필요가 있다. '국가'와 '민족'이 대등한 영향 요소로 작용하고 있는 것으로 보기 어렵기 때문에 단순히 표면적인 양상만을 바탕으로 해서 사용하는 '이중성'이란 표현은 신중해야 할 필요가 있다.
7) Ernest Gellner, 『민족과 민족주의』, 이재석 역, 예하, 1988, p.13.

(ethnicity)에 가깝기 때문에 그들이 지향하는 민족주의는 우리와 달리 중국이라는 국가주의에 귀속되며 그 테두리 안에 존재한다. "조선족 문학은 분명 각 민족 자체의 특성을 가진 문학이지만 소수민족을 포함한 각 민족의 공동 창조에 의해서 그 테두리 안에서 이루어진 중국문학이며 중국문학의 한 개 조성부분"[8]이라는 조선족 연구자의 정의도 결국은 중국 국가주의의 테두리를 강조하는 것으로 볼 수 있다. "국가는 작가의 이데올로기를 규정하는 압력으로 작용하고 동시에 작가는 국가 체제하에서 국민화"[9]된 존재이다. 그렇기 때문에 우리와 같은 언어로 쓰인 점, 우리와 같은 혈연적 뿌리를 가지고 있다는 점만으로 한국문학의 범주에 귀속될 수 있는가의 문제와 조선족 문학이 한민족의 지향성[10]을 얼마나 형상화하고 있는 하는 문제는 같은 차원에서 논의할 수도 없으며, 쉽게 일반화시킬 수 있는 문제도 아니다. 중요한 것은 현재 시점에서 우리 민족문학의 성과를 풍부하게 하고 지평을 확대할 수 있는 실질적이고 구체적인 자료로서 활용하는 것이다.

조선족 문학의 특수성은 우리 입장에서 보면 우선 체험과 언어에 있어 공유하고 있는 부분이 많다는 것으로 이해할 수 있다. 조선족의 현재 삶은 중국 국민으로서의 체험에 기초하고 있지만 그들의 역사적이고 원형적인 삶의 많은 부분은 민족적인 체험을 바탕으로 하고 있다. 조선족의 이민과 정착의 역사는 근대 초기 우리 민족의 제국주의 체험의 일부분으로 우리 민족의 역사적 현장인 만주 체험을 중심으로 한다. 역사적으로뿐만 아니라 문학적으로도 이민문학의 시기[11]를 공

---

8) 권철, 「중국 조선족문학 연구현황」, 『아시아문화』 13, 1997, p.289.
9) 니시카와 나가오, 『국민이라는 괴물』, 윤대석 역, 소명출판, 2002, p.70.
10) 우한용, 「역사적 주체로서의 인식과 실천-이근전 <고난의 년대>론」, 『동서문학』, 1990. 9, p.199.
11) 오양호는 1941년부터 1945년의 시기를 이민문학기로 명하고 1940년대의 연변 문

통분모로, 공통의 기억으로 공유하고 있으며, 언어에 있어서도 한글의 사용을 민족성 유지의 핵심으로 보고 있다는 점도 비슷하다.

조선족 문학에 대한 연구는 곧 조선족 문학이 지닌 특성을 규명하면서 그 특성에 바탕을 둔 문학적 의의를 우리 문학사의 테두리에 자리매김할 것을 의도한다. 이러한 의도는 앞서 언급한 체험과 언어의 공유에서부터 출발할 수 있다. 본고는 본격적인 연구를 위해 국내에 소개된 지금까지의 연구 성과들을 구체적으로 검토하는 것을 목표로 한다. 이를 통해 현재 시점에서 조선족 문학의 성격과 의의를 가늠해 보고 구체적인 연구를 위한 방향을 제시해 보고자 한다.

—— 2. 중국 조선족 소설 연구의 현황

중국 조선족 소설 연구의 현황을 점검하기에 앞서 조선족 문학의 특수성에 대해 논한 성과들을 짚어볼 필요가 있다. 조선족 문학이나 문단의 특수한 성격에 대한 이해는 조선족 문학의 정체성 혹은 독자성을 이해하기 위해 필수적으로 규명해야 할 문제로 우리 문학과의 연관성 파악과 직결되는 사항이다.

우선 조선족 문단의 형성과정을 이주의 단계에서부터 구체적으로 고찰하여 조선족 문단의 특수한 성격을 점검하고 있는 박남훈의 연구[12]가 있다. 이 글은 근대문학(이주-1920년)과 현대문학(1920년-1949

학 작품들이 식민지 시대 말기의 문학사적 공백을 메울 가능성을 지속적으로 탐색하고 있다.

오양호, 『한국문학과 간도』, 문예출판사, 1988.

______, 『일제강점기 만주조선인 문학연구』, 문예출판사, 1996.

12) 박남훈, 「조선족 문단형성과정과 작가의 사회적 의미」, 김승찬 외, 『중국 조선족

년)의 단계는 조선의 지식인들이 중국으로 망명 혹은 정착하는 과정에
서 이루어진 잠정적인 시기로 보고, 근대문학단계에서는 근대문명개
화와 민권 개화, 민족독립자주의 사상고취가, 현대문학단계에서는 반
제반봉건, 항일투쟁에 기초한 혁명적 진보적인 문학이 전개되었음을
설명한다. 그리고 중화인민공화국이 창립된 이후 중국의 문화정책과
소수민족 정책에 영향을 받으면서 조선족 문단이 어떻게 변화되고 형
성되었는지도 객관적인 자료들을 통해 설명하고 있다. 이 과정에서
조선족 문단은 중국 문학의 일부이면서 '백의동포문학'이라는 이중성
에 바탕을 두고 있지만, 분명한 민족문화의식을 가지고 문학예술을
통해 민족 전통을 계승하고 민족적 동질성을 확보해 나가고 있음을
지적하고 있다. 하지만 중국 조선족 작가들의 관점을 그대로 받아들여
민족성과 민족의식을 설명하고 있어 그들의 민족성, 혹은 민족적 지향
이 어떻게 중국의 소수민족 중 하나의 민족성으로 변화되었는지, 또는
우리의 민족성의 관점에서 어떻게 바라볼 것인가의 문제까지는 확장
하여 논의하지 않고 있다.

조선족 작가들에게 있어 민족성의 문제는 그들의 정체성과 독자성
을 지탱해주는 본질적인 근거로서의 역할을 한다. 그렇기 때문에 그들
에게 있어 민족성에 대한 강조는 곧 조선족 문학 혹은 조선족의 생존
문제와 직결된다. "공동한 언어와 문자의 상실은 곧 민족의 정체성,
독자성의 상실을 뜻하기 때문에 우리말과 글은 우리의 얼을 지키고
문화의 독자성을 지키는 유일한 문화적 장치이요 방선"이라는 점, "조
선족 문학은 우리말과 글을 지키는 방벽, 우리의 문화를 지키고 민족
동화를 방지하는 전위부대로서의 가치를 지닌다"고 하는 조선족 연구

문학의 전통과 변혁』, 부산대출판부, 1997.

자의 평가[13]는 이런 점을 잘 보여주고 있다.

김종회의 최근 연구[14]는 한국문학의 범주에서 조선족 문학을 논할 가능성을 검토하고 있다. 재외한국문학의 의미와 개념을 문학창작의 강역, 창작 주체, 언어, 주독자 등의 문제를 통해 검토하고 중국 조선족 문학의 성격과 현실을 파악한다. 이에 따라 조선족 문학을 조선족의 전통과 습속에 대한 긍지를 강도 높은 수준으로 간직한 성과로 평가하고 난관 속에서 보존해 온 문화적 성과들을 문화사의 각론으로 받아들이고 한국문학사의 한 부분으로 편입하여 의미부여하고 자리매김해야 한다고 말하고 있다. 이는 재외한국문학의 범주 설정과 조선족 문학의 연구가능성에 대한 구체적인 문제제기에 해당한다고 할 수 있다.

중국 문학과의 관계 속에서 소수적 문학으로서의 가능성을 점검하고 있는 이영구의 논의[15]는 조선족 문학 연구 방법에 있어 새로운 가능성을 시사해 주고 있다. 조선족 문학이 지닌 독자성을 주류적 중국 문학담론과의 차이를 통해 확인하고자 하는 그의 방법론은 조선족 문학의 특징을 중국적인 것과 민족적인 것의 단순한 조합으로 이해하는 차원을 극복하고자 하는 시도라 할 수 있다. 민족특색과 탈이데올로기 지향을 통해 국가권력에 대한 도전을 보여주고 있는 김학철의 소설과 개혁개방 이후 문화중개시스템으로서의 자의식과 한국 진출 관련 주제의식을 다룬 작품들을 통해 다수의 문학인 중국 한족(漢族)문학과는 다른 양상을 보이고 있음을 파악하여 조선족 문학이 지닌 소수적 문학으로서의 가능성을 살펴보고 있다.

---

13) 김관웅, 앞의 글, 1999.
14) 김종회, 「중국 조선족 문학의 어제와 오늘―한민족 문화권의 새로운 영역」, 『국어국문학』 130, 국어국문학회, 2003.
15) 이영구, 「소수적 문학으로서의 재중교포문학」, 『중국학연구』 28, 중국학연구회, 2004.

앞서도 언급했듯이 조선족 문학의 특수한 성격과 정체성에 대한 탐구는 재외동포문학의 위상을 정립해 나간다는 차원에서 필요하고도 주요한 과정임에 틀림없다. 하지만 중국 조선족문학이 한국문학의 범주 아래 전일적으로 귀속될 수 있는 것이라 속단하기 어렵기 때문에 조선족 문학의 특수한 성격과 정체성에 대한 논의는 구체적인 작품을 통해 한국문학의 관점에서 점검되고 평가되어야 할 필요가 있다.[16] 조선족 소설 작품을 대상으로 한 연구 성과들을 점검해보도록 하겠다.

1) 조선족 소설의 전개와 특징 연구

조선족 소설의 전개와 특징을 연구하는 작업은 자료의 방대함과 접근의 용이성 때문에 주로 조선족 연구자들에 의해 이루어졌는데 조성일·권철,[17] 오상순,[18] 이광일[19] 등의 성과가 대표적이다.

조성일·권철의 성과는 조선족 문학을 사적으로 집대성한 거의 최초의 작업이라는데 의의가 크다. 근대, 현대, 당대문학으로 구분[20]하여 전개하고 있는 이 연구에서는 조선족 문학사의 서술을 19세기말부

---

16) 이런 차원에서 조선족의 한국문학사 서술이나 한국문학에 대한 인식 양상을 살펴보는 작업도 병행될 필요가 있다. 지금까지 진행된 이런 차원의 연구로는 다음의 성과들이 있는 정도이다.
  김중하, 「조선족의 소설사 기술태도에 나타난 소설의 기능문제」, 김승찬 외, 『중국 조선족 문학의 전통과 변혁』, 부산대출판부, 1997.
  양문규, 「중국 조선족의 한국 현대문학 인식 및 향후 수용 전망」, 『배달말』 28, 배달말학회, 2001.
17) 조성일·권철, 『중국 조선족 문학통사』, 이회문화사, 1997.
18) 오상순, 『개혁개방과 중국조선족 소설문학』, 월인, 2001.
19) 이광일, 『해방 후 조선족 소설 문학 연구』, 경인문화사, 2003.
20) 근대문학은 踐入~1920년, 현대문학은 1920년~1931년, 1931년~1945년, 1945년~1949년의 세 단계로, 당대문학은 1949년~1966년, 1966년~1976년, 1976년~1986년의 세 단계로 구분, 설정하고 있다. (조성일, 앞의 책, p.16)

터 진행된 이주 초기로 확대함으로써 조선족 문학의 역사성과 민족성을 실질적으로 반영하고 있다. 또한 1931년과 1945년을 특징적인 시기로 설정함으로써 중국의 사회역사발전의 단계성과 조선족 역사발전의 특수성 및 조선족 문학발전의 구체적 상황을 함께 고려한 양면성과 민족주체성의 강화를 엿볼 수 있다.[21] 하지만 시대구분의 큰 틀은 중국 문학사의 기준을 그대로 따르고 있으며, 소설문학에 대한 서술이 대부분 개괄적인 소개에 그치고 있으며 김학철, 리근전 등 몇 작가에 대한 설명에 머물고 있다.

오상순과 이광일의 조선족 소설에 대한 사적 기술은 사회 전반의 다양성이 허용되는 개혁개방 이후의 분위기를 반영하고 있다. 그렇기 때문에 문학사 인식과 서술에 민족적이고 문학적인 기준이 강화되는 양상을 보인다. 오상순은 개혁개방 후의 소설문학에 무게를 두어 서술하면서 소략하지만 소설문학의 미학적 특성을 소설사 서술에 반영하고 있으며, 특히 시장경제와 90년대 소설과의 관계를 정리하고 있다는 특징을 보인다. 이광일의 연구는 조선족 문학의 독자성을 더욱 부각시켜 소설사를 기술하고 있는데, 이러한 노력은 소설사의 시기 구분에서도 엿볼 수 있다. 그는 조선족 문학사의 시점을 1949년이 아닌 1945년으로 보면서 발전 단계 또한 반우파 투쟁이 시작되는 시기부터 문화대혁명 기간까지를 한 시기로 본다. 또한 문화대혁명 이후 새로운 시기의 시작도 1978년으로 봄으로써 소설의 성과들을 사적 기술의 실질적인 기준으로 삼고자 애쓰고 있다. 특히 1945년을 조선족 소설사의 시점으로 파악하고 '재건기'라 명하고 있는 것은 재만문학과의 연속성을 강조하면서 조선족 소설의 전통을 확고히 하려는 시도로 보인다.

---

21) 김중하, 앞의 글, p.35.

하지만 조선족 연구자들의 사적 연구는 상대적으로 중국 문학의 관점에 기반하고 있으며 문학사회학적 입장을 기본으로 하여 주로 주제 분석에 그치고 있는 한계가 없지 않다. 물론 오상순과 이광일의 연구에서는 텍스트에 입각한 미학적인 접근이 시도되고 있기도 하지만 본격적으로 반영되고 있다고 보기 어렵다.[22] 이 외에도 조성일의 분류 기준에 따라 구체적인 작품을 검토, 소개하는 전성호[23]의 연구가 있다.

국내 연구자들의 성과로는 우선 김중하[24]와 조남철[25]의 성과를 들 수 있다. 김중하는 조성일의 시기 구분을 받아들여 정치변혁의 소용돌이를 건너오면서 조선족 소설가들이 어떻게 대응해 왔는가, 소설 창작 방법이 문화정책이나 소수민족 정책에 얼마나 영향을 받았는가를 단계별로 검토하고 있다. 이를 통해 17년 시기에는 당면한 신중국 건설에 맞추어 대체로 평범한 주인공을 통해 주어진 환경에 쉽게 적응하고 사회주의 건설에 매진하는 과정을 보인다고 평가한다. 또 극단적 좌경화 시기인 문화대혁명 시기에는 소수민족 문학 중 하나인 조선족 문학이 위축되다가 개혁개방이후 소수민족의 문학적 부활을 인정함으로써 자본주의적 생활 요소나 민족적 감수성을 형상화하여 문학의 다양성, 사실주의의 심화와 확대를 꾀하고 있다고 본다.

---

22) 이광일의 경우 서사적인 측면에서 접근하고 있지만 전체 논의에 비해 부차적이고 표면적인 논의에 그치고 있다. 전체 시대 구분이 세 단계로 이루어져 논의되고 있지만 서사시간과 시점, 문체 등을 논의한 부분에서는 개혁개방을 기준으로 2단계로 구분하여 논의하고 있다.

23) 전성호, 『중국 조선족 문학예술사 연구』, 이회문화사, 1997.

24) 김중하, 「중국 사회주의 문화정책이 조선족 소설창작 방법에 미친 영향」, 김승찬 외, 『중국 조선족 문학의 전통과 변혁』, 부산대출판부, 1997.

25) 조남철, 「연변 조선족 소설 연구」, 『한국방송통신대학교 논문집』 34, 2002. 이글에는 1990년 2월 13일에 조성일의 사회로 진행된 김학철과 연변사회과학원 문학예술연구소 연구원과의 대담 자료가 실려 있어 김학철의 소설관과 민족문학의 변모 과정을 이해하는데 참고가 될 만하다.

조남철은 1949년부터 1967년 문화대혁명 직전인 당대문학의 앞부분을 대상으로 하여 문학적 배경, 민족문학의 건설과 전개과정, 문예이론의 내용 등을 살핀 후 소설의 발전과정을 검토하고 있다. 신중국 건설 이후 반우파 투쟁 이전까지는 사회주의 제도의 우월성, 새생활에 대한 희열, 근로대중의 전형적 인간형 창조, 묘사의 사실성 등을 특징으로 지적하고 있다. 사회주의 건설을 본격적으로 시작한 반우파 투쟁 이후 문화대혁명 직전까지는 새로운 사상과 낡은 사상의 투쟁, 생활의 긍정적인 측면의 부각, 계급투쟁의 확대 등으로 인해 애정문제나 민족문제에 대한 형상화가 불가능해지고 영웅적이고 이상화된 인물 창조에 경도되어 있다고 평가한다.

정덕준의 논의[26]는 국내 연구자 중 거의 유일하게 조선족 소설의 전개를 본격적으로 검토하고 있다. 이글에서는 조선족 소설의 발전 과정을 계몽기(1949~1957년 상반기), 암흑기(1957년 후반기~1976), 부흥기(1976~1980년대 후반), 성숙기(1980년대 후반~1990년대 후반)로 구분하고 있다. 계몽기는 사회주의사실주의로, 암흑기는 극좌주의로, 부흥기와 성숙기는 사실주의로의 복귀로 보고 이를 통해 창작의 자유와 관심영역이 확대되고 있음을 특징으로 지적하고 있다. 중국의 정치 사회적 상황을 고려하면서 구체적인 소설 작품을 분석하고 미학적 특질을 추출하여 사적인 의미를 부여하고자 하는 노력이 엿보이는 연구이다. 특히 개혁개방 이후의 조선족 소설에 나타나는 사실주의적 특징을 1970년대 한국의 산업화사회의 문학과의 연관성 속에서

---

26) 정덕준·김기주, 「재중 조선족소설 전개 양상과 그 특성-1949년~1976년의 작품을 중심으로」, 『한국문학이론과 비평』 21, 한국문학이론과 비평학회, 2003.
　　정덕준, 「개혁개방 시기 재중 조선족 소설 연구-1976~1995년대 전반기 작품을 중심으로」, 『한국언어문학』 51, 한국언어문학회, 2003.

이해하고자 하는 점이 눈에 띤다. 하지만 부흥기와 성숙기의 문학적 특징을 명확히 구분하고 있지 않다는 점, 사실주의적 특징을 파악하는 개념으로 중국 문학의 개념인 상처소설[傷痕소설], 반성소설[反思소설], 개혁소설 등을 그대로 활용하고 있는 점, 계몽기의 특징으로 지적한 사회주의사실주의가 창작 지도이념으로서의 사회주의사실주의인지, 아니면 그것과 어떻게 구분되는 것인지에 대한 천착이 분명하지 못하다.

국내 연구자들의 성과는 대부분 조선족 문학의 검토 시점을 1949년 중화인민공화국의 성립으로부터 잡고 있는 점이 조선족 연구자와 다르게 눈에 띄는 부분이다. 하지만 조선족 문학과 우리 문학과의 연관성에 대한 분명한 인식을 바탕으로 의도적으로 구획한 것이라고 보기는 어렵다. 오히려 이를 제외한 대부분의 논의가 조선족 연구자들의 시각과 성과에 기대고 있기 때문에 좀 더 구체적이며 다양한 방법과 관점들이 개입될 필요가 있을 것이다.

2) 개별 작가·작품 및 주제별 연구

개별 작가 및 작가에 대한 연구는 조선족 현지 연구자들에게는 가장 활발한 부분이지만 한국 연구자의 성과는 그리 많지 않다. 그나마 김학철, 김창걸, 이근전 등의 일부 작가들에 대한 연구가 진행되어 온 편이다.

우선 김학철은 생애에 있어서나 문학적 성과에 있어서나 주목을 요하는 작가로 '중국 조선족 문학의 산맥'[27]으로 일컬어져 왔다. 조선족

---

27) 김호웅, 「중국 조선족문학의 산맥-김학철」, 『민족문학사연구』 21, 2002.

연구자들의 성과를 살펴보면 우선, 김학철 연구의 대표적인 학자인 연변대 김호웅 교수의 성과를 들 수 있다. 그는 김학철의 문학 세계를 ①1945-1949년, ②1950-1956년, ③1957-1980년, ④1981-2001년의 네 단계로 나누어 시기별로 작품을 검토함으로써 김학철의 인생과 문학을 총체적으로 검토하고자 한다. 여기서 김학철의 작가적 특성으로 인물의 형상성과 유머의 강조, 조선어의 형상성과 작가의 언어수양 강조, 혁명적 낙관주의를 들고 이에 바탕을 둔 풍부한 해학과 유머, 신랄한 풍자 등을 문학적 특징으로 정리하고 있다. 하지만 이러한 특징이 작품 내적인 특질에서 추출되기 보다는 산문이나 생애 체험 등 작품 외적 차원과의 관련성에서 나온 것이 많다. 이밖에 미래지향적이고 낙관주의적인 정신미와 해학적인 서술을 특징으로 지적한 전성호,[28] 역사적인 체험에서 얻은 정치 감각과 소박성, 낙천성으로 표상되는 작가적 진실이 이원적으로 균형을 이루고 있는 것으로 평가하고 있는 이해영[29]의 연구 등이 있다.

김학철에 대한 국내 연구자의 연구로는 실천적인 항일민족독립운동에 입각하여 빨치산 문학의 기원[30], 행동적 항일문학[31]이라 평가한 글을 비롯해 그에 대해 종합적인 검토를 시도하고 있는 이상갑의 두 편의 논문[32]을 들 수 있다. 이상갑은 김학철이 조선의용군의 사고방

---

28) 전성호, 「＜격정시대＞와 작가의 미학추구」,『중국 조선족 문학예술사 연구』, 이회문화사, 1997.
29) 이해영, 「＜해란강아 말하라＞의 창작방법 연구」,『한중인문학연구』 11, 한중인문학회, 2003.
30) 김윤식, 「항일빨치산문학의 기원-김학철론」,『실천문학』, 1998.12.
31) 송하춘, 「연변소설 개관(1)」,『한국학연구』 3, 고려대학교 한국학연구소, 1991.
32) 이상갑, 「역사증언에의 욕구와 형상화 수준-김학철론(1)」,『한국학연구』 10, 고려대학교 한국학연구소, 1998.
　　　　, 「한 민족주의자의 인간주의-김학철론(2)」,『한국학연구』 11, 고려대학교 한국학연구소, 1999.

식을 가지고 자신의 경험을 기록하기에 열중하여 왜곡된 역사의 현장
이 사라지기 전에 그것을 조급함으로 증언하기에 힘썼으며, 그렇기
때문에 문학과 역사 두 방면에서 의미를 획득하면서 동시에 한계를
보인다고 평가하고 있다. 또 일제 강점기의 항일 투쟁을 경험했고 남
북한 문학을 객관적인 시각으로 바라볼 수 있는 위치에 있기 때문에
우리 민족문학의 거울로서의 역할을 감당하고 있다는 점도 중요한 의
의로 지적한다.

김창걸에 대한 연구는 우리 문학사 중 암흑기의 체험적 증언이면서
사실주의 문학의 맥을 이어주는 업적이라 소개하고 있는 장병희[33]에
서부터 조남철,[34] 김종회[35] 등의 연구가 있다.

조남철은 1936년부터 1943년에 이르는 김창걸의 작품들을 중국 땅
에 이주한 농민들을 비롯한 노동자들의 비참한 생활과 민족과 계급적
인 압박에 대한 그들의 반항 정신을 그린 작품, 일제에 반대하고 민족
정신을 높이려는 작품으로 나누고 전자에 해당하는 작품들을 소개,
분석하고 있다. 이를 통해 김창걸의 소설을 국내와는 다른 삶의 조건
속에서 고통스럽게 살아갔던 민족의 삶의 모습을 형상화하고 있다고
결론 내린다.

김종회는 김창걸을 일시적인 체류와 체험으로 만주체험을 형상화
하고 있는 작가와 달리 "만주에서 시작해 만주에서 끝난, 만주라는

---

33) 장병희, 「일제 암흑기의 재만문학연구-김창걸 단편소설을 중심으로」, 『어문학논
총』 11, 1992.
34) 조남철, 「1930년대 농민소설 연구-김창걸의 농민소설을 중심으로」, 『한국방송통
신대학교 논문집』 27, 1999.
35) 김종회, 「중국 조선족 문학과 김창걸의 소설」, 『한국문화연구』 7, 경희대 민속학연
구소, 2003.
＿＿＿, 「중국 조선족 문학의 어제와 오늘-한민족 문화권의 새로운 영역」, 『국어
국문학』 130, 국어국문학회, 2003.

공간적 환경이 자기체계 내에서 생산한 이른바 토종성의 문학적 실과"로 보고 있다. 그리고 김창걸의 소설이 만주의 이주민들이 겪었던 시대사적 굴곡, 그 시대의 정치 사회적 변화와 문학의 관계 양상을 확인할 수 있게 하는 충실한 자료로서의 기능을 하고 있음에 주목했다. 이는 조선족의 일상생활이 비록 사회주의 체제내의 환경조건을 무시할 수 없으며 중국을 조국으로 받아들이고 있다 하더라도 그 깊은 바락에서 조선족으로서의 결속력을 소중히 여기고 무엇보다도 민족적 관습과 풍속을 끈질기게 보존하여 왔다는 사실 때문이라고 분석하고 있다. 그리고 소수민족으로서 겪어야하는 적지 않은 불이익이 상존함에도 불구하고 조선족의 전통과 습속에 대한 긍지를 오히려 우리보다 더 강도 높은 수준으로 간직한 성과라 평한다.

이근전에 대한 연구는 주로 장편 <고난의 년대>에 집중되어 있다. 우한용[36]은 이근전의 <고난의 년대>를 대상으로 작품의 구성과 인물의 전형성을 살펴보고 소설의 장르적인 성격과 이데올로기 문제를 검토하고 있다. <고난의 년대>의 전반부가 '민족단위의 공동체 형성을 위한 투구'를 서술한 것이라면 후반부는 '국가 단위의 항일 투쟁'을 그리고 있는 것으로 보고 있다. 그리고 단순한 서술시각으로 인한 성격의 단순화가 반봉건 반제 투쟁을 통해 공산주의 혁명을 수행하는 인물을 그려야 한다는 이데올로기에 발목이 잡힌 결과[37]라 평가하면

---

36) 우한용, 「이근전 <고난의년대>」, 『동서문학』, 1990.9.

37) <고난의 년대>가 지니는 사상적 편향과 이데올로기의 강화는 국내연구자뿐 아니라 조선족 연구자들의 평가에서도 어느 정도 동일하게 지적되고 있다. 주제적, 사상적, 구도적, 기교적 측면에서 중국 사회주의적 창작 강령과 정치에의 봉사적인 사명 때문에 한계를 지녔다는 평가는 극단적 좌경화 시기에 생산된 작품에 대한 반성적 평가라는 측면이 강하다.

처 훈, 「민족해방과 계급투쟁의 반백년사―이근전의 <고난의 년대>」, 『대륙문학 다시 읽는다』, 대륙연구소 출판부, 1992, p.132.

서 우리 민족문학으로서의 가치에 대한 판단을 유보하고 있다.

오양호·임향란[38]은 <고난의 년대>를 대상으로 고향의식을 분석하여 삶의 개척과 현실에 대응하는 이향의식, 민족의식과 역사의식을 고찰하고 있다. 이를 통해 이주부터 정착에 이르는 과정에서 1세대들이 지녔던 고향의식과 정착의식이 민족의식과 역사의식으로 변모되어가는 과정을 설명하고 있다. 이주사의 문학적 재현이라는 점에서 종합적이고 최종적이며 포괄적인 의의가 있다고 평가한다.

한승옥[39]은 만주체험 소설의 전개를 대략적으로 고찰한 후 이근전의 <고난의 년대>와 김학철의 <격정시대>를 비교 고찰하고 있다. <격정시대>는 순진한 소년이 계급의식과 민족의식에 눈뜨고 종국에는 공산주의자로 민족해방전선에 투사로 성장하는 과정을 그린 소설로, <고난의 년대>는 민족 주체성 회복을 위해 목숨을 걸고 투쟁하는 생성적 인물과 자신의 안일과 향락을 위해 반민족적 행위를 서슴지 않는 반민족적 부정적 인물들이 대립하는 갈등 구조를 보이면서 중국 공산당의 시각에서 탈피하지 못하고 있다고 평가하고 있다. 또 두 작품 모두 낙관적 결말로 마무리되는 상승구조를 가지고 있으면서 공산당 중심의 기술이 이루어지는 중국적 특색을 지니고 있지만 만주체험의 극대화라는 측면에서 의의를 지닌다고 보고 있다.

이밖에 구체적인 작품을 주제적인 차원에서 접근한 연구 성과들이 있는데 민현기의 두 편의 논문이 눈에 띈다. 우선 「중국 조선족 소설

조성일·권철 외, 앞의 책, p.649.
전성호, 앞의 책, p.337.
38) 오양호·임향란, 「중국조선족문학에 나타난 고향의식」, 『국제한인문학연구』 1, 국제한인문학회, 2004.
39) 한승옥, 「연변 조선족 현대소설에 나타난 갈등 구조 연구」, 『숭실대학교 논문집』 23, 1993.

에 나타난 '개혁·개방'의 사회적 의미」[40]는 1980년대 초부터 1990년 초까지 발표된 조선족 소설 가운데 정부의 개혁·개방 정책으로 인한 사회의 급격한 변화와 그로 인한 집단과 개인 또는 개인과 개인 사이의 복잡한 갈등 문제를 다양하게 형상화한 소설들을 대상으로 개혁·개방의 사회적 의미를 검토하고 있다. 이를 통해 조선족 작가들은 투철하고 건실한 현실비판의식을 바탕으로 변혁기에 처한 인간이 사회적 현실을 어떻게 수용하고 있는가, 또한 그 시대적 상황과 대립·갈등하고 있는 원인이 무엇인가를 성찰하는 데 집중되어 있다고 보고 있다. 그리고 이러한 양상은 정치적 이데올로기가 예술을 압제했던 전시대에 비해 여러 면에서 심화, 확대된 결과라 평가한다. 「중국 조선족 페미니즘 소설 연구」[41]는 1980, 1990년대 발표된 여성 작가의 작품 증 페미니즘과 연관지어 논의가 가능한 11편을 대상으로 하여 결혼생활의 갈등과 여성의 주체적 각성, 여성노인 문제에 대한 성찰, 봉건적 인습과 남성 지배 권력의 타락상 등의 내용을 담은 작품들을 분석, 평가한다. 이 과정에서 조선족 여성 작가의 작품들에서 보이는 비유의 상투성과 지나친 교훈성은 작가의 끈질긴 탐구정신과 치열한 대결의식의 결여를 의미해 결국엔 여성의식의 약화나 추상화로 이어질 수 있음을 지적하고 있다.

여성 작가들의 작품을 다루고 있는 연구로는 조선족 연구자인 오상순의 「개혁개방과 중국조선족 여성문학」[42]도 있다. 오상순은 1980, 1990년대 조선족 여성 작가들의 작품을 통해 사회·정치적인 문제보

---

40) 민현기, 「중국 조선족 소설에 나타난 '개혁·개방'의 사회적 의미」, 『동서문화』 33, 계명대학교 인문과학연구소, 2003.
41) 민현기, 「중국 조선족 페미니즘 소설 연구」, 『한국문학논총』 31, 한국문학회, 2002.
42) 오상순, 「개혁개방과 중국조선족 여성문학」, 『여성문학연구』 7, 한국여성문학회, 2002.

다는 일상적이고 개인적인 체험을 통해 여성적 고뇌와 갈등, 남권사회
에 대한 도전과 여성자아에 대한 긍정과 확신 등의 주제를 여성 특유
의 감성적이고 시각과 섬세한 묘사를 통해 보여주고 있다고 평가하면서
동시에 현실의식과 역사의식이 부족함을 조심스럽게 지적한다. 이외에
소설가 이호철의 「연변 조선족 소설에 드러나 있는 한국여성상」[43]은
본격적인 연구논문으로 보기는 어렵지만 조선족 소설을 통해 민족적
인 여성상의 모습을 구체적으로 탐색하고 있는 글이라 할 수 있다.
여성작가의 작품을 대상으로 여성상을 탐구한 성과들은 1980년대 후
반부터 급격히 확대된 여성작가들의 활동을 반영한 것이면서 동시에
여성들의 의식과 지위가 개혁개방 이후 중국 사회의 변화된 양상을
예각적으로 보여주는 것임을 드러내는 것이기도 하다.

── 3. 중국 조선족 소설의 현재적 의의

1) 민족적 기억의 복원과 재구

　중국 조선족 문학은 민족성과 민족어에 대한 강조를 통해 나름의
정체성과 독자성을 확보하고 있다. 하지만 앞서도 언급했듯이 그들이
강조하는 민족성이나 민족문학이 우리가 추구하는 민족성이나 민족
문학과 일치한다고 보기는 어렵다. 우리에게 있어 언어의 동질성을
바탕으로 한 민족공동체의 강조는 정치공동체의 체제를 강화하는 데
중요한 역할을 해왔다. 즉, 민족의식의 강조는 한반도 내에서 1국가

---

43) 이호철, 「연변 조선족 소설에 드러나 있는 한국여성상」, 『한국문학연구』 19, 동국
　　대한국문학연구소, 1997.

체제를 유지, 강화하는 논리적 근거로서의 역할을 해 온 측면이 강하다. 이는 과거 역사적인 경험에서뿐만 아니라 남한과 북한의 통일을 지향하는 미래의 국가 통합을 위해서도 마찬가지이다. 그렇기 때문에 중국의 소수민족 중 하나인 조선족의 민족주의가 우리의 국가통합을 위해 전일적으로 봉사하고 있다고 보는 것은 분명 무리가 있다. 반면에 중국은 여러 민족으로 구성되어 있지만 단순한 복수민족 국가가 아니라 역사적으로 형성된 하나의 '민족실체'인 '통일적 다민족'으로서의 '중화민족'44)의 개념을 국가 통합의 중요한 근거로 삼고 있다. 중국 국민으로서의 조선족은 중화민족을 구성하는 56개 민족 중의 하나이다. 그렇기 때문에 조선족에게 있어서의 민족주의는 정치적인 차원의 통일과 융합을 전제로 한 문화적 다원성의 차원에서 제한적으로 발현되는 것으로 이해해야 한다.

조선족에게 있어 민족성은 중국이라는 국가체제 내에서 자신들의 정체성과 독자성을 유지하기 위한 차이의 전략이라고 볼 수 있다. 그들이 중국의 법에 의한 권리와 의무에 충실해야 하는 중국국민이라는 점은 중국이라는 국가 체제 내에서 이루어지는 국민화의 영역45)에서 자유로울 수 없다는 것을 의미한다. 그들의 현재 삶이 이루어지는 시간과 공간, 그들의 습속과 신체, 그리고 언어와 사고도 중국 국민으로서의 영역에서 자유로울 수 없다. 물론 조선족은 자치주를 중심으로 습속과 언어에 있어서 어느 정도의 자율성을 보장받고 있고, 또 그를 통해서 소수민족으로서의 독자성을 유지하고 있다. 하지만 조선족의

---

44) 박영서, 「중국의 국민국가와 민족문제 : 형성과 변용」, 한국사연구회 편, 앞의 책, p.81.
45) 니시카와 나가오는 국민화를 ①공간의 국민화, ②시간의 국민화, ③습속의 국민화, ④신체의 국민화, ⑤언어와 사고의 국민화의 영역으로 구분하여 설명하고 있다. (니시카와 나가오, 앞의 책, pp.69-72.)

자율성은 분명 사회주의 국가인 중국, 그리고 한족 중심의 질서 체제 내에서 보장받는 자율이다. 이러한 자율은 역으로 한족 중심의 소수민족 사회로 구성된 중국이라는 국가시스템의 안정적 운영에 복무하는 면이 있다.[46] 그렇기 때문에 중국 조선족 문학에서 언급되거나 강조되는 민족성은 우리의 민족적 지향과 일치하는 것으로 보기 어렵고, 그에 따라 과거의 역사나 언어 사용 문제[47]만을 놓고 재외동포문학의 범주에 그대로 자리매김하기도 쉽지 않다.

하지만 조선족의 역사와 문학은 우리의 민족적 기억을 많은 부분에서 공유하고 있다. 조선족의 역사는 제국주의에 의한 식민지배의 영향 아래 시작되었으며 조선족의 문학은 식민지 체험의 지난한 생존 투쟁의 과정에서 생겨났다. 또한 조선족문학의 중요한 배경인 조선족의 생활터전은 바로 한민족의 역사적 현장이라 할 수 있는 만주 지역, 지금의 중국 동북지역이다. 이런 점에서 조선족들은 국가의 경계로 인해 접근에 제한이 있는 국내 연구자들보다 만주를 중심으로 한 민족적 기억을 보다 더 생생하게 증언할 가능성이 있으며, 남과 북이 분단된 상황 속에서 이데올로기적으로 자유로운 위치에서 보다 더 객관적으로 역사적인 기억의식을 생산할 가능성을 가지고 있다.

이러한 가능성은 우선 우리 문학사에 있어 과거 식민지 시대 만주

---

46) 다문화·다언어주의에는 항상 일종의 수상함이 따라다닌다. 그 말이 국가 측으로부터 나오고 있고, 에스닉 마이너리티(ethnic minority)를 위한다기보다 궁극적으로는 다수파의 이익과 국익을 위한 정책으로 시행되고 있거나 아니면 거꾸로 특정한 에스닉 집단의 자기주장을 관철시키는 수단으로 이용되기 때문이다.(니시카와 나가오, 앞의 책, pp.89-90.)

47) 조선족의 한글 사용문제만을 놓고 우리 문학으로서의 가능성을 섣부르게 판단한다면 한어(漢語)에 익숙하여 한어로 창작하는 작가의 경우에는 또 다른 잣대를 적용하지 않을 수 없다. 조선족의 대표적인 작가 중 한 명인 이근전 같은 경우는 대부분의 작품을 한어(漢語)로 창작한 후 번역한 것으로 알려져 있다.

체험의 양상을 보다 풍부하게 할 수 있을 것이다. 최서해나 강경애 그리고 안수길을 제외하고는 거의 그 예를 찾아볼 수 없는 만주 체험의 문학사적 형상화라는 측면과 김학철, 이근전 등의 작품에서 드러나는 적극적인 항일 체험 등을 통해 민족적 기억을 재구하는 역할을 할 수 있다. 또한 공간적으로는 만주지역을 중심으로 이루어진 우리 민족의 체험 및 기억을 복원함으로써 우리 민족의 역사적 현장으로서, 우리 문학의 중요한 역사적 배경으로서의 만주의 공간적 지위를 회복시키는데 일조할 수 있을 것이다.

만주 체험을 중심으로 한 민족적 기억은 비단 만주 지역을 배경으로 한 작품들에서만 가능한 것은 아닐 것이다. 즉, 현재 조선족 소설이 다루고 있는 다양한 배경들, 만주 지역을 중심으로 한 동북 지역뿐만 아니라 북경을 비롯한 중국 전역, 그리고 남한과 북한 지역을 배경으로 한 작품들에서도 민족적 기억의 원형들과 그로 인해 다양하게 변이된 조선족의 삶의 양상들을 담고 있을 가능성이 크기 때문이다. 그들의 삶의 현장으로서 만주는 과거와 현재가 상존하는 삶의 현장 어디에나 영향을 미치는 기억이 될 것이다. 이렇게 복원된 기억의 원형인 만주는 역사적인 장소에 머무는 것이 아니라 구체화되고 활성화된 기억[48]이 됨으로써 과거와 현재, 그리고 미래를 연결하고 가치들을 중개하는 역할을 통해 정체성의 특성과 행동규범을 만드는 생산적인 공간이 될 것이다. 이렇게 민족적인 기억을 복원하고 재구하는 과정은 우리 민족 문학의 현재와 미래를 위해 과거를 돌아보는 한 과정이 될 것이며, 이는 곧 분단된 현실 속에서 통일시대의 문학을 지향하는 민족문학의 미래상을 구성하는 한 과정이 될 수도 있을 것이다.

---

48) Aleida Assman, 『기억의 공간』, 변학수 외 역, 경북대학교출판부, 2003, p.168.

이러한 차원에서 보면 우리 민족의 역사체험을 제제로 하고 있는 작품에 대한 발굴과 소개, 그리고 연구가 우선적으로 확대될 필요가 있다. 앞서 연구사에서 살펴보았듯이 김학철이나 이근전의 일부 작품뿐만 아니라 최홍일의 <눈물 젖은 두만강>, 김용식의 <규중비사>, 윤일산의 <어둠을 뚫고>, 한원국의 <잊을 수 없는 사람들>, 김운룡의 <새벽의 메아리>, 류원무의 <숲속의 우등불>, 이태수의 <체포령이 내린 '강도'>, 김길련의 <먼동이 튼다>와 같은 역사장편소설들에 대한 관심이 필요할 것이다. 물론 우리 민족의 역사적 체험을 다룬 조선족 소설을 대함에 있어 우리의 민족적 지향과 다른 역사인식에 대한 경계와 평가가 분명해야 한다는 점은 염두에 두어야 한다.

조선족 문학의 시점과 소설사의 시기 구분에 대한 인식도 명확한 기준을 가지고 정립할 필요가 있다. 문학사의 시점과 시기구분은 구체적인 텍스트들과 문학 내외적 배경 등을 종합하고 추상화하여 평가하고 그에 따른 결과가 반영되는 과정이다. 특히 조선족 문학의 시점을 어떻게 잡느냐의 문제는 소위 말하는 재만문학의 성과와 의미를 우리 문학사에서 어떻게 평가하느냐 문제와 직결되며 나아가 우리 문학과의 연속성과 관련성을 구체적으로 검증하는 문제이기도 하다. 앞서 연구사에서 검토했듯이 조선족 연구자들과 달리 국내 연구자들은 조선족 문학의 시점을 대부분 1949년으로 보고 그 이후의 작품들을 조선족 문학이라는 범주아래 다루고 있지만 시기구분에 대한 명확한 인식을 바탕으로 하고 있다고 보기는 어렵다. 반면에 조선족 연구자들은 조선족 문학의 연원을 이주 문학 초기에 활동했던 김택영, 신채호 등에서부터 잡고 식민지 시대 재만문인들의 문학적 성과들을 수용하여 조선족 문학의 전통을 구성하고 있다. 분명 조선족 문학은 식민지 시대 재만문인들의 활동, 나아가 한반도 내에서 이루어진 한국문학에 뿌리를 두고 있다. 하지만 유독 만주라는 공간에서 이루어진 문학 활동을 연원으로 보고자하는 것은 만주라는 공간이 속해 있는 중국의 국경(國境)의식이 반영된 것으로도 볼 수 있다. 우리는 1949년 기점을 분명히 하여 그 이전까지의 문학은-예를 들어 김창걸 같은 경우는-보다 분명하게 한국문학의 범주에서 다루고, 1949년 중화인민공화국 성립 이후의 문학은 재외동포문학의 범주 아래 조선족 문학을 다룰 필요가 있다. 그럴 때 시간적으로나 공간적으로 만주 체험의 문학이 우리 문학사의 암흑기를 메울 중요한 성과가 될 가능성이 커질 것이다.[49]

조선족 문학의 재외동포문학으로의 귀속은 범주를 구획하여 일괄적으로 판단할 문제가 아니라 우리 민족문학의 전통과 기억을 복원하는 자료로서 선별적이고 주체적으로, 중국적 담론을 극복해가면서 이루어져야 할 문제이다. 이를 위한 작업으로 항일 체험을 비롯한 식민지적 경험을 형상화한 작품을 더욱 발굴하여 연구 성과를 축적하면서 궁극으로는 항일 체험의 소설사를 정립으로 나가는 것도 바람직하다는 생각이다.

2) 문화적 아이덴티티(identity)의 반성과 기획

중국 조선족의 특수한 지위는 제국주의에 의한 우리 민족의 식민체험이라는 역사적인 기억을 공유하고 있으면서, 민족의식을 중국 사회

---

49) 만주에서의 문학 활동은 '이민문학', '망명문학'이라 칭하며 당시 조선 문학의 공백을 대신할 수 있는 것이라는 평가와 일제의 '괴뢰국가'였던 만주국의 국책에 순응하여 이루어진 '국책문학'의 성격을 띠고 있다는 평가가 상존하고 있다. 만주에서의 문학 활동을 '국책문학'의 관점에서 논의하고 있는 글로는 조진기의 「일제의 만주정책과 간도문학」(『배달말』 27, 2000)와 「만주개척민 소설연구」(『친일문학연구의 성과와 과제』, 우리말글학회, 2002)가 있다.

속에서 집단적 독자성을 유지하는 핵심으로 여기고 있기 때문에 한민족으로서의 자의식이 매우 강하다는 점에 있다. 하지만 한편으로는 중국이라는 국가체제하에서 모국의 한민족과는 다른 이질적인 체험을 경험하면서 중국 국민으로서의 동질화의 과정 속에 놓여있다는 점에서 고유한 민족정체성의 온전한 유지가 어렵기도 하다. 이렇게 민족과 국가, 어느 한쪽으로도 완벽한 동질성을 구축할 수 없는 그들의 특수성은 민족과 국가의 경계를 넘어서는 민족정체성에 대한 근본적인 물음을 던질 수 있는 가능성을 가지고 있기도 하다. '우리'이면서 '우리가 아닌' 조선족의 특수한 지위는 조선족 문학에도 그대로 적용될 수 있을 것이다. 다시 말해 조선족 문학은 중국 당대문학의 한 부분을 이루고 있지만 주류인 한족문학과는 일정한 차이를 유지하고 있으며, 한국문학과는 다른 환경과 체험을 바탕으로 생산, 유통되고 있지만 일정정도의 동질성을 가지고 있기도 하다. 이러한 이중의 차이는 우리를 우리답게 할 수 있는 민족 정체성은 무엇인지 객관적으로 탐색할 가능성과 함께 국가주의에 함몰되어 있는 폐쇄적인 민족문학에 대한 근본적인 반성을 가능하게 할 수 있다.

　김학철 소설에 나타나는 민족 특색이나 개혁 개방 이후 조선족 여성 소설에 나타나는 전통적인 여성상의 모습들은 중국이라는 국가적 조건을 무화시키거나 한족(漢族) 중심의 문화적 체계에서 이탈하고자 하는 특성으로 볼 수 있으며, 이는 어떤 식으로든 한민족(韓民族)으로서의 정체성을 확인하고, 강화하고자 하는 의도들로 볼 수 있다. 또한 이근전의 <고난의 년대>를 비롯한 우리 민족의 역사적 체험을 소재로 한 조선족의 역사 소설들은 중국적인 역사인식이나 사회주의적인 당성에 충실한 부분들이 있기 때문에 우리의 역사인식과는 차이를 보이는 부분들이 있기도 하다. 이렇게 중국이라는 국가적 담론과 차이를 보이는 것이든, 아니면 우리의 현실적인 민족의식과 차이를 보이는 것이든 간에 그 차이의 구체적인 내용을 탐색하는 과정과 결과는 우리의 민족성, 혹은 민족문학의 현재와 미래를 점검하는 차원과 결부될 수 있다.

이런 점에서 조선족 소설은 우리의 민족정체성을 반성하고 기획하는 구체적인 자료로서, 민족정체성의 타자로서의 의의를 지닌다고 할 수 있다. 실제로 조선족의 역사는 타자의 역사라 불릴 만하다. 식민지 시대에는 일본 제국주의라는 주체 세력에 대한 타자였으며, 해방 이후에는 중국의 주류 민족인 한족에 대한 타자인 소수민족이면서 모국의 한민족에 대해서도 재외동포라는 타자로 존재하고 있다. 어쩌면 타자의 중층적 역학관계가 바로 그들의 정체성을 구성하는 것인지도 모른다. 어쨌든 조선족의 소설 담론들은 우리 안의 타자를 비쳐볼 수 있는, 우리 민족 문학의 타자로서의 역할을 내포하고 있다고 할 수 있다. 그렇기 때문에 협애한 국가주의에 바탕을 둔 민족성의 테두리 안에 조선족 문학을 무조건적으로 포함시킬 것이 아니라 그간의 민족담론을 반성적으로 검토하고 국가주의를 극복할 수 있는 통일시대 민족 정체성을 구성할 수 있는, 문화적 정체성[50]의 확립을 위한 구체적인 자료로서 조선족 문학을 선별적으로 수용하고 판단할 필요가 있다.

특히, 조선족이 민족성을 유지하면서 중국이라는 국가적 질서 속에서 상대적인 독자성을 보장받고 있는 것은 현실적으로는 중국 당국의 소수 민족 정책과 밀접한 관련을 가지고 있다는 점을, 다시 말해 핵심적인 정치권력의 차원은 허용되지 않는 문화적인 차원의 독자성

---

50) 민족정체성은 문화적 정체성의 특정한 형태로, 공통의 문화가 민족을 창출한다. 국가 개념이 상대적으로 문명의 개념과 관련이 있고 민족은 문화의 개념과 관련이 있음은 니시카와의 글을 참고할 수 있다.(니시카와 나가오, 앞의 책, pp.97-125)

허용이며, 다원주의의 제한적 수용이라고 점을 분명히 할 필요가 있다. 중국의 이러한 정책기조는 전통적으로 한족(漢族) 문화의 우월감이나 자신감에 바탕을 둔 중화사상, 화이사상(華夷思想)에 바탕을 두고 있는 경향이 있다. 즉, 소수민족의 문화적 다원성을 허용하는 소수민족 정책은 화(華)가 이(夷)의 정치적 독립성과 문화적 독자성을 원칙적으로 부정하면서도, 현실적으로 그것을 관철할 수 있는 한계를 느껴 제한적이고 단기적인 차원에서 실현되는 것으로 볼 수 있는 것이다. 문화적 우월주의에 바탕을 둔 문화주의가 소수민족의 문화적 다양성을 제한적으로 인정하여 단기적인 공존을 추구하면서 궁극적으로는 한족(漢族)으로의 동화를 지향하는 '중화사상'으로 한족(漢族)의 정치공동체가 바로 '중화민족'의 정치공동체로 실현될 수 있는 것이다.[51] 이런 점에서 조선족의 독자성과 특수성은 문화적인 차원에서 제한적이고 선별적으로, 다양한 층위의 차이에 주목하여 이해해야 할 것이다.

조선족 소설을 통해 과거와 현재, 국가와 민족이 혼성되어 있는 문화적 차이를 탐구하여 새로운 문화적 정체성을 구성할 때 조선족 문학의 재외동포문학으로서의 가치가 커질 것이다. 조선족 소설이 내포하고 있는 '차이의 미학'이 우리에게는 '차연(différance)의 미학'이 될 수 있는 것이다. 문화적 차이의 담론 주체는 타자의 자리에서 구성된다. 타자의 담론은 주체의 지배적 이데올로기로부터 출발했지만 주체의 불안한 자기정체성을 내포하고 있으며, 여기서 발생하는 민족적·국가적 정체성의 분열은 새로운 문화의 구성 가능성이기도 하다. 정체성의 형식은 다른 상징적 체계들에 끊임없이 연루되기 때문에 항상

---

51) 백영서, 앞의 글, pp.82-86 참조.

'불완전'하며 문화적 전이(translation)에 열려 있고, 문화적 차이를 말하는 것은 정체성의 형식에 대해 질의를 하는 것이다.[52]

민족적 기억의 복원과 재구가 만주를 중심으로 한 과거 체험을 형상화한 소설의 현재적 의의가 된다면 문화정체성에 대한 객관적인 탐색과 이를 통한 협애한 민족문학론에 대한 반성은 현대 체험을 담은 조선족 소설이 가진 의의가 될 수 있다. 즉, 중국이라는 환경과 국가시스템 아래에서 조선적이면서 민족적인 특성을 유지하게 만든 구체적이고 특수한 문화적 정체성의 양상을 파악할 수 있으며, 이를 통해 남북의 차이를 포함한 국가의 경계를 넘어서는 민족문화의 가능성을 탐색할 수 있다. 연구사에서 살펴 본 테마별 연구 중 여성상이나 여성의식의 변화에 대한 검토들이 한 예가 될 수 있다. 이뿐만 아니라 기존의 한딘족이 유지해 온 문화적 관습이나 규범들이 어떻게 변화하고 있는지, 모국의 한민족과는 어떻게 다른지 등의 차이가 다방면에서 구체적으로 탐색할 필요가 있다. 물론 이와 함께 중국내 다른 민족과의 차이를 확인하고 규명하는 과정 또한 필요한 부분일 것이다. 이렇게 보면 우리 문화의 관점에서 조선족 소설에 대한 테마별 연구는 좀 더 다양해질 필요가 있다.

아울러 문화적 차이의 중층적인 양상을 파악하기 위해 조선족 언어의 특성에 대한 관심을 좀 더 특별히 가져야 할 필요가 있다. 조선족의 언어가 중국 한어(漢語)와 다른 것은 분명하지만 중국식으로 변형되어 사용되고 있는 부분도 있다. 그렇기 때문에 우리말이지만 우리말과는 차이가 나는 부분이 많다. 여기에 조선족의 언어는 민족성 유지를 위한 핵심적 요소로 중요한 역할을 하기 때문에 조선족 문학은 심미

---

52) Homi K. Bhabha, 『문화의 위치-탈식민주의 문화이론』, 2002, 나병철 역, pp. 316-320 참조.

적 기능만을 수행하는 문학적 수단으로서의 의미뿐만 아니라 상상의 공동체를 재현하는 기술적 수단[53] 그 자체가 된다는 점도 중요하게 인식해야 할 문제이기도 하다. 결국 남한과 북한, 그리고 중국식 한자어의 언어습관까지 혼합되는 양상을 보이는 조선족의 언어는 각 국가의 문화적 양식이 지니는 차이를 반영하면서 계속 변용되어가는 타자성, 복수성을 드러내는 크리올어[54]가 될 수 있다.

—— 4. 중국 조선족 소설의 '탈주(fuite)' 가능성

중국 조선족 문학의 민족적 특성이나 성격은 중국이라는 국가주의에 기반하고 있지만 언어나 체험의 측면에서 우리 민족문학으로서의 가능성을 가지고 있다. 그렇기 때문에 조선족 문학의 특수한 성격과 정체성에 대한 탐구는 재외동포문학의 차원에서 필요하고도 주요한 과정임에 틀림없으며, 구체적인 작품을 통해서, 그리고 한국문학의 관점에서 점검되고 평가되어야 할 필요가 있다. 최근 들어 재외동포문학에 대한 관심이 커지면서 중국 조선족 문학에 대한 관심도 증가하여 본격적인 연구가 시도되고 있는 상황이다. 하지만 아직까지는 작품을 중심으로 한 자료의 소개에 머물고 있는 측면이 강하고, 그에 따라 많은 부분을 조선족 연구자들의 성과에 기대고 있는 것도 사실이다.

조선족 소설의 전개와 특징을 연구하는 작업은 자료의 방대함과 접근의 용이성 때문에 주로 조선족 연구자들에 의해 이루어졌는데, 중국의 정치·사회적인 요소가 강하게 반영되어 있고 상대적으로 중국문

---

53) Benedict Anderson, 앞의 책, p.48.
54) Steven Pinker, 『언어본능』, 김한영·문미선·신효식 역, 그린비, 1998, p.47.

학의 관점이 강하다는 점에서 우리 문학의 관점에서 구체적인 검증과 정을 거쳐야 할 것이다. 특히 조선족 소설의 사적 전개에 대한 연구는 식민지 시대와 해방기 문학과의 관련성을 고려하여 재외동포문학의 위상을 구체적으로 자리매김하는 차원에서 이루어져야 한다. 아울러 특정 작가나 일부 작품에 대한 연구에 그치고 있는 개별 작가나 작품에 대한 연구는 양적으로 좀 더 확장될 필요가 있다. 이를 통해 한편으로는 과거의 민족적 기억을 복원하고 현재적으로 재구하는 구체적인 성과로 삼고, 다른 한편으로는 민족적 지향과 성격의 동질성과 차이를 구체적으로 확인하는 과정으로 삼아야 할 것이다. 이러한 차원에서 구체적인 성과들이 축적된다면 국가적 테두리를 넘어서는 민족문학의 가능성과 통일시대 우리 민족의 문화적 정체성을 탐색하는데 일조할 것이라 생각된다.

근대 국가의 경계는 제국주의의 식민지배의 결과이다. 조선족 문학이 중국 국적을 갖게 된 것도 결국은 식민체험과 저항의 결과이다. 타자르서의 삶이 중층적으로 퇴적되어 있는 조선족 문학은 우리와 같지만, 우리와 같지 않은 민족주의를 지향하고 있다. 이 점에서 조선족 문학은 식민주체의 국가주의와 닮아 있는 우리의 자기중심적 논리를 반성할 수 있는 가능성을 가지고 있기도 하다. 특히, 조선족 문학의 과거이며 현재적 공간인 만주는 식민주의를 극복한 공간이면서 동시에 식민주의의 결과를 온전히 안고 있는 공간이기도 하다. 또한 국가주의의 경계를 넘어서는 민족의 공간이기도 하다. 그런 의미에서 만주라는 공간은 우리에게 국가주의와 민족주의를 넘어서는 제3의 공간[55]

---

55) 제3의 공간이란 문화의 의미와 상징들이 어떤 근원적인 통일성이나 고정성도 갖지 않는, 문화적 변화를 예감하는 은밀한 불안정성의 공간이다.(Homi K. Bhabha, 앞의 책, pp.91.)

으로서의 가능성을 가지고 있다. 또한 물리적으로 만주는 과거에는 한·중·일을 비롯한 서구 열강이 교섭하는 공간이었으며, 현재에는 중국과 남북한이 교섭하는 첨예한 가장자리로서 상호의 공간이기도 하다. 그 공간은 민족적이면서 반민족주의적인 '국민'의 역사를 구성하는 일을 시작할 수 있게 해준다.[56] 만주는 단순한 삶의 터전이나 배경으로서의 지질학적 공간에 머물지 않고, 상충하는 가치들이 서로 충돌하는 담론공간으로 문화적 가치들이 서로 겨루는 갈등의 터전(site of struggle)이며 또한 그 가치들이 구체화되어 드러나는 재현의 현장(site of representation)으로서의 문화적 공간이며 기억이 된다.

물론 이러한 점은 가능성의 영역에 머물러 있다. 조선족이 중국이라는 국가체제에서 나름대로의 안정적 지위를 확보하고 있고, 동시에 한족 중심의 주류적 문화에 대항하는 민족주의가 또 다른 자기중심적 논리를 생산하는 과정일 수도 있다는 점 또한 상기해야 한다. 하지만 이러한 우려에도 불구하고 조선족 소설을 통해 과거와 현재, 중국과 한국, 남한과 북한 등 다양하고 복수적인 문화적 가치들이 교섭되고 혼성되고 있는 조선족 문화의 양상을 살펴 볼 수 있을 것이다. 이 양상들은 강제적인 사회 및 지식의 구조로부터 탈출하는 과정으로서, 주류적인 한족(漢族)문화나 모국의 문화 권력의 중심으로부터 '탈중심화' 혹은 '탈영토화(déterritoralisation)'를 지향하는 조선족의 문화적 정체성을 구성할 수 있게 해줄 것이다. 우리는 이를 통해 '통합'된 공통감각을 '나'라는 이름으로 변이시켜 수없이 많은 '나'들, 순간마다 조건마다 달라지는 '나'들로 우리의 삶을 변이시키길 촉구하는 '탈주(fuite)'의 가능성[57]을 보아야 할 것이다.

---

56) 위의 책, p.93.
57) 이진경, 『노마디즘 1』, 휴머니스트, 2002, p.425.

02

역사적 기억의
변용과 국가주의

민족의 기억과 재외동포소설

이주문화연구총서 1

3 | 조선 사람으로서의 자각과 '재일(在日)'의 극복

- 재일동포 한국어 소설의 동기부여 양상에 대하여 -

___ 1. 머리말

재일동포 문학에 대한 관심은 한국문학의 지평을 확대하고 통일시대 문학을 대비한다는 차원에서 의미 있는 작업임에 분명하지만 이에 대한 그 동안의 관심과 성과는 미약했다. 특히 일본어로 창작된 재일동포 작품에 대한 연구는 가시적인 성과가 어느 정도 있는 편이지만[1]

---

1) 이한창, 「재일교포문학의 주제 연구」, 『일본학보』 29, 1992
　　　＿＿＿, 「재일교포 문학 연구」, 『외국문학』, 1994 겨울
　　　＿＿＿, 「민족문학으로서의 재일동포 문학 연구」, 『일본어문학』 3, 1997.6.
　　　＿＿＿, 「재일동포조직이 동포문학에 끼친 영향」, 『일본어문학』 8
　　　임헌영, 「재일동포 문학에 나타난 한국 여성의 초상」, 『한국문학연구』 19, 1997.3
　　　윤상인, 「전환기의 재일한국인 문학」, 『외국문학』, 1994 겨울
　　　홍기삼, 「재일한국인 문학론」, 『외국문학』, 1994 겨울
　　　유숙자, 『재일한국인문학연구』, 월인, 2000.

한국어로 창작된 작품에 대해서는 연구 성과가 거의 없다고 해도 과언이 아니다.[2] 물론 이러한 사정에는 한국어 작품들의 창작이 대부분 친북 조직인 재일조선인총련합회(이하 총련) 계열의 작가들에 의해서 이루어져 왔기 때문에 자료의 접근 자체가 용이하지 않았다는 점, 그리고 자연스럽게 북한문학의 일부로 인식되면서 이념적, 미학적 선입견이 부지불식간에 작용해왔다는 점 등이 영향을 미쳤을 것이다.

이러한 연구의 제약에도 불구하고 재일동포가 일본의 식민 지배를 받았고 그 연장선상에서 억압받고 차별되어 온 객체적 존재[3]라는 점에서 그 역사성과 특수성은 더욱 구체적으로 탐색될 필요가 있다. 물론 이때 재일동포들이 한국어로 작품을 창작하는 문학현상을 일본 사회의 한 구성원으로 살아가는 그들의 현재 삶의 모습만을 대상으로 폐쇄적인 민족주의의 잣대를 통해 단순하게 이해해서는 안 될 것이다. 그들이 겪어 온 역사적·사회적 상황을 고려하여 민족문학을 유지해 온 바탕이 되는 민족의식의 실체를 규명하고자 하는 노력이 전제되어야 할 필요가 있다.

재일동포는 한민족으로서의 자의식을 유지하고 있는 일본 사회의 소수자이면서 동시에 모국의 분단 상황에 영향을 받아 혼란스러운 국적과 국가관을 지닌 존재이기도 하다. 그렇기 때문에 그들의 역사는

이재봉, 「재일 한인 문학의 존재방식」, 『한국문학논총』 제32집, 2002. 12.

2) 재일동포의 한국어 작품에 대한 관심은 다음의 연구물들 정도에서 확인할 수 있다. 심원섭, 「재일동포의 문학예술의 현황과 창작 방향」, 설성경 외, 『세계 속의 한국문학』, 새미, 2002,

　　　　, 「재일 조선인 시문학에 나타난 자기정체성의 제양상」, 『한국문학논총』31, 2002.

김응교, 「일본 속의 마이너리티, 재일 조선 시」, 『시작』, 2004년 겨울

3) 윤건차, 「21세기를 향한 '在日'의 아이덴티티」, 강덕상 외, 『근·현대 한일관계와 재일동포』, 서울대출판부, 1999, p.288.

차별과 소외 속에서 민족적 자의식이 굴절되고 변화되어 온 과정이면서 동시에 국가주의의 테두리 밖에 존재하는 민족주의의 역사적 현장이 될 수도 있다. 재일동포의 삶을 형상화하고 있는 재일동포 한국어 문학이 우리 민족의 역사적인 기억의 흔적을 구체적으로 담고 있으면서 국가주의나 폐쇄적인 민족주의를 넘어서는 민족의식의 모색을 가능하게 할 수 있는 이유가 여기에 있다. 이런 점에서 총련계 재일동포 문학은 북한문학의 범주 에서 북한문학과의 동질성을 확인하는 차원이 아니라 차별성을 규명함으로써 재일동포의 삶과 지향을 파악하고, 그 특수성을 한국문학의 범주 안에 객관적으로 자리매김하는 방향으로 나아가야 할 것이다.

본고는 재일동포 한국어 문학 작품에 대한 관심과 연구 가능성을 확대시키기 위해 구체적인 자료를 소개하는 것을 일차적인 목표로 삼아 재일본조선문학예술가동맹(이하 문예동)에서 엮은 다음의 단편집들을 살펴보고자 한다.

『찬사』, 재일본조선문학예술가동맹, 1962
『대렬』, 재일본조선문학예술가동맹, 1965
『조국의 빛발아래』, 조선문학예술총동맹출판사, 1965
『주체의 한길에서』, 조선신보사, 1970
『해빛은 여기에도 비친다』, 문예출판사, 1971
『영광의 한길에서』, 재일본조선문학예술가동맹, 1973
『재일조선인단편집』, 조선청년사, 1975
『신인작품집』, 재일본조선문학예술가동맹 도꾜지부, 1977
『조국은 언제나 마음속에』, 문예출판사, 1979[4]

---

4) 중복된 작품을 제외하고 모두 70편의 작품이 실려 있다. 수록 작품 소설 목록은 <대상 작품 목록>참고.

—— 2. 재일동포 : 정주(定住)와 지향의 이중성과 괴리

"일본에서 살아가는 동포들의 현실과 생활을 형상화하여 새로운 동포상의 전형을 창조하고자 하는"[5] 문예동의 소설들은 거의 모든 작품이 '재일조선인은 누구인가'라는 물음을 던지고 있다. 식민지 사회에서 배태되었지만 해방 이후에도 모국이 아닌 피식민 국가에서 식민지적 차별과 굴레 속에서 완전히 벗어나지 못한 채 살아가는 재일동포의 역사성과 특수성을 고려해 볼 때, '자기'에 대한 확인과 자각은 근본적이고 핵심적인 문제일 수밖에 없다. 재일동포 한국어 문학은 이러한 '자기'에 대한 확인과 자각을 구체적으로 형상화 하는 '자기회복', '자기표현'[6]의 문학인 것이다.

하지만 문예동 작가들의 문학 활동이 총련의 지도아래 조직적으로 이루어진다는 점에서 '재일조선인은 누구인가'라는 '자기 확인'의 물음은 그 답이 어느 정도 주어져 있는 것이라 할 수 있다. 조직의 이념과 정책을 문학적으로 실현하고자 하는 그들의 문학적 노력은 곧 조직의 정체성에 기반하고 있기 때문에 구체적인 작품들에서 제기하고 있는 '자기 확인'의 물음은 문예동의 정체성, 총련의 정체성과 직결된다.

문예동은 총련의 문예지침에 따라 창작활동 및 문예운동을 지향하

---

5) 강태성,「재일 조선인 조선어 소설문학」,『재일조선인 조선어문학의 현황과 과제』, 2004년도 제 2회 조선문화연구회 발표 자료집, 2004.12, p.4.
6) 김학렬은 재일조선문학을 일제 식민지시기에 뺏긴 우리말을 도로 찾고 민족어에 담긴 민족정신을 회복하는 '자기회복의 문학', 식민지 노예의 과거를 거절하고 청산할 뿐 아니라 미일의 동화정책에 반대하여 떳떳이 살며 싸우는 재일동포들의 생활상을 표현하는 '자기표현의 문학', 통일 민족의 내일과 통일문학의 내일을 준비하고 건설하는 데 힘쓰자는 '통일 내일 지향'의 문학으로 규정하고 있다.
   김학렬,「재일조선문학의 현황과 과제」,『21세기 동북아 한국어문학연구의 현황과 전망』, 숭실어문학회 국제학술대회 발표논문집, 2005. 2.

는 총련의 하부 조직으로 1959년에 결성된다. 문예동의 결성으로 1960년대 이후의 재일조선인 문학은 1948년 결성된 재일조선인문학회가 추구하던 '조선어문학운동'이 본격적으로 조직화되어 문예운동의 차원에서 실천되기 시작한다. 문예동의 조직적인 문학운동은 한편으로는 사회주의적 내용에 민족적 형식7)이라는 북한의 문예이론을 실천하면서, 다른 한편으로는 재일동포 사회의 현실문제들을 다양하게 반영해 총련의 재일조선인운동의 취지를 적극적으로 반영하는 것을 기본 목표로 하여 전개된다. 이러한 목표는 '재일 동포들의 민주적 민족 권리를 옹호하며 일체의 반동 문화조류를 반대하고 군중 문화 수준을 제고하며 재일동포들을 애국주의 사상으로서 교양하기 위하여 헌신한다.'8)는 문예동의 강령 3항에도 구체적으로 제시되어 있다. 일본 사회에서 살아가기 위한 민주적 민족 권리의 문제와 북한의 이념과 사상을 실천하기 위한 애국주의의 문제가 결합, 적시되어 있는 것이다.

요컨대 문예동이 추구하는 문학운동의 기본 목표는 일본 사회에서 생활하고 있다는 '정주성'과 북한의 정책과 사상을 실천하는 '지향성'의 두 가지 측면, 즉 재일조선인이 지닌 존재의 이중성을 인식하고, 그 둘의 괴리감을 극복, 통일하여 재일조선인으로서의 자기정체를 확고하게 하는 것에 있는 것이다. 총련을 '북한의 혁명사상을 지도이념으로 하는 조선민주주의인민공화국의 권위 있는 해외공민조직'9)이라고 하는 규정에서도 이념적으로는 북한의 지도 아래 북한의 사상을 실천할 것을 목표로 하면서 북한이 아닌 해외 일본에 정주하고 있는 단체라는 이중성을 기본 성격으로 지적하고 있음을 확인할 수 있다.

---

7) 윤재근·박상천, 『북한의 현대문학』2, 고려원, 1990, p.100.
8) 「재일본 조선 문학 예술가 동맹 강령 및 규약」, 『문학예술』, 2, 1960.3, p.76.
9) 김정일, 『재일본조선인 운동과 총련의 임무』, 조선로동당출판사, 2000, p.5.

　결국 문예동이 총련의 조직적 실천의 영향아래 놓여 있고, 총련은 북한의 정책과 노선의 실현을 지향한다는 점에서 '재일조선인은 누구인가'하는 근본적인 물음에 대한 답은 '북한 해외공민으로서의 자각'이 될 수밖에 없다. 그렇기 때문에 문예동의 소설들은 어떠한 형태로든지 재일조선인이 처한 이중성을 통일시키는 '깨달음'의 내용을 형상화하고 있으며, 그 깨달음을 통해 이루어지는 작중인물의 인식변화를 주된 내용으로 한다. 대상으로 삼은 1960 · 70년대 문예동의 단편소설들도 기본적으로 총련의 당면한 사회 운동 목표였던 '조선인으로서의 자각'을 주된 소설적 주제 및 사상으로 활용함으로써 재일조선인의 정체성이라는 문제를 조선인으로서의 민족성을 자각하고 북한의 해외 공민으로서의 인식을 확고히 하는 것으로 귀결시키고 있다.

　문예동의 소설들은 '재일조선인은 누구인가'라는 물음을 '북한의 해외공민으로서의 자각'으로 귀결시킴으로써 정주와 지향이라는 이중성을 인식하고 또 통일하고자 한다. 이런 점에서 문제는 '자기정체'가 무엇인가라는 결론이기보다는 자기 정체를 구성하는 방식, 즉 재일조선인이 지닌 존재의 이중성을 어떻게 인식하고 있는가, 정주와 지향의 거리를 극복하는 방식은 무엇인가를 구체적으로 탐색할 필요가 있다.

── 3. 자각과 통일의 동기화(Motivation) 양상

1) 총련의 헌신적인 노력과 교육 사업

　해외 공민으로서 조국과의 일체화를 이룸으로써 재일조선인의 이중성을 통일하고자 하는 양상은 우선 총련의 열성적인 활동과 지도를 통해 이루어진다. 문예동의 소설 거의 대부분에 직·간접적으로 총련의 활동이 작품의 표면에 드러나고 있으며 총련의 열성적인 활동을 통해 총련의 당면 사업 과제이기도 한 조선인으로서의 자각이 이루어진다. 특히 대중에 대한 교양 사업이 중요한 문예운동의 하나로 인식되고 있기 때문에10) 총련 조직원들의 헌신적인 교양 사업을 통해 조선인으로서의 깨달음을 얻게 되는 경우가 많다.

재일 조선인임을 숨기고 살고자 하는 다다미집 노인 아들의 의식 변화를 형상화하고 있는 박종상의 <동포>는 총련 조직과 조직원들의 헌신적인 노력과 활약을 통해 동포애를 깨닫게 되는 과정을 전형적으로 보여주고 있다.

> 이때 그는 문득 다다미점 생각이 났다.
> (만약에 그가 조선동포라면…)
> 얼마나 외로우랴싶었다.
> (이 일본땅에도 사람은 산다. 그러나 이 땅은 사람을 시들어죽이고 곯아죽이는 사막과 같다. 만약에 총련조직이 없고 재일동포들의 단결된 힘이 없었더라면…우리 집인들 어떻게 되겠는가…그렇다. 한사람도 일본사람으로 만들어서는 안된다!)11)

인용문은 일본 사람으로 동화되는 것을 막기 위해, 그리고 일본 땅

---

10) "인민대중을 공산주의적으로 교양하는데서 문학예술은 중요한 역할을 합니다. 우리 혁명과 새생활 건설의 참된 주인공들을 형상화하여 그것을 통하여 사람들을 당과 로동계급의 사상으로 교양하여야 할 무거운 사명이 작가, 예술인들에게 지워져 있습니다."(『김일성 저작집』 15, p.234, 최형식, 『조선문학사 13』, 사회과학출판사, 1999, p.7 에서 재인용.)

11) 박종상, <동포>, p.237.(이하 작품 인용은 작품명과 인용면수만을 밝힌다.)

에서 살아가는 어려움을 극복하기 위해서 동포들의 단결과 총련 조직
의 중요성을 강조하는 부분이다. 이 작품에서 개발 열풍에 소외되어
강제퇴거의 위험에 처해있는 윤노인 일가를 위기에서 구해주고, 자라
면서 온갖 핍박과 무시로 조선인임을 부정하고 살아온 아들의 의식을
변화시키는 것은 분회장 '석구'를 중심으로 한 분회원들의 헌신적인
노력이다. 조선 사람이라는 것을 의도적으로 숨기고 지내던 인물이
조선 사람으로서의 민족적 자각을 하게 되는 전형적인 '조선사람 찾
기'[12] 주제의 작품으로 재일동포의 애환과 그 애환을 동포들의 단결
심을 통해 극복하고 있음을 보여준다.

　소영호의 <가장 귀중한 것>도 <동포>와 비슷하게 조선인임을 부
정하던 인물이 처한 위기를 극복할 수 있도록 헌신하는 총련상공회의
활동을 그리고 있으며, 박관범의 <분회장 고인호>도 총련이나 민단
모두에 무관심한 건설청부업자 '리삼수'를 설득하는 분회장 '고인호'
의 헌신적인 노력을 보여주고 있다. 특히, '리삼수'는 분회장의 노력으
로 재일조선인이 조선민주주의인민공화국 최고인민회의의 대의원으
로 선출되는 것을 축하하는 현 대회에 '나도 조선사람이요, 조선사람
의 넋은 잃지 않았소'[13]라고 말하며 대회에 참가하게 된다. 김재남의
<새출발>도 영세공장을 하는 '룡환이'의 변화과정을 그리고 있는데,
총련 활동에 소극적이었던 그는 총련의 고아원 방문 활동을 통해 총
련 활동의 중요성과 보람을 인식하고 새로운 마음을 먹게 된다. 또
량우직의 <준공식 날에>에서는 총련 활동에 적극적인 '최기섭'의 헌
신적인 노력과 언술을 통해 소극적이었던 '장만수'가 태도를 바꿔 조
선학교 건물의 신축에 적극적으로 나서는 모습을 보여주고 있다.

---

12) 강태성, 앞의 글, p.7.
13) 박관범, <분회장 고인호>, pp. 176-177.

이 밖에 소영호의 <뜨거운 사랑>도 조선 사람이라는 것을 이웃 사람들이 알게 되는 것을 부끄럽게 여기고 일본 사회에 동화되어 살아가고자 하는 인물들이 총련 분회원들의 노력으로 조선인으로서의 정체성을 깨닫고 적극적으로 총련의 활동에 동참하게 되는 변화의 과정을 그리고 있다. 리인철의 <진로>는 조선학교 졸업을 앞둔 인물이 가족의 경제적 안정을 위해 취업을 할 것인지 조선신보사 기자로 총련의 조직 활동에 일조할 것인지를 고민하는 과정을 형상화하고 있다. 이 작품은 졸업 후의 진로라는 구체적인 상황을 통해 재일동포 1세와는 다른 상황에 놓인 2세대 인물의 갈등과 고민, 자각과 변화를 그리고 있다는 특징이 있다. 하지만 진로를 고민하는 인물이나 가족의 경제적 안정을 중요시 여기던 어머니의 변화가 총련의 선전삐라를 배포하고 있던 할머니와의 만남, 그 할머니와의 대화에 의해 이루어진다는 점에서 역시 총련의 열성적인 활동이 자각과 변화의 계기로 작용하고 있다고 할 수 있다.

총련의 헌신적인 노력과 활동을 통해 조선 사람으로서의 자각을 하게 된 인물들의 변화된 행동은 주로 교육활동에 참가하는 것으로 나타난다. 소영호의 <첫고지>와 한국신의 <못별이 퍽 아름답소>는 총련 단원들의 노력으로 총련에 무관심했던 인물들을 단기 학습과정에 참여시키는 과정을 보여주고 있으며, 리량호의 <해빛 비치는 곳에서>도 조선 사람임을 깨닫고 조선학교에 아이를 입학시키게 되는 결심을 형상화한다. 신영호의 <운동회날에>도 역시 조선학교의 운동회날 참가를 계기로 일본학교에 보내고 있는 자신의 아이들을 조선학교에 보내겠다는 '옥선'의 의식 변화와 다짐을 보여준다. 그러한 다짐의 계기는 운동회 날의 화기애애한 분위기와 함께 '정애'에게 들은 보람찬 여맹 활동의 이야기이다.

소극적이거나 무관심한 인물들이 재일조선인으로서의 자각을 통해 총련의 교육활동에 적극적으로 참여하게 되는 이야기가 많다보니 총련 조직의 지도적 위치에 있는 인물들은 아니지만 그에 준하는 학교 교원의 헌신적인 노력이 자각의 모티프가 되는 경우도 많다. 김민의 <포옹>이 대표적인 경우인데, 시골 조선학교 교원인 '영숙'의 노력이 '옥자'의 마음을 변화시키는 이야기를 재일동포들이 겪는 삶의 애환과 함께 보여주고 있다. '영숙'은 홀어머니와 살다가 결혼했으나 남편이 일찍 죽고 난 후 교원양성소에서 교원교육을 받고 낙후된 지역에서 교사 생활을 하고 있다. 그녀는 감옥에 있는 아버지, 생모의 죽음, 의모의 가출 등으로 인해 사람들과의 어울림을 두려워하던 '옥자'를 헌신적으로 보살펴 학교에 나오게 만든다. 리인철의 <손풍금>도 수령의 장학금으로 공부를 마친 교원 량이순의 헌신적인 노력으로 조선인임을 부정하던 '영일'이가 민족의식을 자각, 획득하는 과정을 구체적으로 그리고 있다.

이 외에도 남한을 배경으로 하여 빈민 대중투쟁의 성공적인 사례를 그리면서 아내의 의식 또한 변화시키는 리은직의 <생활 속에서>는 진보적인 의식을 지닌 학교 교원의 헌신적인 가정 방문과정이 변화를 만들어내는 역할을 한다. 리은직의 다른 작품 <신작로>에서도 전위적인 의식을 가진 인물이 등장하여 마을 사람들의 의식 변화를 이끌어내고 마을 사람들이 지주에게 대항하게 만드는 역할을 수행한다.

2) 비극적인 과거 체험과 남한의 부정성

재일조선인이 처한 이중성을 부정적인 측면과 대비시킴으로써 북한 지향으로 통일시키고 그 당위성을 강조하는 경우가 있다.

김병두의 <대회장으로 가는 버스안에서>는 '그'가 8·15대회에 참가하기 위해 버스를 타고 가는 과정에서 비극적인 과거 기억을 떠올림으르써 재일조선인의 자각을 강화하고 있는 작품이다. '그'는 일제시대 재 동생과 함께 강제로 일본에 끌려 왔는데, 다리 기둥 밑에 사람을 생매장하면 다리가 무너지지 않는다는 이유로 동생이 생매장 당한 아픈 기억을 가지고 있다. 조선 사람이라는 이유로 비참한 죽음을 당했던 동생에 대한 기억을 회상함으로써 나라 없는 백성의 비참한 처지를 환기시키고 있다. 그리고 이를 통해 8·15 대회에 참가하고 있는 현재의 상황을 기쁨과 감격의 상황으로 인식하고, '그이께서(김일성 수령-편집자) 가리키시는 길을 따라 그이께 충직히 살아서 조국통일의 날을 보아야지!'14)라고 다짐한다. '그'는 해외공민으로서의 자의식이 없거나 약했던 것은 아니지만 비극적인 체험을 현재와 대비시켜 해외공민으로서의 자의식을 한층 강화시키고 있다.

머슴살이와 탄광노동자로 비참하게 지냈던 과거사를 삽입하고 있는 박관범의 <분회장 고인호>도 과거사를 현재와 대비하여 총련의 활동에 동조하거나 참여하게 되는 과정을 그리고 있으며, 소영호의 <첫고지>도 비참한 과거 기억의 회상이 변화의 동기를 부여하는 역할을 한다.

부정적인 과거 체험을 부각시키는 것 외에 남한의 부정적인 상황을 대비하여 북한 지향을 합리화함으로써 현재의 이중성을 자각하고 괴리감을 극복하고자 하는 작품들이 있다.

리은직의 <신작로>는 남한 현실을 배경으로 하여 남한 사회의 모순과 부정성을 강조함으로써 상대적으로 북한에 대한 지향성을 합리

---

14) 김병두, <대회장으로 가는 뻐스안에서>, p.190.

화한다. 이 작품은 아버지는 고리대금업자의 빚 독촉을 피해 서울로 돈 벌러 가고, 어머니가 고리대금업자의 종노릇을 하며 생계를 이어가고 있는 '철이'네 집의 힘겨움을 '철이'의 시선으로 그리고 있다. 이 과정에서 고리대금업자의 집에 혁명적 활동가인 '길서방'이 들어와 마을 사람들의 의식을 변화시키고자 노력한다. '철이'와 철이의 어머니도 '길서방'에게 협조하며 변화하기 시작하며 결국엔 마을 사람들 모두가 지주 황가에게 집단적인 저항을 하게 된다. 그런데 부실한 제방 공사로 인해 마을은 커다란 홍수 피해를 보게 되고 힘겹게 서울서 돈 벌다 돌아온 철이 아버지는 배 삯 50원을 아끼려다 죽게 된다.

> 《첫째원인은 그가 동네를 나가지 않으면 안되게 한 지주며 고리대금업자인 황가한테 있었습니다. 둘째 원인은 그를 부려먹고 품삯을 안 준 공장주인의 죄고 셋째원인은 강뚝 하나 옳게 고치지 않고 홍수소동이 나게 한 이곳 집권자들의 잘못에 있습니다. 그러나 이러한 책임을 모두 따지고 보면 그 근본적원인은 박정희괴뢰도당의 매국적정책과 해방된후 우리 나라를 강점한 미국놈들에게 있습니다… 미국놈들은 이 나라 백성들을 살려주기 위해서 온게 아니라 일제대신 이 나라 백성들을 식민지종으로 만들기 위해서 온 것이니까요. 지금 이 땅에서 벌어지고 있는 우리 민족의 모든 비극의 제일가는 원인은 이 간악한 미국놈들 죄행에 있는거죠. 그리고 다음은 나라를 팔아먹고 그 졸개노릇을 하는 박정희놈한테 죄가 있고요…》[15]

작품의 끝부분에서 '길서방'이 비극적인 상황의 원인에 대해 언급하고 있는 부분이다. 지주, 자본가, 정부와 미국까지 남한 사회의 부정성을 총망라하고 있는 이 언급은 당시 북의 견해를 그대로 대변하고 있

---

15) 리은직, <신작로>, p. 40.

음은 물론이다. 이렇게 남한의 부정성을 강조함으로써 마을 사람들의 인식을 자연스럽게 부정적 인식에 공감하게 만들고, 특히 '북쪽하늘을 우러러보며 굽히지 않고 전진할 것'을 다짐하는 '철이'의 인식 변화를 이끌어 내고 있다.

리단숙의 <팥죽장사>는 대통령 선거철 빈민촌을 배경으로 한다. 한국전쟁에서 치안대원들의 횡포에 남편을 잃고 월남 전쟁으로 인해 아들을 잃은 '최씨'는 미군 짚차에 마지막 생계수단인 팥죽장사까지 망쳐버리는 비참함을 겪는다. 선거를 통해 부정부패를 드러내고 전쟁 수단으로 전락한 국민과 그로 인해 고통 받는 가족의 모습을 보여줌으로써 남한 사회의 부정성을 강조하고 있는 작품이다.16) 이 외에도 리은직의 <생활속에서>와 <노도의 거리>는 남한사회를 배경으로 하여 부정성을 부각시킴으로써 상대적으로 북한에 대한 지향성을 강화하여 작중인물의 자각을 이끌어내는 작품이다.

남한의 부정성을 강조하다보니 상대적으로 북한 현실의 긍정적인 면을 강조하여 인식의 변화를 얻게 되는 작품들도 있다. 조혜선의 <가죽구두>, 박관범의 <한권의 수첩>, 소영호의 <고향손님>, 리량호의 <첫걸음>, 리은직의 <관두에 서서>, 량우직의 <태양의 품> 남상혁의 <증언> 등의 작품이 여기에 해당한다.

조혜선의 <가죽구두>는 일제 시대 때 도호꾸 탄광에 끌려온 후 홋가이도에 정착한 '최봉수'의 인식 변화를 그리고 있다. 그의 인식 변화에 결정적인 역할을 하는 것은 북한을 방문하고 온 조카 '순이'이 편지

---

16) 대기의 재일조선인 소설작품들이 자각의 당위성을 강조하고 북한의 문예 이론인 혁명적 낭만주의의 창작방법에 충실한 상승적 결말로 처리되고 있는 것이 대부분이지만 이 작품처럼 남한의 부정성을 상대적으로 강조할 때는 예외적인 결말을 보이기도 한다.

이다. 그 편지에는 조국 방문단에 제공한 '가죽구두'를 통해 김일성 원수와 조국에 대한 감사함을 느끼고 '최봉수'의 아이들에게도 조국과 민족의 중요성을 일깨워줄 것을 당부하는 내용이 담겨 있다.

> 조국이 없이 어떻게 살아나갈수 있담. 나라를 빼앗겼기에 겪어야만 했던 망국노의 설음과 이국살이가 아니였던가.
> 이 세상에서 가장 귀중한 것, 그것은 조국이다. 나라의 통일기운이 높아가고 모든 사람들이 제 정신을 똑바로 가지고 나갈 때 나는 과연 무엇을 생각하고 있었던가. 일본 이름을 쓰고 아이들을 일본학교에 보내온 나에게는 조선 사람의 정신이 제일 모자라지 않았는가. 아이들을 조선사람으로 키워야 한다. 기술만 가지고는 나라를 지킬수도 발전시킬수도 없다. 아이들을 일본학교에 보내놓고 어떻게 그들의 행복을 바랄수 있겠는가.[17]

인용문에서 확인할 수 있듯이 어릴 적 가난한 처지 때문에 작은 신발을 억지로 오래 신고 다녀 수술을 받은 경험이 있는 '최봉수'는 이 편지를 계기로 진정한 조국에 대한 깨달음을 얻고 민족 교육의 중요성 또한 자각하여 자신의 아이들을 민족학교에 보낼 것을 다짐하게 된다.

량우직의 <태양의 품>은 조국방문단으로 북한을 방문한 인물이 북한 현실의 긍정적인 모습과 위대한 수령의 은혜를 체감하는 과정을 보여주고 있다. 리은직의 <관두에 서서>는 어머니의 수기 형태를 통해 한 가족의 수난사를 집약적으로 보여줌으로써 민족적인 수난과 비극을 형상화하고 있다. 우여곡절 끝에 남편과 딸들을 북한에 보내고 입양시킨 아들이 있는 남한을 방문하게 되는 과정을 통해 남한의 부

---

17) 조혜선, <가죽구두>, p.127.

정성을 강조하고 상대적으로 북한 지향을 합리화하고 있다. 남상혁의 <증언>도 재일동포 유학생의 남한 방문 체험을 부정적으로 형상화하고 있다.

소영호의 <고향손님>과 리량호의 <첫걸음>도 남한의 부정성을 대비시키고 있지만 자각을 얻는 주체가 남한 사람이라는 점이 특이하다.[18] <고향손님>에서는 일본 자식네 집에 방문한 '강로인'이, <첫걸음>에서는 사촌 동생네를 방문한 '석준'이가 일본 내의 조선학교와 학생들을 보고 북의 교육지원에 감탄하는 반면 민단 측의 감시와 남한에서 고문을 당했던 기억들이 대비되어 북한 지향성을 얻게 되는 과정을 형상화한다. 박관범의 <한편의 수첩>은 인물의 자각과 의식 변화를 직접적으로 보여주고는 있지 않지만 남한에서 사회주의 운동을 하는 인물이 일본을 방문하여 김일성 저작을 구해 읽는다는 이야기를 통해 남한의 부정성을 드러내면서 간접적으로 북한의 사상 논리를 합리화하고 있다.

3) 불합리한 현실과 일본사회의 허구성

일본 내에서의 불합리한 처지와 불평등을 부각시킴으로써 재일조선인으로서의 자각을 확인하거나 강화하는 작품들이 있다.

조남두의 <올가미>는 외국인 등록증과 관련한 불합리한 차별의 상황을 그리고 있다. 다른 지방을 갈 때 지참해야 할 외국인 등록증 때문

---

18) 김일성은 1964년 11월 「혁명적문학예술을 창작할데 대하여」라는 연설에서 남북 조선인민들을 끊임없이 혁명정신으로 교양하는데 이바지할 작품 특히 남조선혁명가들을 고무할 수 있는 혁명적 문학예술을 보다 적극적으로 창작할 과업을 제시하고 그 실현을 위한 중요한 문제들을 해명한 것으로 알려져 있다.(최형식, 앞의 책, p.11)

에 할 수 없이 오사카 역에서 아내를 기다리는 '한태'의 의식과 경험을 통해 자유롭게 이동할 수도 없는 불편한 상황을 제시하고 외국인 등록증과 지문날인에 관련된 치욕과 울분을 구체적으로 형상화하고 있다.

일본 정부의 외국인 등록제도는 1947년 '외국인 등록령'을 거쳐 1952년 '외국인 등록법'으로 제정되어 시행된다. 이 제도는 '일본에 거주하는 외국인의 거주 실태 및 신분관계를 명확히 해서 외국인의 공정한 관리를 위한 자료로 활용하기 위한' 것으로 목적이 제시되고 있지만 제정 당시 재일외국인의 90% 이상이 조선인이었다는 점을 감안하면 출입국 관리령과 함께 실질적으로는 재일한국인을 관리, 규제하기 위한 법이라고 볼 수 있다. 특히 1991년 폐지된 지문날인 제도는 출입국 관리제도의 퇴거 강제조항과 함께 재일조선인의 인권과 정주권을 박해하는 심각한 제도라고 할 수 있다.[19)]

적어도 1990년대 이전 일본 정부의 재일조선인 정책은 배제와 동화라는 식민지적 인식을 유지하고 있었기 때문에 일본 사회에서 살아가는 재일조선인들의 구체적인 삶 또한 식민지적 차별과 굴레의 연장으로 인식될 수밖에 없다.

> 한태는 굴욕감을 느끼였다. 등록이고 뭐고 모두 내동댕이를 치고싶은 충동이 치밀어올랐다. 무엇 때문에 이렇게까지 하면서 일본에서 살지 않으면 안되는가? 일본이란 결국 한태에게 있어선 일시 발을 붙이고 있는 외국에 지나지 않다. 그러나 자기의 살아온 생애의 거의를 일본에 파묻고있다는것도 또한 부정할수 없는 사실이다. 한태는 복잡한 심정이 되였다. 이놈의것 언제까지 이런 생활을 계속해야 된단말인가? 휘휘 내젖고싶은 생각이 들었다. 그러나 그렇다고해서 감정이 나는대로 할 수

---

19) 고병국, 「남·북한 재일동포 정책의 특성과 문제점」, 『민족연구』 2, 1999, pp.73-75 참조.

는 없는 일이였다.[20] (밑줄 인용자)

인용문에서처럼 재일조선인은 일본사회에 정주하고 있는 것이 인정되지 않는 제도적인 차별 아래 굴욕적인 삶을 살고 있다. '한태'는 지문날인 과정에서 겪은 치욕적인 경험을 통해 생애의 대부분을 일본에서 보내고 있에도 불구하고 '외국인'으로서 차별받고 있는 이중성을 실감하게 된다. 특히 일제시대 때 아무런 이유 없이 조선 사람이라는 이유로 박해받았던 그의 기억은 등록증의 문제 또한 단순히 외국인으로서의 대우가 아니라 조선 사람이기 때문에 받는 차별적인 대우임을, 그리고 일제시대 때부터 받아왔던 차별이 현재까지도 지속되고 있다는 것을 깨닫게 해준다. 결국 그는 차별받고 있는 불합리한 일본 사회의 현실을 절감하여 재일조선인의 현실을 '올가미 속에 갇혀있는 짐승과도 같은 존재'[21]로 인식하게 되는 것이다.

박관범의 <행진>에는 "일본에 사는 세계 각국 사람들이 모두 자유스럽게 제 나라에 오고 가는 데 조선 사람만이 자기 조국에 갔다 올 자유가 없는"[22] 설움이 형상화되어 있다. 일기 형식으로 되어 있는 이 작품에서 '나'는 대학진학을 바라는 어머니의 뜻에 반해 '조국왕래자유 실천단 환영 도보행진'에 참여해 나팔을 불게 된다. 이 과정에서 아버지의 불우했던 일생을 떠올리게 되고 자유롭게 조국을 왕래하지 못하는 노인들의 사연을 통해 재일조선인이 겪는 차별을 실감하며 조선인으로서의 권익확장을 위한 투쟁에 동참할 것을 다짐하게 된다.

고찬유의 <배길>은 재일조선인의 북송 상황[23]을 배경으로 사진가

---

20) 조남두, <올가미>, p.237.
21) 조남두, <올가미>, p.253.
22) 박관범, <행진>, p.154.
23) 재일조선인의 북송은 1959년 10월 975명을 시작으로 1984년까지 지속되어 93,340

지망생인 '혁태'와 '수철'의 인식변화를 그리고 있다. 그 과정에서 사진만을 진실이라 생각하며 어려운 환경에서도 노동을 하며 사진학교를 졸업했지만 우수한 기술을 가져도 조선 사람이라서 취업하기 어려운 재일조선인에게 일본사회는 희망의 사회가 아님을 보여주고 있다. 그리고 표면적으로 비참해 보이는 귀국 동포들의 모습이나, 평범해 보이는 총련 조직원들의 모습이 공화국 공민으로서의 영예와 긍지에 찬 사람들임을 깨닫는다. 이외에 성윤식의 <길>에도 조선 사람이라서 일본에서 취업하는데 장애가 되고 그에 따라 생계와 사상 사이에서 고민하고 갈등하는 인물의 모습이 나타난다.

4. '재일(在日)'의 극복 : 집단적 기억으로서의 '민족'

1) 민족의식을 통한 지향성 강화

1960·70년대의 재일조선인 소설은 무엇보다도 민족의식의 강조를 통해 지향과 정주의 괴리를 극복하고자 하는 작품들이 많다. 민족교육의 중요성을 강조하거나 필요성을 깨닫는 것으로 민족의식을 강화하거나 각성시키는 양상이 많은 것이 이와 관련된다.

재일동포의 민족 교육은 1945년 10월 재일조선인련맹의 설립으로부터 창설 지도된다. 당시 민족교육의 최대 기조는 식민지 시대부터

명이 북한으로 귀국, 이주하였다. 재일동포의 북송문제에 대해서는 이광규의 『재일한국인-생활실태를 중심으로』(일조각, 1983), 고병국의 「남·북한 재일동포 정책의 특성과 문제점」(『민족연구』 2, 1999), 진희관의 「재일동포의 '북송' 문제」(역사비평 61호, 2002년 겨울호)를 참고할 수 있다.

진행되어 온 민족 말살 교육, 즉 일본의 동화정책에 대한 저항이었다. 이러한 기조는 식민지 시절 빼앗겼던 모국어를 되찾는 것을 비롯하여 희석화된 민족성을 되찾기 위한 당연한 시도라고 할 수 있다.

그런데 1955년 총련의 결성은 민족교육의 목적·방법·운동을 '공화국' 공민의 육성에 적합하게 변혁시켜 나가는 계기가 된다.[24] 즉, 민족교육의 목표였던 민족의식의 각성과 강화는 재일조선인의 구체적인 현실보다는 북한의 해외공민이라는 지향성이 강화되는 쪽으로 변화, 조직화되기 시작하는 것이다.[25] 북한 지향의 강화는 상대적으로 재일조선인이 처한 정주성의 문제를 관념적인 차원에서 다루게 되고 의식의 차원에서 이중성의 괴리감을 통일하는 방향으로 나타난다. 물론 교육 지원 사업[26]을 비롯한 북한의 적극적인 재일동포정책은 재일동포들의 삶의 어려움을 극복하는데 실질적인 도움을 주었고 재일동포들의 유대감 강화에 어느 정도 역할을 했다는 점에서 지향성의 강화가 구체적인 현실에 근거를 두고 있다고 볼 수도 있다. 하지만 북한의 정책은 혁명역량 강화라는 의식적 목표에 부합하기 위한 민족 개념에 기반을 두고 있는데다가 이러한 정책의 시행 자체가 남북한과

---

24) 오자와 유사쿠, 이충호 역, 『재일조선인 교육의 역사』, 혜안, 1999, p.360.
  이 외에 재일동포의 민족교육 문제는 김흥규의 「재일동포들의 민족교육에 대하여」 (『이중언어학』 10, 이중언어학회, 1993)를 참고.
25) 오자와 유사쿠는 민족교육의 과제를 규정하고 있는 총련의 강령 4항을 들어 조국인 북한의 교육목적과의 차이를 강조하고 있다. "우리는 재일조선 동포의 자녀에 대해서 모국어로 민주 민족교육을 실시하고, 일반 성인들 사이에 남아 잇는 식민지 노예사상과 봉건적 유습을 타파하고 문맹을 퇴치하여 민족문화 발전을 위해 노력한다."(위의 책, p.365.)
  하지만 이러한 차이가 일본에 정주하고 있는 재일조선인의 현실적인 문제를 최우선으로 고려하고 있는 것이라고 판단하기는 어렵다.
26) 재일동포에 대한 북한의 교육 원조비는 1995년 1월 현재 129차 422억여 엔에 이른다. 1957년부터 1971년까지 남북한의 교육 원조비는 북한이 30,315,320달러, 남한이 4,734,392달러로 압도적인 차이를 보이고 있다.(고병국, 앞의 글, pp.85-86)

일본과의 관계, 냉전적 국제 상황 등에 밀접한 영향을 받아 이루어진 다는 점에서 혈연적 유대를 강화하는 북한의 적극적인 지원은 재일동 포의 구체적인 삶의 내부 문제보다는 외적, 의식적 차원에서 이루어졌 다고 할 수 있다.

이러한 양상은 작품에서 민족 교육의 중요성을 깨닫는 과정이 구체 적인 형상보다는 타인의 관념적 진술을 통해 주로 이루어지는 것으로 드러난다. 그 진술들은 대부분 '조선 사람의 넋, 조선 사람의 정신'으로 강조된다. 즉, 일제의 동화정책으로 인한 피해나 민족교육을 받지 못 해 가질 수 있는 부정적인 상황을 구체적으로 제시함으로써 민족교육 의 중요성을 깨닫는 과정을 뒷받침하는 것이 아니라 이미 '수령의 은 혜'나 '공민'으로서의 자의식을 지닌 각성된 인물의 관념적인 진술이 변화의 근거로 제시되는 것이다. 이러한 양상은 교육의 목표를 기술 대 정신으로 이분하여 인식, '똑똑한 제정신을 가져야 기술을 배워도 옳은 기술을 배울 수 있다'[27]거나 '기술자가 되건, 학자가 되건 조선 사람은 조선 사람의 정신을 똑바로 가져야'[28] 한다고 정신을 강조하 게 되는 것으로 이어진다.

민족의식의 강조가 결국엔 북한 지향의 관념적인 성격강화로 이어 지는 것은 민족의식을 자각하는 과정에서 대부분 자각 주체를 대상화 하여 서술하고 있는 것으로도 확인할 수 있다. 즉, 대부분의 작품이 민족의식을 깨닫고 변화하는 인물들의 이야기지만 그 인물들을 자각 시키고 변화시키는 계기는 일본 사회 속에서 살아가는 과정에서 주체 적으로 획득되거나 인식되는 것이 아니라 타인의 영향으로부터, 자각 주체의 외부로부터 주어지고 있다. 또, 대부분 작품의 서술도 인물들

---

27) 리량호, <해빛 비치는 곳에서>, p.348.
28) 조혜선, <가죽구두>, p.122.

을 변화시키는 인물들, 총련 조직원이나 각성된 인물들의 활동에 초점
이 맞추어져 있다.

> 나라와 민족이야 어떻게 되든말든 인간으로서의 긍지가 짓밟히든말
> 든 그저 자기의 집안만 생각하고 눈앞의 단란만 생각하여 돈벌이에 급
> 급할수 있다.
> 그러나 그것은 파멸의 길이다.
> 나라와 민족을 생각하지 않고 개인의 행복과, 권리만을 생각하는 것
> 은 어리석은 일이다.
> 지난날 우리 부모들의 력사가 그것을 여실히 발해주고있다.
> 나는 총련의 애국사업에 더 적극적으로 헌신함으로써 조국과 민족을
> 위하여 4천만 조선인민의 념원인 조국통일 하루속히 이룩하여 생지옥에
> 서 허덕이고 있는 남조선 형제들을 구원하기 위하여 자기의 젊은 정열
> 과 지혜와 힘을 다 바치겠다.
> 이 길만이 가정의 진정한 행복의 길이며 우리들 청녀들에게 틔여있는
> 단 하나의 길이다.[29]

민족의식이 관념적인 의식의 문제로 강조되고 있음을 잘 보여주는
인용문이다. 앞에서 언급한 기술과 정신을 대립적으로 파악하여 '눈앞
의 단란만 생각하여 돈벌이에 급급한' 것은 파멸의 길임을 강조하고
있다. 이러한 대립은 나라와 민족 대 개인의 행복과 권리의 대립으로
쉽게 확대되어 나라와 민족이라는 상상의 공동체를 개인의 구체적인
현실보다 우위에 두는 것이 된다.

재일조선인에게 있어 지향성은 곧 조국이라는 관념의 문제이고 정
주성은 현실의 문제이다. 하지만 이 시기 문예동의 소설들은 민족의식

---

29) 김영곤, <가정>, p.217.

을 조국 지향을 통해 강화함으로써 재일조선인이 처한 이중성을 통일하고 있다. '재일'이 민족=국민과 같은 공동태로 동화될 수 없는 '자기' 내면을 확립할 것이 요구된다[30)는 점에서 보면 이는 곧 치열한 갈등의 결과물로서 형상화되는 것이 아닌 일방적인 서술로 읽힐 가능성도 있으며 재일조선인들의 삶에 대한 객관적인 현실인식에 장애가 될 수도 있다.

2) 집단적 기억의 연장과 현실의 긍정

조국 지향의 강화는 민족의 집단적인 기억을 연장시키게 된다. 특히 재일동포가 일제 식민지라는 역사적인 기억의 산물이기 때문에 식민지적 인식이 현실 인식의 중요한 틀로 작용하고 있음을 확인할 수 있다.

> 인민의 행복이란 나라의 운명과 그 언제나 같이 있음을 뼈에 사무치게 느껴온 것은 최봉수 한사람만이 아니였다. 그것은 나라 잃고 고향을 빼앗겨 일본으로 끌려온 우리 동포들이 식민지 노예살이를 하면서 뼈아프게 틀어잡은 진리였다.[31)

위 인용문은 전절에서 확인한 공동체의 운명에 따라 개인의 행복이 결정된다는 인식을 그대로 보여주는 동시에 식민지 시절의 기억을 현재까지 연장하고 있음을 보여주고 있다. 즉, 아이들의 교육 문제에 대한 고민을 하면서 그 고민 해결의 기제로 과거의 기억, 민족적 기억인

---

30) 윤건차, 앞의 글, pp.313-314.
31) 조혜선, <가죽구두>, pp.121-122.

'식민지 노예살이'를 떠올리는 것이다. 이러한 기억의 연장은 '8·15를 맞이하지 못했다'[32]와 같이 과거 식민지 시절과 동일한 차원으로 현실을 이해하는 것으로 이어진다. 물론 재일동포들의 현실이 다양한 형태의 식민지적 굴레에 의해 아직까지도 얽매여 차별 받고 있는 실정이라는 점에서 과거 식민지적 인식의 연장에서 그들의 현실을 이해하는 것도 가능하다. 하지만 과거 일제 시대의 직접적인 식민 지배의 영향과 전후 독립된 모국이 존재하고 있는 현실의 식민지적 굴레는 구체적인 일상의 문제에서는 다양한 차이를 보일 수 있다는 점 또한 간과할 수 없다. 그럼에도 불구하고 민족적 기억의 연장을 통해 현실을 이해하고자 하는 시도는 항일무장투쟁시기의 혁명적 문예전통을 계승하고자 하는 북한의 문예정책[33]과도 관련이 있는 것으로 보인다.

민족적 기억의 연장은 거의 대부분의 작품에서 비참한 과거 기억의 삽입 구조를 통해 뒷받침되고 있는데, 문제는 강한 조국 지향을 통해 재일조선인이 처한 이중성을 통일하려고 하는 노력에 비추어 본다면 역설적 상황을 나타내기도 한다는 것이다. 즉, 북한 지향을 합리화하고 강화하기 위해 비참한 과거 기억을 부각시키고 있는데, 이러한 노력은 상대적으로 북한 지향의 의식을 지니고 있는 현재를 가능성의 현실로 인식하는 경우로 이어지기도 한다. 이는 기본적으로 비참한 과거 기억인 식민지적 현실과 재일동포 사회를 동질적인 차원에서 인식하고 있는 북한의 현실인식과는 결과적으로 상충되는 것이다. 이중성에 대한 이러한 역설적인 태도는 재일조선인 문학이 부정하고 있는 일본 사회를 긍정하는 역설적인 상황으로 나타나기도 한다.

---

32) 조혜선, <가죽구두>, p.126.
33) 손지원, 「재일동포국문문학운동에 대하여」, 『재일조선인 조선어문학의 현황과 과제』, 제 2회 조선문화연구회 발표자료집, 2004.. 12, p.3.

현숙이는 실망한 듯 다소곳이 고개를 숙이였다. 그러다가 쭉 편 석준이의 다리를 보고 무릎을 다쳤다는 말이 생각났다.

(어쩌다가 다쳤을가?) 아직도 불편한 것 같았다.

(일본에서는 여간한 상처는 다 낫는데 왜 저러고 있을가.) 하는 생각이 들었다.

《무릎이 아직 다 낫지 않았나요?》 현숙이는 조심스럽게 물었다.

《이 이상 낫지 않는다는구나.》

- 중 략 -

이때 멀리서 들려오던 싸이렌 소리가 점차 가까워지더니 《윙》하고 지나갔다.

석준이는 벽에 기댔던 몸을 바로 일으키며

《통행금진가요?》

《통행금지라니?》

현숙이와 어머니도 어리둥절하여 석준이를 보았다.

《오빠, 여기는 그런 것이 없어요.》[34]

위대하신 수령님을 모시고 있는 자랑을 안고 그의 입으로 언제나 나오는 이 노래,《죽지도 않고 잘 살아왔지!》 하는 말과 함께 입에서 터져나오는 이 노래, 그는 이 노래를 무척 좋아하였다.

이 노래가 단지 그의 뼈에 사무친 지나간 일을 말해주고 있다고 해서 좋아하는 것만은 아니지만 오늘의 행복과 기쁨, 자랑과 환희 속에 잠길 때면 지나간 일이 반드시 머리에 떠올랐다.

그에게는 오늘의 이 기쁨과 행복감이 어쩐지 지난날의 슬픔과 떼여서 생각할 수 없었다.[35]

위의 인용문은 상대적으로 일본사회를 긍정적으로 보고 있는 부분

---

34) 리량호, <첫걸음>, pp.99-100.
35) 김정두, <대회장으로 가는 뻐스안에서>, p.186.

들이다. 항일과 반일이 재일조선인 사회 또는 그들이 강하게 지향하는 조국 북한의 기본적인 인식이라는 점에서 위와 같은 일본 사회에 대한 긍정적인 인식은 상대적으로 남한이나 과거 기억의 부정성을 강조하기 위한 것이라 하더라도 특이한 점이라 할 만하다. 이러한 점은 낙관적인 미래에 대한 확신을 그리고자 하는 사회주의 문학관과도 관련이 있겠지만 결국 재일조선인 소설에서 보이는 지향성의 강화가 그들이 처한 구체적인 현실에 기반을 두고 있지 못하다는 점, 재일조선인의 이중성을 관념적인 의식의 문제로 해결하고 있다는 판단을 가능하게 한다.

⎯ 5. 맺음말

지금까지 문예동의 단편소설들에 나타난 자각의 양상들을 통해 재일조선인이 처한 정주와 지향이라는 존재의 이중성이 어떤 방식으로 통일되며 그 의미는 무엇인지 살펴보았다.

총련의 헌신적인 노력과 교육 사업, 비극적인 과거 체험과 남한의 부정성, 그리고 불합리한 현실과 일본사회의 허구성 등을 통해 자각의 동기를 부여하고 있는 문예동의 작품들은 강한 조국 지향을 통해 존재의 이중성을 통일하고자 하는 것으로 보인다. 이러한 지향성 강화의 방식은 구체적인 현실로서 기능하는 정주성을 상대적으로 배제하는 결과를 가져오게 되거나 객관적인 현실인식의 중요성을 간과하게 만드는 것이 된다. 결국 문예동의 소설들은 민족의식과 집단적인 기억을 관념적인 의식의 차원에서 강조함으로써 재일조선인이 처한 지향과

정주의 이중성과 괴리라는 '재일(在日)'의 상황을 극복하고자 시도하는 것으로 볼 수 있다.

이와 같은 결론은 물론 재일조선인 소설 작품이나 재일동포 한국어 문학 작품 일반으로 단정적으로 확장하기는 어렵다. 특히 대상으로 삼은 1960·70년대는 총련이나 문예동이 창립된 직후이면서 본격적으로 조직적인 활동을 전개한 시기라는 점, 그리고 재일동포사회의 세대변화가 본격화 되지 않은 시기라는 점도 고려해야 할 것이다. 그렇기 때문에 앞으로는 재일동포 사회가 모국 지향성이 강한 1세 위주가 아닌 2세, 나아가 3·4세가 중심이 되어가고 있다는 점에서 정주성이 강화된 변화의 양상들을 점검할 필요가 있다. 최근 1990년대 이후 민족교육의 기본 내용이 일본에서 정정당당하게 살아나가는 데 필요한 지식을 충분히 습득할 수 있도록 일본어와 영어, 일본이나 세계에 관한 지식을 잘 키우는 것[36]이 강조되고 있는 점은 '재일'의 특성인 정주성에 대한 인식의 변화가 반영된 단초로 볼 수 있다.

향후 문예동을 중심으로 한 재일동포 한국어 소설 작품들에 대한 관심은 객관적인 정보에 바탕을 둔 자료 수집을 확대하고, 작품을 중심으로 한 통시적인 특징을 추출할 필요가 시급하다고 할 수 있다. 또한 재일조선인 문학이 조직적인 활동에 바탕을 두어 문학 활동이 이루어진다는 점에서 지속성을 기본성격으로 하고 있다고도 볼 수 있지만[37] 그들의 문학 활동이 북한이나 총련의 정치적인 상황과 견해에 밀접한 영향을 받는다는 점에서 오히려 보다 민감한 변화의 양상들을

---

36) 김송이, 「재일자녀를 위한 총련의 민족교육 현장에서」, 『이중언어학』 10, 이중언어학회, 1993, p.216.
   위 글에서 1990년대 이후 민족교육의 구체적인 커리큘럼을 확인할 수 있다.
37) 심원섭, 「재일조선인 시문학에 나타난 자기 정체성의 제 양상」, 한국문학노총 31집, 2002, p.282.

내포할 수도 있기 때문에 구체적인 작품을 중심으로 한 정밀한 독해가 필요하다고 하겠다. 나아가 주체사상의 공표를 기점으로 하는 북한 문학의 사적(史的)인 기준[38]이 재일동포 문학에도 그대로 적용될 수 있는가도 구체적으로 확인해보아야 할 과제이다.

---

[38] 김재용, 「북한 문학계의 '반종파 투쟁'과 카프 및 항일 혁명 문학」, 『북한문학의 역사적 이해』, 문학과지성사, 1994, p.125,
윤지근·박상천, 『북한의 현대문학 2』, 고려원, 1990, pp.140-143.
주치사상이라는 용어를 공식적으로 사용하고 유일사상의 강화가 문학에 반영되어 결과물로 즉각적으로 나타나는가 하는 문제도 있을 수 있지만 무엇보다도 유일사상의 강화로 수령 형상의 작품화가 강화되는 것이 재일동포문학에서는 직접적으로 표현되기는 쉽지 않을 것이다.

4 | 재일본조선문학예술가동맹의 소설에 나타난 귀국 운동과 '재일(在日)'의 현실

1. '재일(在日)'의 특수성과 귀국 운동

외국에 거주하고 있는 한민족(韓民族)을 한국 국적의 재외국민과 비한국 국적의 재외동포로 나누어 볼 때 재일동포는 중국의 조선족과는 달리 명확한 규정을 내리기 어렵다. 한국 국적을 가지고 있는 재외국민으로서의 재일동포도 있고, 일본으로 귀화한 재일동포도 있을 뿐 아니라 여타의 다른 나라와는 동일하게 다루기 어려운 북한 국적의 재일동포도 있기 때문이다. 게다가 현존하지 않는 분단 이전의 '조선' 국적을 지니고 있는 동포들도 많다는 점은 재일동포라는 존재가 지닌 특수성을 단적으로 보여준다.

1945년경에 210만여 명에 이르던 재일조선인은 해방을 전후하여

140여만 명이 귀환하고 60여만 명이 남아 재일동포 사회를 이루게 된다.[1] 그 후 재일동포 사회는 조국의 분단으로 인해 총련과 민단으로 이분되어, 현재까지도 모국은 같으나 국적은 제각각이고, 사회적 정체성 또한 명확하지 않은 채, 어디에도 귀속되기 힘든 존재로 살아가고 있다. 재일동포의 특수성은 바로 식민지와 분단 모순이라는 우리 근대사의 결정적인 질곡과 첨예하게 맞닿아 있는 것이다.

재일동포 문학은 재일동포라는 존재가 지닌 특수성을 전제하지 않고서는 논하기 어렵다. 하지만 그동안 재일동포 문학에 대한 관심이 많지 않았던 것만큼 그 특수성에 대한 깊이 있는 논의 또한 부족했던 것이 사실이다.

재일동포가 정치적·사회적 상황과 밀접과 관련을 맺고 형성되었기 때문에 존재의 역사적인 차원을 기본적으로 염두에 두고 접근해야 함은 자명하다. 하지만 분단 모순이 해결되지 않은 상황에서 역사적 차원의 거시적인 안목은 쉽게 이념적인 잣대와 결부되어 재일동포의 특수성을 단순하게 인식할 위험이 없지 않다. 1990년대 이후 일본어로 창작 활동을 하는 재일작가들 중 대중적으로 관심을 끈 일부만이 주목을 받은 것이나, 한국어로 창작활동을 지속해 온 총련계 작가나 작품에 대한 관심이 미약했던 것은 이와 관련이 있을 것이다.

여기에 최근의 재일동포 사회는 세대교체가 이루어진 사회라는 점, 따라서 최근의 문학 역시 민족이라는 명제 대신 개인의 삶, '재일(在日)'이라는 특별한 체험보다는 보편적 주제에 경도되고 있는 점[2]은

---

1) 중일전쟁 이전의 도일은 식민지배 체제아래서 몰락한 농민층에 의해 주로 이루어진 자발적인 도일이었으며, 1938년부터는 강제연행의 형식으로 이루어진 도일로 그 인원이 100만여 명에 이른다. 식민지 시대 도일 인원과 원인 그리고 과정 등은 강재언·김동훈, 하우봉·홍석덕 역, 『재일 한국·조선인-역사와 전망』, 소화, 1995, pp.23-63을 참고할 수 있다.

'재일'이라는 특수한 조건과 삶을 경시하거나 외면한 채 일반화할 가능성이 있다. 이는 재일동포라는 존재의 원천을 이해하기 위한 전제조건인 역사적 특수성을 단순하게 추상화하여 현재까지 지속되고 있는 차별 구조에 대한 관심을 약화시켜 재외동포문학의 범주 속에 재일동포문학을 획일적으로 수렴시킬 가능성도 있음을 의미한다.

본고는 이런 차원에서 재일동포의 역사적인 특수성을 반영하고 있으면서 현재의 재일동포 사회가 형성된 궤적을 단적으로 드러내고 있는 귀국 운동, 특히 1959년부터 북한과 총련 주도로 이루어진 북한으로의 귀국 운동[3]을 형상화한 '재일본조선문학예술가동맹(이하 문예동)의 작품들을 살펴보고자 한다.

재일동포의 귀국 운동은 해방 직후에 이루어진 대대적인 귀환 과정과 1959년부터 1984년까지 이루어진 북한으로의 귀국 운동이 대표적이다. 여기서 북한으로의 귀국 운동은 조직적이고 의도적으로 진행되었지단 해방을 전후한 귀국은 자발적인 차원에서 이루어졌기 때문에 '운동'이란 표현은 논란이 있을 수 있다. 하지만 해방을 전후한 귀국 과정에서 1938년 이후 강제 연행된 인원보다 훨씬 많은 140여만 명이 귀국했다는 점은 어느 정도 일본 사회에 정주하고 있던 동포들까지도 귀국의 대열에 동참하는 '운동'으로서의 열기를 가지고 있다고 볼 수 있다.[4] 또한 잔류를 선택한 64만여 명 중에서도 13만여 명을 제외한 인원이 귀국을 준비하다가 귀국하지 않은 점[5]은 그들 중 거의 대다수

---

2) 윤상인, 「전환기의 재일한국인 문학」, 『외국문학』, 열음사, 1994 겨울, p.105.
3) 이 시기의 귀국 운동은 소위 '북송사업'이라는 명칭으로 주로 불리고 있다. 하지만 '북송'이라는 말이 '북으로 끌려갔다'는 이념적 색채가 덧 씌어진 말이고, 실제 귀국 동포들은 조국으로의 귀환이라는 의미로 받아들이고 있다는 점에서 '귀국 운동'이라는 객관적인 용어를 사용하기로 한다.
4) 최영호, 「해방 직후의 재일한국인의 본국 귀환, 그 과정과 통제구조」, 『한일관계사연구』 4, 한일관계사학회, 1995, p.100.

가 귀국 대열에 동참하고자 했지만 다른 사정으로 잔류할 수밖에 없
었음을 짐작케 한다. 게다가 당시의 적극적인 귀국 열기는 해방 직후
한국 사회에 지배적이었던 '새 사회', '새 나라' 건설의 분위기에 동참
하고자 하는 내재적 동기도 영향을 미쳤을 것이라는 점에서 '운동'으
로의 적극성을 지닌다고 볼 수 있을 것이다.

어떠한 형태든 재일동포의 고국 귀환은 조국이 부재하던 왜곡된 시
기의 산물이다. 이런 점에서 그들의 귀국 과정은 왜곡된 삶을 바로잡
으려는, 다시 말해 차별과 억압의 삶 속에서 키워 온 민족적 지향이
구체화되는 한 양상일 수 있다. 특히, 한반도에 두 개의 국가가 자리
잡은 후인 1959년부터 시작된 북한으로의 귀국 운동은 식민지적 모순
에 분단의 상처가 덧 씌워진 그들 삶의 양상을 반영하고 있을 것이다.
고국으로의 귀환의지가 식민지적 억압과 분단의 상처를 가장 예민하
게 보여주는 민족 모순의 현재적 지표일 수 있다는 점에서 고국으로
의 귀환 과정은 그들의 사회적·역사적 삶의 양태를 압축적으로 보여
주어, '재일(在日)'[6]이라는 특수한 현실과 그 현실에 적극적으로 대처

---

5) 1946년 3월 18일에 일본 정부의 후생성이 행한 등록결과에 의하면, 재일 동포의
   총수는 647,006명이고 그 가운데 귀국 희망자는 총수의 80%에 가까운 514,060명
   이었다.
   (강재언·김동훈, 앞의 책, p.114.)
6) 이재봉은 '재일'의 의미를 일본이라는 공간 속에서 자기 나름의 역할과 논리를 찾
   아가는 '재일하다'라는 적극적인 차원에서 이해해야한다고 지적하고 있다. 그리고
   재일한인문학의 특징도 '재일하다'라는 적극적인 행위의 논리와 특성을 밝혀내는
   일이어야 함을 강조하고 있다.(이재봉, 「재일 한인 문학의 존재 방식」,『한국문학
   논총』32, 한국문학회, 2002.12, pp.364-368.)
   재일동포의 삶이 '재일'이라는 특수한 조건을 감내하고 극복하는 과정이라는 점에
   서 '재일하다'라는 적극적인 의미를 통해 그들의 삶과 문학을 이해할 필요는 충분
   하다고 보인다. 다만 그들의 삶과 문학에 적극적인 의미를 부여하기 위해서는 재
   일의 특수성이 무엇인지, 그리고 어떻게 인식되고 있는지가 보다 구체적으로 탐색
   될 필요가 있을 것이다.

하며 살아가는 한 양상을 살펴볼 수 있을 것이다. 그리고 고향, 고국이라는 추상적이고 감상적인 의식이 북한으로의 귀국이라는 구체적인 지향으로 전화되는 과정을 살펴볼 수 있을 것이다. 이를 통해 문예동의 소설들이 재일동포의 특수성을 북한의 정책이나 총련의 지도 노선에 맞춰 어떻게 인식해 가는지도 짚어볼 수 있을 것이다.

재일동포 문학 특히, 문예동의 소설들에서 해방 직후의 귀국 운동을 다룬 작품들은 거의 없고 있어도 극히 단편적으로만 언급할 뿐, 대부분 북한으로의 귀국 운동을 소재로 한 작품들이 많다. 실제로 해방 직후 간도나 만주 지방에서의 귀환과정이나 양상을 다룬 소설들처럼 일본에서의 귀환과정을 본격적으로 다룬 작품은 아직 확인된 바 없다. 이는 해방 직후 일본에서 남한으로의 귀환과정을 실질적으로 체험한 작가가 없기 때문이기도 하겠고, 문예동의 당면 문예 정책과도 관련이 있을 것이다. 그리고 『문학예술』[7]의 창간 시기 또한 북한으로의 귀국 운동의 추진과 맞물려 있기 때문에 『문학예술』의 초창기 작품집에 북한으로의 귀국 운동을 다룬 작품들이 집중되어 있는 것으로 보인다.[8] 예외적으로 『문학예술』의 1, 2호에 연재된 김민의 <바닷길>은 해방 직후 고국으로 귀환하는 동포들의 상황을 구체적으로 그리고 있지만 2회로 연재가 중단되어 있고, 그 이후의 작품은 확인되지 않았기 때문에 본격적인 연구 대상으로 다루기에는 한계가 있다.[9]

---

7) 1960년 1월에 창간되어 2000년 『겨레문학』이 창간되기 직전인 1999년 109호까지 발행된다.

8) 실제로 북한으로의 귀국 운동을 본격적으로 다룬 작품들은 귀국 운동이 시행된 1959년을 즈음하여 1960년대 중반까지의 작품집에 몰려 있다. 그리고 북한으로의 귀국 운동이 중단되었다가 재개된 1971년을 즈음하여 몇 편 게재되는 것으로 확인된다.

9) <바닷길>에는 '1945년8월22일 마이즈르(舞鶴)항구의 폭파사건 희생동포에게 드린다'는 부제가 달려 있다. 이 사건은 '우키시마호 사건'으로도 불리는데 부산으로

___ 2. 고향 의식과 조직적인 귀국 운동

북한으로의 귀국 운동은 1959년에 시작되어 1967년에 일시 중단되었다가 1971년에 재개되어 1984년까지 전개된다.[10] 9만 3천여 명이 북한으로 귀국한 이 사업은 무엇보다도 일본과 북한 정부의 정치적 이해관계가 일치되어 추진된 것이라 할 수 있다.

일본 내 좌익 세력과 함께 정권 비판세력으로 주로 활동한 재일동포, 특히 총련계 동포들은 일본 정부에 정치적인 부담이 되었으며, 대부분 빈곤층이었던 재일동포들의 삶은 경제적인 부담으로 작용하였다. 또한 일본 정부는 1951년부터 계속된 한일회담에서 보다 유리한 위치를 점하기 위해 한국을 견제할 필요가 있었다. 북한은 재일동포의 귀국을 통해 국내의 부족한 노동력을 보충하고자 했으며, 재일동포 사회와 혈연적 유대관계를 형성함으로써 재일동포 사회에 대한 영향력을 강화하고자 했다. 또한 대대적인 귀국 운동의 전개는 남한에 대한 체제 우위를 선전할 수 있는 좋은 기회였다.[11]

이러한 정치·사회적 배경 속에서 재일동포들의 북한으로의 귀국 열기는 실제로 대단했던 것으로 보인다. 특히 1960년, 1961년에는 전체 귀국 인원 9만 3천여 명 중 7만 명이 넘는 인원이 북한으로 귀국했다. 당시 재일동포의 9할 이상이 남한 출신이었다는 점을 감안하면 재일동포들의 구체적인 삶의 현실이 정치·사회적 배경에 부합하여 귀국 운동의 동력이 되었음은 쉽게 짐작할 수 있다. 물론 이러한 배경

　　귀환하는 한국인들을 태운 배가 마이즈루만 근처에서 의문의 폭침을 당한 사건이다. 한국인들에 대한 의도적 폭격이라는 의혹이 있지만 전모가 밝혀지지는 않았다.
10) 고병국, 「남·북한 재일동포 정책의 특성과 문제점」, 『민족연구』 2, 한국민족연구원, 1999, pp.90-92 표 참조.
11) 위의 글, pp.82-83.

에는 북한의 적극적인 정책적 지원도 한 몫을 한 것으로 판단된다.[12] 이러한 정책적 지원에 영향을 받았던 것은 그만큼 재일동포들의 구체적인 삶의 질이 문제였음을, 그래서 조국과 민족의 공동체적 정서에 기댈 수밖에 없었음을 반증하는 것이다. 결국 일본 사회에서 벗어나고 싶게 만드는 그들의 귀국 동기는 구체적인 삶의 문제에서부터 찾아야 함을 보여주는 것이기도 하다.

당시 귀국 운동이 총련의 주도로 이루어졌기 때문에 귀국 운동을 다룬 대부분의 작품들은 무엇보다도 귀국 실현의 감동을 형상화하는 데 주력하고 있다. 역사의 소용돌이 속에서 타국으로 밀려와 온갖 천대와 고난의 삶을 살던 재일동포들에게 귀국 실현은 그 지향이 남이든 북이든 간에 감격적인 사건으로 다가온다. 그리고 그러한 감격의 저변에는 무엇보다도 고국에 대한 향수가 자리 잡고 있다.

김석범의 <혼백>은 짧은 소품이지만 귀국 실현의 감동을 애잔하게 그려내고 있다. 작품에서 '나'는 기나긴 이국생활을 하다 고향 구경도 못하고 숨진 모친 앞에서도 눈물을 보이지 않았다. 생전에 어머니 봉양을 잘 하지도 못하고 이제와 무슨 눈물인가라는 죄책감에서이다. 그러던 그가 귀국 사업의 첫배 출항 장면을 TV를 통해서 보고 자기도 모르게 어머니가 있던 병원으로 가게 되며, 거기서 어머니의 영상을 떠올리면서 눈물을 흘리게 된다.

그가 그토록 참았던 눈물을 흘리는 것은 바로 귀국 실현의 감동 때

---

12) 북한은 당시 귀국 동포에게는 의식주를 해결해주고 직장을 주며, 아동들은 취학케 하며, 정착금으로 성인 1인당 2만 엔, 아동 1인당 1만 엔을 지급한다고 선전했다. 이박에 당시 귀국 사업을 위해 북한이 소비한 비용은 2조 엔에 달하는 것으로 알려져 있다.(이광규, 『재일한국인』, 일조각, 1993, pp.64-65.)
또한 재일동포에 대한 교육 원조비로 1957년부터 1959년 사이에 2백만 불 정도를 지원했으며, 1971년까지 지원한 누계 교육 원조비는 30,315,320달러에 달한다.(고병국, 앞의 글, pp.85-86.)

문이다. 그리고 그 귀국 실현의 감동이 고향 구경도 못하고 숨진 모친의 영상과 겹치면서 참았던 눈물을 흘리게 만드는 것이다. 이때의 감동은 바로 머나먼 이국 타향과 대비되는 고향을 구체적으로 실감하게 된 감동이며, 전멸된 마을 사람을 대신하여 '둥지를 틀고 나선 미국놈과 끄나불'이 있는 지금의 섬마을이 아닌 가족과 이웃이 있는 과거의 섬마을에 대한 향수가 되살아난 것 같은 감동이다. '고향이, 조국이 나의 눈 앞에 염원히 다가 선 것이었다.'[13)는 그의 말은 귀국 실현의 감동이 강렬한 향수 의식에서 나온 것임을 보여준다.

조남두의 <굽인돌이에 서서>에서도 머나먼 이국에서 강렬한 고향 의식을 간직한 채 살아가던 재일동포의 모습을 확인할 수 있다. 아버지와 부자의 인연을 끊고 지내오던 '나'는 아버지의 죽음 앞에서도 눈물을 흘리지 않는다. 하지만 죽음을 앞둔 아버지의 말을 통해 그의 삶의 이력을 알게 되고, 괴로운 목소리로 중얼거리는 '아! 한 번 고향에 돌아 가 봤으면'이란 말을 듣고 딱 한번의 눈물을 흘리게 된다.

> 내가 눈물을 흘리며 운 것은 그 때 뿐이었다. 그것이 아버지에 대해서 흘린 최초의 눈물이며 또한 최후의 눈물인지도 모른다.
>
> 나는 화장장에 서서 그런 아버지의 생애를 더듬어 보고 있었다.
>
> 일본에 들어 온 이듬해에 관동 대진재를 만나 구사일생(九死一生)을 얻었다는 아버지. 고행 사람이라고 찾아 가 가진 천대를 받았다는 아버지. 누구 하나 믿을 사람도 없이 자기만을 믿고 살아 온 아버지. 것은 식민지 시대를 허둥지둥 살아가는 가운데서 이그러질 대로 이그러진 사람의 한 전형이리라!
>
> 나는 그 아버지에 대해서 이젠 추궁만 할 수도 없다고 생각했다. 그렇다고 나는 아버지의 일생에 관대한 마음으로서만도 대할 수 없었다.[14)

---

13) 김석범, <혼백>, 『문학예술』 4, 1962.10, p.18.

아버지의 생애를 '식민지 시대를 허둥지둥 살아가는 가운데서 이그러질 대로 이그러진 사람의 전형'이라 평가하며 흘리는 아버지에 대한 한번의 눈물은 결국 재일동포들의 비극적인 삶에 대한 동감에서 비롯된 것이라 할 수 있다. 그리고 그 동감은 식민지 시대부터 누구하나 믿을 사람 없이 타향살이를 해 온 동포들에게 내재되어 있는 강렬한 향수에 대한 동정이기도 하다. 자의든 타의든 간에 고국을 떠나온 후 타향에서, 그것도 조국이 없는 상황에서 온갖 고초와 천대를 겪어 온 재일동포 1세대들에게 고난의 현실은 항상 잃어버린 고향과 동의어로 작용하고 있음을 죽음을 앞둔 아버지의 모습에서 확인하는 것이다.

하지만 조남두의 작품은 김석범의 작품과 달리 막연한 향수에 대한 경계심을 표출하고 있기도 하다. 아버지의 일생을 듣고 눈물을 흘리지만 죽음 후 화장할 때는 역시 눈물을 흘리지 않고 있으면서 그의 일생을 '관대한 마음으로만 대할 수 없다'고 한다. 나'가 끝까지 아버지의 삶 전부를 이해하지 못하는 것은 그동안 자신에 대한 냉대가 컸기 때문인데, 그것은 곧 자신과 어머니를 버리고 일본 여자를 선택한 아버지의 삶에 대한 반감인 것이다. 이러한 반감은 고향의식이 곧 민족적 연대감을 유지시키는 전부가 아니라는 인식을 보여주는 것으로 판단된다. 즉, 막연한 향수와 민족의식 혹은 조국의식을 동일한 차원으로 혼동해서는 안 됨을 역설하는 것으로 볼 수 있다. '나'가 어머니와 함께 귀환했다가 다시 일본에 와 정착해 살아가고 있다는 점 또한 감상적(感傷的)인 향수의 공간이 바로 바람직한 민족의식의 공동체를 보장해주는 조국의 장(場)이 될 수 없음을 보여주는 것이다. 이를 통해 북한으로의 귀국 운동이 구체적이고 감상적인 귀향에서 의식적이고 조

---

14) 조남두, <굽인돌이에 서서>, 『문학예술』 7, 1963.9, p.61.

직적인 차원으로 전화되는 근거를 마련하게 된다.

이러한 인식은 당시 재일동포의 대다수를 차지하고 있던 남한 출신 동포들에게 남한의 부정성을 환기시키면서 북한으로의 귀국을 합리화하는 것이라 할 수 있다. 하지만 해방 직후 남한으로 귀환한 동포들의 정착과정이 빈곤과 사회적 냉대로 이어졌고 그로 인해 1946년 하반기부터 남한으로의 귀환자 수가 급감하게 되는 상황을 감안하면 이러한 인식은 현실감을 가지고 있는 것이기도 하다.[15] 해방된 후 한국(제주도)으로 돌아갔다가 신통치 않아 다시 일본으로 돌아온 '고령감'의 모습을 통해 한국으로의 귀향이 별 도움이 안 되고, 한국 국적 또한 별 도움이 안 된다는 내용을 보여주는 김병두의 <고집쟁이>에서도 이러한 인식을 확인할 수 있다.

감격적인 귀국 환송 이야기를 그리고 있는 박원준의 <환송>은 한 인물의 삶의 이력을 통해 귀국 운동의 구체적인 동력을 생생하게 그리고 있다. '나'가 귀국 동포를 환송하러 가는 과정에서 회상하게 된 '김성규'라는 인물의 이야기는 바로 재일동포가 겪어야 했던 비극적인

---

15) 해방 직후에 전재민(전쟁재난민)이라 불렸던 귀환 동포들의 좌절의 모습은 소설 속에서 쉽게 찾아볼 수 있다. 다음은 해방 직후 귀환 동포들이 지녔던 해방과 고국 귀환에 대한 희망, 그리고 그 좌절의 상황을 압축적으로 보여주고 있는 채만식 소설의 한 장면이다.

> 영호는, 여기에 모여 사는 사람들도 어디서 온 전재민인지는 모르나, 이 사람들 역시 고국으로 돌아만 가는 날이면, 동포의 따뜻한 마중과 더불어 우리를 못살게 굴던 왜사람들이 쫓겨 가고 없는 대신, 살집이 있고 농사할 땅이 있고 하려니 하는 희망을 품고서 고국으로 돌아온 사람들임에 틀림없을 것이라고 생각하였다. 살던 집고, 농사할 곡시과, 근근히 장만한 세간을 죄다 버리고서 말이었다. '그렇다면, 타국으로 흘러가서 간신히 의지하고 살던 집과, 농사하던 땅이며, 농사 진 곡식, 애탄가탄 장만한 세간과, 더러는 어머니까지도 해방은 우리에게서 뺏은 것이 아닌가? 그리고서 준 것은 압제 없는 살기와, 살집과 농사할 땅과의 대신에 입었던 옷을 누더기를 만들게 한 것과, 석탄 부스러기와 밀가루와 쓰러져 가는 저 알량한 집과 이것이 아닌가?' (채만식, <소년은 자란다>, 『채만식 전집』 6, 창작과 비평사 1989, p.404.)

삶의 과정이다. '김성규'는 18세에 일본으로 와서 고된 장사와 노동 등으로 하루하루를 살아가다가 결혼을 했으나 아내에게 흑심을 품은 일본 사람의 농간으로 징용을 가게 된다. 징용을 갔다 온 사이 아내는 일본인에게 모욕을 당했고, 그는 그 앙갚음을 하려다 살인미수로 체포되고, 결국엔 남방의 전쟁터로 끌려가기에 이른다. 천신만고 끝에 탈출했으나 이미 아내는 죽고 자식만 남아있었다. 한없는 노력에도 불구하고 철저하게 파괴된 그는 고난의 장소인 일본을 떠나 고국으로의 귀환을 결심하나 이미 귀국의 길을 막힌 후였다. 그 후 그는 조련[16]의 협조를 받으며 자식의 교육과 고국으로의 귀국을 위해 노력해 결국 귀국선을 타게 되었다.

> 이는 력사가 교체되는 순간이었다.
> 　설음과 기쁨, 고뇌와 환희, 굴욕과 여과이 이 순간에 서로 자리를 바꾸는 것이다. 성규의 력사가 그렇듯이 재일 조선인의 처지는 해방 후에도 굴욕과 천대의 련속이었다. 조국이 있으면서도 그 조국에 마음대로 돌아 가지도 못 하였고, 제국주의가 존속하는 이 섬 나라엔 새로운 원쑤들이, 둥지를 틀었다. 그러나 지금 바다 건너 멀리서 따뜻한 손길이 그들을, 령어의 설음 속에서 데려 가려는 것이다.[17]

　인용문은 재일동포의 삶이 수난과 천대의 연속이었음을 지적함으로써 북한으로의 귀국 열기가 무엇보다도 조국의 부재로 인한 고난의

---

16) 재일본조선인연맹. 해방 직후 재일동포들의 생명과 재산을 보호하기 위해 생겨난 자생적 조직들이 1945년 전국적으로 확대되면서 결성된다. 초당파적으로 출발했으나 좌파가 주도하여 교육과 문화사업에 주력하여 한글로 신문·잡지 등을 출판했다. 일본 정부와 정면으로 대립하는 활동을 지속하다가 1949년 9월에 해산된다.(이광규, 앞의 책, pp.48-49.)
17) 박원준, <환송>, 『조국의 빛발 아래』, 조선문학예술총동맹출판사, 1965, p.73.

삶 속에서 나왔음을 보여주고 있다. 이는 곧 조련, 총련, 북한에 대한 경도가 이념적인 것이 아닌 식민지인으로서, 또는 그 연장선에서 나온 민족적, 국가적 연대의식의 결과물이었음을 보여주는 것이다.

재일동포의 시련과 고난의 근본적인 원인을 무엇으로 볼 것인가, 그들의 훼손된 삶을 진정으로 보상해줄 조국은 남한과 북한 중 어디인가의 문제는 논란의 여지가 있다. 그러나 분명한 것은 그들의 고국에 대한 강렬한 지향이 식민지 시대부터 이어 온 억압과 시련의 삶에서 나온 자기 대응의 결과라는 점이다. 특히 해방 후에도 지속된 이국에서의 차별과 억압이라는 문제적 상황의 근본원인을 타향살이에서 조국의 부재 의식으로 연결, 확장시켜 인식하게 되는 것은 당연한 것이라 할 수 있다. 결국 북한으로의 귀국 운동은 재일동포의 귀향에 대한 강렬한 의지와 함께 조국의 부재에 따른 고난의 역사에 대한 재일동포 스스로의 적극적인 대응이 구체적인 동력의 일부로 작용했다고 할 수 있다.

── 3. '재일(在日)'의 현실 반영과 관념적 지향의 강화

귀국 운동의 열기에서 확인할 수 있는 재일동포들의 강렬한 귀국 의지는 무엇보다도 그들이 조국의 부재로 인해 겪었던 고난과 시련의 식민지적 삶 속에서 나왔다. 2차 세계 대전의 종전으로 일본에 의한 식민 지배에서 벗어났지만 실질적으로 관리와 억압이라는 생활체제는 종식되지 않았던 것이다.

실제로 전쟁이 끝난 후 1952년까지 일본 사회를 관리하던 연합국

총사령국은 재일동포들을 '해방인민(liberated people)'이라면서도 오히려 '적국민(enemy nationals)'로 대우하는 방침을 실질적으로 강화해 갔다. 식료배급·과세·학교 및 농지 매수 등에 대해 일본의 법률에 복종할 것을 강요함으로써 재일동포들의 삶은 해방이 되었음에도 불구하고 또 다른 지배 체제 속에 놓이게 된 것이다.[18] 이렇게 실질적인 삶에서는 일본인으로 취급되어 연합국총사령국의 지배체제 속에 놓여 있던 재일동포는 일본 정부가 1947년 공포·시행한 '외국인 등록령'을 통해 또 다른 형태의 관리를 받아야 하는 처지이기도 했다.[19] 그리고 1952년 샌프란시스코 강화조약의 발효로 주권을 회복한 일본 정부는 재일동포들의 일본 국적을 일방적으로 박탈[20]하고 관리 대상인 외극인으로서의 처우를 지속하게 된다.

이렇게 때로는 외국인으로, 때로는 내국인이라는 혼란스러운 기준으로 관리를 받은 재일동포들이 일본 사회에서 살아가기 위해서는 무엇보다도 자신의 정체성을 자각하는 것이 최우선의 과정인 것이다. 여기에 해방된 후에도 지속된 관리와 지배체제는 식민지적 삶의 연장과 다를 바 없었기 때문에 자신의 정체성을 확인하고 유지시키는 길은 곧 조국의 존재감을 자각하는 것에서부터 출발한다는 인식으로 자연스럽게 이어진다.

조남두의 <귀국한 리동무>는 '권'의 자포자기적 범죄와 자살에 대

---

18) 강재언·김동훈, 앞의 책, pp.171-174 참조.
19) 외국인 등록령은 1952년 '외국인 등록법'으로 제정되어 시행된다. 이 제도는 '일본에 거주하는 외국인의 거주 실태 및 신분관계를 명확히 해서 외국인의 공정한 관리를 위한 자료로 활용하기 위한' 것으로 목적이 제시되고 있지만 제정 당시 재일외국인의 90% 이상이 조선인이었다는 점을 감안하면 출입국 관리령과 함께 실질적으로는 재일한국인을 관리, 규제하기 위한 법이라고 볼 수 있다.(고병국, 앞의 글, pp.73-75 참조.)
20) 강재언·김동훈, 앞의 책, p.122.

한 이야기, 빈민굴에 살면서 남한에 가족을 두고도 북한으로 귀국할 결심을 한 '리동무'의 이야기를 통해 조국의 중요성을 강조하고 있다.

> "너의 말이 옳았어. 우린 역시 조국이 없이는 못 산다. 비록 외지에 살아도 우리 가슴에 조국이 새겨져 있지 않으면 불행하단 말이야. 난, 이번 일본에서 몸에 붙인 때자국을 깨끗이 청산하고 조국에 돌아가 새로 출발하겠다. 허기야 어머니와 누이동생의 일이 마음에 사모치지. 가만히 드러누웠다가도 그걸 생각하면 전신에서 피덩어리가 솟아 올른다. 허지만 그렇다고 해서 어머니가 잘 살겠니? 아무리 걱정한들 어쩔 도리가 없다. 그러고 있는니보다 빨리 조선에 돌아가 통일을 위하여 싸우겠다. 통일이 되는 날에는 어머니와 누이동생을 누구보다도 행복하게 해드려야지."[21]

인용문에서 재일동포가 겪는 불행한 삶의 근본적인 원인을 조국의 부재에서 찾고 있음을 확인할 수 있다. 이러한 식민지적 인식은 해방 후의 현실에 대해서도 마찬가지이다. 그렇기 때문에 "사적 영역을 공적 영역으로 확대 상상하는,"[22] 다시 말해 개인의 구체적인 체험을 민족이나 조국이라는 공동체를 통해 인식하는 것은 식민지적 삶의 연장이라는 인식 틀 안에서 현실을 바라보는 재일동포들에게 있어서는 당연한 귀결인 것이다.

개인의 정체성을 민족이나 조국이라는 집단의 차원에서 인식하는 과정에서 문예동의 소설들은 북한을 단 하나의 조국으로 부각시키고 있다. 여기서 북한을 유일조국으로 강조하는 방법은 앞의 조남두의

---

21) 조남두, <귀국한 리동무>, 『문학예술』 3, 1960.10, p.62.
22) 허명숙, 「재일동포 작가 량우직의 장편소설 연구」, 『한중인문학연구』 14, 한중인문학회, 2005.4, p.479.

작품 인용문에서처럼 남한의 부정성을 대비하는 것이다. 남한에 있는 어머니와 누이동생의 처지를 비관적으로 인식하며, '어쩔 도리가 없기' 때문이라고 보고 그 대항 의식으로 북한을 선택하게 되는 것이다.

리수웅의 <아버지와 아들>에서도 대부분 재일동포들의 고향이었던 남한 사회의 부정성을 부각시킴으로써 고향이 아닌 고국으로서의 북한에 대한 지향을 강화시키고 있는 것을 확인할 수 있다. <아버지와 아들>에서 '마령감'은 남한의 두고 온 아들이 지리산 유격대에서 사망하고 그로 인해 부인은 감옥에서 죽고, 며느리는 양갈보가 되어 있는 사연을 가지고 있다. 그런 그가 아들에게 과거의 이야기를 해주게 됨으로써 남한의 부정성을 강조하고, 현재의 고국으로서 북한이 단 하나의 고국임을 부각시켜 북한으로의 귀국을 합리화하게 되는 것이다.

전쟁의 피해를 부각하고 있는 것도 남한의 부정성을 강화하기 위한 것으로 볼 수 있다. <아버지와 아들>에서 미군 폭격으로 부모가 사망한 '석준이', <자랑>에서 원폭피해로 사망한 '명환'의 어머니, <춘분>에서 한국전쟁의 종전을 요구하던 시위로 3년간 옥살이를 한 '민수', 전쟁 수행의 도구로 전락한 <환송>의 '성규'의 모습 등에서 전쟁의 잔혹함을 보여주고 있다. 그리고 이들 전쟁의 원인을 미제와 남한으로 인식하고 있다.[23]

이렇게 남한의 부정성을 드러내고 그 대비를 통해 북한 지향을 합리화하고 있기 때문에 남한의 부정성이나 전쟁의 피해 상황은 주로 구체적인 형상으로 제시되고 있는 반면 상대적으로 북한의 긍정성이

---

23) "성각하면 원통하고 분하기 짝이 없었다. 보고 싶던 가족과 같이 살지 못하게 한 자는 누구며 해방이 되고 십수년이 지난 오늘까지 상봉마저 막고 있는 자는 누군가! 생각은 석준이의 눈앞에 가증스러운 승냥이와 같은 미 제국주의자와 그 앞잡이 리 승만이의 얼굴이 차차 똑똑해져 나왔다. 그의 두 주먹은 어느새 꽉 쥐여지고 있었다."(리수웅, <아버지와 아들>, 『문학예술』 1, 1960. 1, p.79.)

나 희망적인 조국으로서의 가능성은 추상적인 진술로만 제시되는 경우가 대부분이다. 이러한 현상은 유일 조국으로서의 북한 지향이 재일동포의 구체적인 삶의 조건에서부터 나온 필연적인 선택이 아니라 의식적, 관념적 차원에서 이루어진 선택임을 보여주는 것으로 북한의 정책과 총련의 조직 노선을 문학적으로 실천하고자 하는 문예동의 구조적 특징이 작용한 것으로 볼 수 있다. 즉, 재일동포가 처한 현실의 부정성을 민족 모순의 부정성으로 바로 등치시키고, 민족 모순의 근본을 '재일(在日)'의 외부에 있는 북한의 입장을 직접적으로 적용하여 인식하고 있는 것이다.

부정적인 현실의 원인을 조국의 부재에서부터 찾고 조국의 존재감을 자각함으로써 귀국의 동기를 부여하는 과정은 재일동포의 구체적인 현실에서 출발하여 형상화하고 있지만 불행의 근본을 인식하고 조국 지향을 합리화하는 과정에서는 개별적인 체험이나 의식을 성급하게 집단의 의식으로 연결시킴으로써 '재일(在日)'이라는 특수성을 관념적인 차원으로 무화시킬 가능성이 있다고 하겠다.

해방 직후 귀환하지 않고 잔류를 선택한 재일동포들에게 있어서 또 하나의 특수하고도 중요한 현실은 바로 일본에서 조선인으로서 '살아가는' 문제, 즉 정주성의 문제이다.

해방 직후 귀환과정에서 미군은 1945년 12월부터 귀환자의 지참금을 1천 엔으로, 수하물은 250파운드로 제한했다. 당시 담배 20갑밖에 살 수 없는 금액과 간단한 옷가지만을 반입할 수 있는 귀환 환경과 혼란스러운 남한의 정치 상황은 재일동포들이 쉽게 귀환 결정을 할 수 없게 만들었다.[24] 게다가 먼저 귀환한 사람들을 통해 남한의 실정

---

24) 남종영, 「차별을 넘어, 밥그릇을 넘어」, 『한겨레 21』, 한겨레신문사, 205.6.3, (http://zine.media.daum.net/mega/h21/200506/03/hani21/v9251826.html)

과 정착과정의 어려움을 전해들은 재일동포들은 귀환을 연기하거나 일본의 잔류를 선택하게 된다. 하지만 그 후 일본 정부는 1947년 '외국인 등록령'을 공포해 재일동포를 '외국인'으로 보고 각종 권리를 인정하지 않았고 민족교육을 탄압함으로써 그들의 인권과 정주권을 박해하기 시작했다.

이렇듯 부당한 송환 조건과 열악한 귀환 환경으로 인해 선택한 일본 잔류는 그 자체가 또 다른 생존과의 싸움이었기 때문에 일본 사회 속에서 적응해가야 하는 문제는 외면할 수 없는 그들 삶의 또 다른 존재 기반인 것이다. 귀국 운동을 형상화한 작품들에서도 이러한 정주성의 문제를 살펴볼 수 있다.

> 그렇다! 조국이 바다 건너 멀리에 있는 것이 아니다. 바로 여기, 이 일본 우리 생활에도 그 거룩한 손이 뻗어 있는 것이다. 재일 60만의 생활, 그것은 조선인민 생활의 뗄 수 없는 부분이 아닌가! 60만 생활의 적극적인 주인공으로서 사는 것은 바로 3천만 생활의 적극적인 주인으로 사는 그것이다.[25]

류벽의 <자랑>에 나오는 한 부분이다. 위의 진술을 하는 작중인물 '명환'이는 아버지의 귀국 동참에 대한 편지를 받고 고민하다가 귀국을 미루고 재일동포들을 각성시키는 조직 활동가를 지향하게 된다. 귀국문제를 놓고 아버지와 갈등을 보이지만 결국엔 '60만 동포의 삶이 3천만 조국의 삶'이라 인식하며 잔류를 결정하게 된다.

'명환'이의 이런 태도는 '재일(在日)'의 문제가 곧 해결되거나 해소될 일시적인 것이 아닌 '정주'의 문제임을 보여주는 것이라 할 수 있다.

---

25) 류벽, <자랑>, 『문학예술』 2, 1960.3, p.87.

재일동포에게 있어 고국으로의 귀환뿐만 아니라 일본 사회에서 각종 불합리와 차별을 극복하며 적응하는 것 또한 중요한 문제임을 제시하고 있는 것이다.

총련 활동가 '리민수'와 일본인 아내와의 갈등을 그리고 있는 류벽의 다른 작품 <춘분>에서도 정주성의 문제를 확인할 수 있다. 일본인과의 결혼은 일본 사회에 정착하고 살아가는 재일동포들에게는 당연히 발생할 수 있는 일 중의 하나이다. <춘분>이 북한으로의 귀국이라는 제한된 상황 속에서 일본인 아내와의 대립과 해소 과정을 보여주고 있지만, 이를 통해 일본인과 끊임없는 관계를 맺을 수밖에 없는 현실에서 민족의식을 유지·고취하면서 동포사회에 적응하는 문제를 제기하고 있다고 볼 수 있다. 이런 점에서 <춘분>은 일본 사회에서 살아가기 위한 정주성의 차원에서 구체적인 '재일(在日)'의 현실을 반영하고 있다고 할 수 있다. 특히, 일본인과의 결혼 문제는 재일생활을 일시적인 체류라고 생각해 온 1세대의 비율이 줄어들수록 강화되어 가는 재일동포의 정주성을 구체적으로 보여주는 양상이다.

하지만 유일조국으로서 북한으로의 지향이 의식적, 관념적 차원에서 강화되는 것처럼 정주성의 문제가 사상적 차원에서 해결됨으로써 보다 중점적으로 서사의 핵심으로 부각되지는 못한다.

"민수동무! 우리는 유일하게 정당한 세계관을 가진 의식적인 사람들이요. 따라서 항상 우리 행동의 기준은 우리 사상에 있소. 공정 생활에는 말할 것 없고, 사생활이나 감정 생활에까지, 우리 사상이 철저하게 침투되고 발현되여야 하는 것이요. 그러나 우리는 다 같이 아직 미숙하기 때문에 항상 사상 수준을 제고하기에 노력해야 하며, 그를 기준으로 자기의 모든 생활을 재 보고 달아 봐서 부족점들을 고쳐 가야 하는 것이요.
동무는 지금, 벅찬 우리의 현실이 요구한 수준에서, 동무의 십년이 넘는 가정 생활을 점검받고 있는 것이요. 이 점검을 철저히 받으시오. 그리고 거기에서 밝혀진 약점들을 극복하게 우선 전력을 다해야 하는 것이요. 그렇지 않소?[26]

　위의 인용문에서 확인되듯이 개인간의 구체적인 갈등이나 가정생활이라는 사적인 영역의 문제를 공적인 사상의 문제로 해결하고자 한다. 또한 보다 사상적으로 투철한 인물의 관념적 진술이 사적인 문제를 사상의 투철함으로 해결하는 결정적인 계기로 작용하고 있다. 결국 일본인 아내와 살아가면서 겪는 언어, 옷차림 등 구체적인 생활 습관의 차이를 공적인 세계관을 통해 극복하는 것이다. 작중인물인 '민수'가 아내와의 갈등 때문에 잠시 동포 여자인 '덕순'에게 가졌던 사적 감정 또한 사상의 실천을 통해 해결하는 모습을 보인다.
　이렇게 '재일(在日)'의 현실을 일시적인 체류가 아닌 정주의 문제로 인식하고는 있지만 그 문제 해결은 의식적·관념적 차원에서 성급하게 이루어지고 있다. 이는 이 시기가 아직 '민족'에 대해 보다 집착하는 1세대, 즉 한반도 출생 세대가 많은 상황이라는 점, 그리고 귀국 운동의 시행 자체가 개인보다는 조국이라는 집단적이고 추상적인 관념을 강조하게 만드는 상황이라는 점과 연관지어 생각해볼 수 있을 것이다. 1960년대 후반 이후 북한의 문예정책이 좀 더 확고해지고 북한의 정책 실현을 위한 총련의 노력이 강화되면서 정주의 문제를 성급하게 관념의 차원으로 치환[27]시켜 해결하는 상황 또한 더욱 강화되는 쪽으로 나가게 되어, 문예동 소설의 기본적인 특성을 이루게 되는 것으로 보인다. 이는 결국 '재일(在日)'의 문제적 현실에 대한 인식과 극복

---

26) 류벽, <춘분>, 『문학예술』 3, 1961.5, p.33.
27) 김형규, 「조선 사람으로서의 자각과 '재일(在日)'의 극복」, 『한중인문학연구』 14, 한중인문학회, 2005.4, p.404.

방안을 '재일(在日)'의 외부로부터 찾고 있는 문예동의 조직적 성향에서 근본적인 원인을 찾을 수 있을 것이다.

—— 4. 귀국 운동 형상화의 의의

지금까지 북한으로의 귀국 운동을 형상화한 문예동의 소설들을 통해 귀국 운동의 동력과 구체적인 '재일(在日)'의 현실을 살펴보았다. 그리고 그 과정에서 문예동의 소설들이 '재일(在日)'의 현실을 어떻게 북한 지향으로 합리화 해가고 있는지 검토해 보았다.

북한으로의 귀국 운동 자체가 복잡한 정치적인 배경을 가지고 있지만 재일동포들의 구체적인 삶 또한 귀국 운동의 필요성과 동력을 구성하는 배경임을 무시할 수 없을 것이다. 그리고 문예동의 소설들은 바로 이러한 구체적인 삶에서 나온 귀국에 대한 관심을 북한에 대한 관심과 지향으로 전화시키는 양상을 주로 그리고 있으면서, 다른 한편으로는 혼란스러운 존재 조건 속에서 자기 정체성을 확인하고자 하는 적극적인 과정을 반영하고 있다고 할 수 있다.

우선, 식민지적 삶의 연장으로 현실을 인식하고 있는 재일동포에게 있어 조국의 중요성을 깨닫는 것은 그들의 존재성을 확인시켜주는 우선적인 요건이라고 할 수 있다. 문예동의 소설들은 전쟁의 피해와 남한의 부정성을 부각함으로써 조국의 중요성을 유일 조국으로서 북한에 대한 지향으로 합리화하고 있다. 이 과정에서 남한의 부정성은 구체적으로, 북한의 긍정성은 추상적인 진술로 제시하는 경우가 대부분이다. 이러한 현상은 유일 조국으로서의 북한 지향이 재일동포의 구체적인 삶의 조건에서부터 나온 필연적인 선택이 아니라 의식적, 관념적 차원에서 이루어진 선택임을 보여주는 것으로, 북한의 정책과 총련의 조직 노선을 문학적으로 실천하고자 하는 문예동의 구조적 특징이 작용한 것으로 볼 수 있다. 즉, 재일동포가 처한 현실의 부정성을 민족 모순의 부정성으로 바로 등치시키고, 민족 모순의 근본을 '재일(在日)'의 외부에 있는 북한의 입장을 직접적으로 적용하여 인식하고 있는 것이다. 이는 개별적인 체험이나 의식을 성급하게 집단의 의식으로 연결시킴으로써 오히려 '재일(在日)'이라는 특수성을 관념적인 차원으로 무화시킬 가능성으로 작용할 수도 있을 것이다.

또한 조국으로의 귀환 못지않게 일본 사회에 정착하여 살아가고 있다는 정주성의 문제도 구체적으로 인식하여 일본인과 끊임없는 관계를 맺을 수밖에 없는 현실에서 민족의식을 유지·고취하면서 동포사회에 적응하는 문제를 형상화하고 있다. 이 과정에서 개인간의 구체적인 갈등이나 가정생활이라는 사적인 영역의 문제를 공적인 사상의 문제, 사상의 실천을 통해 해결하는 모습을 보이고 있다. 갈등의 해결이 의식적·관념적 차원에서 성급하게 이루어지고는 있지만 '재일(在日)'의 현실을 일시적인 체류가 아닌 정주의 문제로 인식하고 있음을 확인할 수 있다. 관념적 차원에서 해결하는 양상은 이 시기가 아직 '민족'에 대해 보다 집착하는 1세대, 즉 한반도 출생 세대가 많은 상황이라는 점, 그리고 귀국 운동의 시행 자체가 개인보다는 조국이라는 집단적이고 추상적인 관념을 강조하게 만드는 상황이라는 점과 연관지어 생각해볼 수 있을 것이다. 그리고 무엇보다도 '재일(在日)'의 문제적 현실에 대한 인식과 극복 방안을 '재일(在日)'의 외부로부터 찾고 있는 문예동의 조직적 성향에서 근본적인 원인을 찾을 수 있을 것이다.

문예동이 총련의 하부단체로서 북한 정책의 문학적 실천을 시도하는 단체라는 점에서 '재일(在日)'의 문제적 현실을 관념적인 차원에서 인식하는 양상을 보이고 있기는 하다. 그러나 개인보다는 민족, 국가의식의 강화는 곧 식민지인과 재외국민이라는 재일동포의 구체적인 현실에서 기인하는 바가 크다고 할 수 있다.

민족정체성은 문화적 정체성의 특정한 형태로, 공통의 문화가 민족을 창출한다[28]는 점에서 '재일(在日)'의 특수성은 사회적인 상호작용과 관계라는 구체적인 양상을 검토하는 것에서부터 출발해야 할 것이다. 그렇기 때문에 일본어로 창작된 작품이든 한국어로 창작된 작품이든 간에 재일동포문학은 전반적으로 보다 더 많은 자료의 발굴과 심도 있는 논의가 필요하다. 문예동의 작품들에 대한 검토도 전반적으로 확대하여 재일동포문학으로서의 특징을 추출하고 우리 문학사에 수렴시키는 작업이 계속되어야 할 것이다. 이 과정에서 해방 직후부터 1960년대 이전까지의 작품과 총련에서 이탈한 작가들의 작품들을 발굴, 검토하고 나아가 일본어로 창작된 작품들과의 상관관계까지 살펴봄으로써 '재일(在日)'의 특수성을 보다 폭넓게 규명하는 작업이 이어져야 할 것이다. 그렇기 때문에 1945년 해방 이후부터 1960년대 중반 이전까지의 작품들에 대한 관심이 중요하다는 것이 필자의 소견이다. 당시가 재일동포 사회의 형성이라는 역사적 특수성을 직접적으로 반영하면서도 한편으로는 1965년 한일회담, 1967년 북한의 주체사상 공표 이전으로, 이념적 채색이 전일적으로 반영되기 이전이라는 점에서 재일동포의 역사적 특수성을 보다 구체적으로 살펴볼 수 있으리라 여겨진다. 물론 1950년대 후반과 1960년대의 재일동포 문학을 동포작가

---

28) E. Gellner, *Nations and nationalism*, Oxford: Basil Blackwell, 1983, p.55.

들의 현실 참여와 총련 조직의 간섭 등으로 인한 문학 활동의 소강상태로 보는 견해도 있다.[29] 하지만 적어도『문학예술』이라는 '재일본문학예술가동맹'의 기관지를 통해 한글 작품이 꾸준히 발간되었기 때문에 그들의 성과를 어떤 식으로든 수렴해야 할 필요가 있을 것이다. 그리고 이 과정에서 조직적인 지도 노선이 즉각적이고 전일적으로 작품에 반영되었는지는 좀 더 세밀하게 검토될 필요가 있다.

---

29) 이한창,「재일동포 조직이 동포문학에 끼친 영향」,『일본어문학』8, 한국일본어문학회, 200.3, p.108.

5 │ 탈식민 지향과 새로운 국가관

- 중국 조선족의 초기 단편소설의 의미에 대해 -

1. 머리말

이주민족인 중국 조선족은 1949년 중화인민공화국의 건립으로 조선인이 아닌, 중국을 구성하는 56개 민족의 일원으로서, 중국 공민으로서의 자격을 갖춘다. 이 때부터 한국문학에 뿌리를 두고 있지만 한국문학과는 일정한 거리를 지닌, 그리고 중국 문학의 한 개 조성부분'[1]이지만 지배적인 중국 문학과는 다른 조선족문학이 본격적으로 시작된다. 하지만 사회·정치적 위상과 정체성의 변화가 공식적인 선언이나 사건으로 정착, 완료되는 것이 아니기 때문에 중국의 건립으로 중국 조선족과 조선족 문학의 독자성이나 정체성 또한 완성됐다고 보기 어렵다. 오히려 민족적·문화적 정체성(identity)이 사회적이고 역

---

1) 곤철, 「중국 조선족문학 연구현황」, 『아시아문화』 13, 1997, p.289.

사적인 환경과의 끊임없는 교섭과 변화의 과정에서 추출된다는 점에서 중요한 것은 교섭의 내용이며 질적인 변화를 가능하게 하는 계기와 양상들이 된다. 중국 조선족의 초기 소설이 지닌 의의가 여기에 있다. 중국 건립 직후의 초기 소설들은 사회주의 체제라는 새로운 경험과 함께 조선인에서 중국 조선족으로 변화된 사회적·정치적 위상을 가능하게 하는 구체적인 삶의 계기와 양상들을 보여줄 것이기 때문이다. 그리고 이러한 양상은 변화된 환경에 따라 새롭게 구성될 조선족과 조선족문학의 정체성을 살펴보는 단초로 삼을 수 있을 것이다.

대상으로는 삼은 작품은 『뿌리 박은 터』(1953), 『세전이 벌』(1954), 『싸우는 사람들』(1955), 『창작선집』(1956) 등에 실려 있는 소설들이며, 『단편소설선집』(1979)에 실려 있는 1957년 이전 발표 작품을 포함했다. 작품의 대상을 1957년 이전의 작품들로 한정한 이유는 1957년 이후 시작된 '반우파 투쟁'과 '대약진' 운동 등 사회주의 체제의 공고한 확립과 발전을 내세우며 강화된 좌경화의 흐름이 중국 내의 사회, 정치뿐만 아니라 문화계에도 심대한 영향을 끼쳤기 때문에 중국 조선족의 삶과 문학 활동에도 적지 않은 영향을 끼쳤으리라는 가설을 바탕으로 한다.[2] 하지만 이 가설이 확고한 문학사적 기준이나 판단에 따른 것은 아니다. 물론 중국 문학사에서는 이 시기를 기준으로 '사회주의 초창기 문학(1949년~1956년)'과 '사회주의 경직기 문학(1957년~1965년)'[3]으로 구분하기도 하며, 이에 따라 조선족 문학도 1957년을 기준으로 건국 이후부터 문화대혁명 기간까지를 나누는 논자[4]가 있

---

2) 통상적으로 중국 현대사에서도 1957년을 기준으로 건국 직후 사회주의의 기본적인 체제 수립과정과 본격적인 사회주의 건설을 위한 매진의 과정으로 구분하고 있다.(신승하, 『중국 당대 40년사』, 고려원, 1993, pp.15-17.)
3) 김시준, 『중국 당대문학사』, 소명출판, 2005.
4) 오상순, 『개혁개방과 중국조선족 소설문학』, 월인, 2001.

기도 하다. 반면에 1949년부터 문화대혁명 직전까지를 건국 후 '17년의 문학기'로 보기도 하며[5] 1945년부터 문화대혁명기 전까지를 한 시기로 보는 관점[6]이 있기도 하다. 중국 조선족 문학에 대한 사적(史的)인 관점은 무엇보다도 재외한국문학으로서의 가능성이란 차원에서 주체적이고 선별적으로, 중국적 담론을 극복해가면서 정립할 필요가 있다. 즉, 중국문학이나 조선족 문단의 시각을 그대로 따를 것이 아니라 구체적인 작품에 대한 충분한 검토를 바탕으로 조선족의 역사적인 특수성, 한국문학과의 연속성과 관련성 등을 고려해 초국가적 민족문학을 도모하는 차원에서 이루어져야 한다.[7] 그렇기 때문에 대상 시기에 대한 사적(史的)인 판단은 조선족 소설의 전체적 특징, 한국문학과의 관계 등을 파악한 후로 일단 유보해 두기로 한다. 다만 본고의 논의가 궁극적으로 조선족 소설에 대한 민족문학사적 관점을 정립하기 위한 시도에 일정 정도 부합하려는 의도에서 출발하고 있음을 밝힌다.

---

5) 김증수 · 최건, 『중국당대문학사』, 청년사, 1991.
  조성일 · 권철, 『중국 조선족 문학통사』, 이회문화사, 1997.
6) 이광일, 『해방 후 조선족 소설 문학 연구』, 경인문화사, 2003.
  이와 달리 국내 연구 중 유일하게 조선족 소설의 사적 흐름을 정리한 정덕준 · 김기주의 논의도 1957년을 기준으로 계몽기(1949-1957년 상반기)와 암흑기(1957년 후반기-1976년)로 구분하고 있다. 하지만 조선족 연구자들과는 달리 1957년 이후를 문화대혁명 시기까지로 묶어서 보고 있다.(정덕준 · 김기주, 「재중 조선족소설 전개 양상과 그 특성」, 『한국문학이론과 비평』 21, 한국문학이론과 비평학회, 2003.12)
7) 김형규, 「중국 조선족 소설의 연구현황과 현재적 의의」, 한국현대소설학회, 『현대소설연구』29, 2006.3, p.295.

___ 2. 변화와 개혁의 소설적 반영 양상

조선족의 이주와 정착은 구체적인 계기가 무엇이든 근본적으로는 식민지와 봉건적 모순 구조 아래 놓여 있던 모국의 역사적인 환경에 기인한 바가 크다. 그렇다고 만주 지역에서의 정착 과정이 제국주의와 봉건적 상황에서 자유로울 수 있었던 것은 아니었다. 척박한 토지 환경과 토착 세력과의 갈등, 그리고 만주국의 지배와 해방 후 중국 내전 등의 영향으로 이주 조선인들의 수난과 굴곡의 삶은 계속 이어졌다. 조선족의 이러한 삶의 여정이 중화민족의 일원으로 귀결된 것은 그들이 겪은 삶의 굴곡에 못지않은 획기적인 변화라 할 수 있다. 특히, 공산당의 집권으로 인한 사회주의 체제의 경험과 중국 공민으로의 공식적인 편입은 역사적이고 민족적인 조선인으로서의 정체성에 변화를 요구한 전환기적 사건이라 할 수 있다. 그렇기 때문에 중국 건국 직후 조선족의 초기 소설이 조선족이 겪어 온 삶의 여정과 함께 이 시기가 가져다 준 획기적인 변화의 양상들을 반영하고 있으리란 추측을 하기는 어렵지 않다.

조선족 논단에서는 건국 후 초기 소설들이 지닌 특징을 사회주의 제도의 우월성과 새 생활에 대한 희열과 긍정 그리고 새 사회, 새 생활을 가꾸어 가는 근로 대중의 전형적 성격의 창조[8]로 지적하고 있다. 이러한 평가는 '새로운 시대의 생활과 중국 인민들의 참신한 사상정신적 풍모를 반영하여 새로운 안목과 필치로 광명과 승리를 노래하고 혁명과 건설을 노래하고 있다[9]는 평가나, '토지개혁과 도시와 농촌에서의 사회주의 개조운동, 그리고 이데올로기 영역에서의 사상 투쟁

---

8) 조성일·권철, 앞의 책, pp.294-295.
9) 김종수·최건, 앞의 책, pp.133-134.

등을 반영하고 있다'10)는 중국의 주류 문학, 즉 한족(漢族)문학의 건국 직후 초기 소설들에 대한 평가와 대동소이하다. 이는 사회주의 정부인 공산당의 영도 아래 '중국'이라는 국가 체제에 공식적으로 편입된 직후라는 점을 고려한다고 해도 조선족이 지나 온 특수한 삶의 여정과 긴족적 특성을 부각시키지 못한, 그래서 조선족 문학의 독자성을 상대적으로 축소시키는 결과를 가져오는 평가라 할 수 있다.

문학이 역사적인 기억의 양식이라는 표현을 새삼스럽게 빌지 않더라도 조선족이 지나온 역사적이고 특수한 궤적, 한민족(韓民族)으로서 지니고 있는 공통의 체험과 기억들은 쉽게 무화되거나 생략될 수 있는 것들이 아니다. 조선족의 특수성은 중국을 구성하는 56개 민족 중의 하나로서의 상대적인 독자성을 강조하기 위한 차원에서가 아니라 국경을 넘어서 생활하고 있는 한민족(韓民族)과 한민족 문학의 정체성을 규명하기 위한 차원에서 간과될 수 없는 부분이다. 그리고 이러한 특수성에 바탕을 둔 조선족의 삶과 문학은 모국을 벗어나면서부터 국가적 경계가 구분되어 있는 지금까지도 한민족의 정체성 구성이라는 차원에서는 끊임없는 변화와 구성의 과정에 놓여있다고 할 수 있다. 중국 건국 초기는 이러한 변화의 양상이 보다 전일적이고 공식적으로 이루어진 시기로, 이 시기의 소설들은 그들이 지나온 수난의 이력을 바탕으로 하면서, 중국 공민으로서 받아들여야 하는 변화된 삶의 파장을 다양한 차원에서 그려내 새로운 환경에 부합하는 인식의 획득 과정을 보여준다.

초기 소설에 나타나는 변화의 삶은 크게 경제적·사회적·개인적인 차원으로 구분하여 볼 수 있다. 그 중에서 건국 직후의 변화된 환경

---

10) 치우란, 『중국 당대 문학사』, 중국어문연구회 역, 고려원, 1994, p.107.

을 경제적인 차원에서 그리고 있는 작품들이 수적으로 많은 양을 차지한다. 농촌이나 공장을 배경으로 한 일련의 작품들이 경제적인 차원의 변화된 환경을 바탕으로 그 속에서 일어나는 인물들의 의식 변화와 자각, 그리고 적응의 이야기들을 다루고 있다. 이 작품들은 중국 정부 수립 후 사회주의 국가 건설의 과정에 놓여 있는 생산 현장에서 일어나는 갈등을 통해 변화된 환경과 자각하는 인물의 형상들을 보여준다. 신중국 건설을 표방하며 진행된 토지 개혁과 경제 부흥이라는 국가적이고 시대적인 요구에 부합하는 작품들이라 할 수 있다.

경제적인 차원에서 변화된 환경과 삶을 형상화한 작품들 중에는 농촌을 배경으로 한 농촌 개혁 운동을 다룬 일련의 작품들이 있다. 새로운 파종법의 적용을 두고 벌어지는 갈등과 어려움을 그리는 백남표의 <쌍무지개>나 밭의 제초 작업 과정에서 효과적인 제초를 위한 노력과 그에 따른 갈등을 보여주는 마림의 <세투리 밭>을 비롯해 마림의 <보섭>은 새로운 농업 기술의 개발과 적용에서 비롯되는 갈등 과정을 통해 농촌 개혁 운동의 한 양상을 보여주고 있다. 김창걸의 <새로운 마을>, 임효원의 <아이도 혼자서는 못 논다>는 호조조나 합작사[11] 등 토지 개혁 이후 진행된 사회주의적 집체 노동의 의의와 영향을, 리홍규의 <거름 사건>, 차창준의 <박촌장>, 최현숙의 <이사>, 김룡섭의 <생산자구 투쟁 전선에서> 등은 공동 노동 형태로 변화,

---

11) 토지를 분배받은 농민들이 부족한 경제력과 노동력을 가지고 토지를 경작하기 위해 기초적인 노동력을 공유하는 '호조조(互助組)'는 토지개혁 실시 전인 1946년부터 모색되었다. 이후 공산당의 지도 아래 토지의 출자와 통일적인 경영을 목적으로 하는 초급농업생산합작사, 생산수단의 공유제(共有制)를 목적으로 하는 고급농업생산합작사가 1956년까지 기본적으로 달성·완료되었다. 그 후 고급농업생산합작사는 1958년의 '대약진' 과정에서 합병되어 '인민공사'로 이행되었다. (김태국,「연변조선족자치주의 성립과 조선족 사회의 변천」, 채영국 외,『연변 조선족 사회의 과거와 현재』, 고구려연구재단, 2006, 149-155.)

진행도는 농촌 개혁 운동과정에서 획득하게 되는 공동체 의식의 중요성을 보여준다. 또한 김동구의 <물>, 임효원의 <한 집안 일>, 리길남의 <저해> 등은 수재나 화재, 상재 등의 재해에 대처하는 주민들의 관심과 협력 과정을 형상화하여 농촌 개혁 운동의 양상을 그려내고 있다. 이 외에 농촌의 환경과 농촌 개혁 운동을 과거와의 대비를 통해 바라봄으로써 삶과 '땅'에 대한 변화된 인식을 보여주는 김학철의 <뿌리 박은 터>, 강철의 <어머니와 아들>, 리근전의 <박창권 할아버지> 등은 새로운 상황 속에서 조선족의 주체적인 역할을 강조하고 역사적인 차원으로까지 그 인식을 확대하고 있는 중요한 작품들이다.

공장을 배경으로 노동 대중의 모습을 중심 내용으로 삼고 있는 작품들 중에는 우선 변화된 시기에 걸맞은 새로운 기술혁신의 과정을 그리는 작품이 있다. 김동구의 <제 2호기>와 최현숙의 <첫승리>는 각각 인쇄 공장과 염색 공장을 배경으로 새로운 기술의 실험과 적용, 그리고 그 과정에서 일어나는 기성세대의 반발과 화해의 과정 등을 통해 변화에 대한 자각과 주도적인 행동을 하는 인물을 보여준다. 김동구의 <힘>도 기술 개조를 통해 변화된 시기에 대한 적응을 적극적으로 시도하는 노동자의 이야기이다. 이 밖에 정관석의 <감화>는 기관차를 운행하는 노동자 '택용'이 동료에 대한 질시와 반목을 극복하고 새로운 중국 건설을 위한 주체적인 노동자로서의 연대와 동료의식을 획득하는 과정을 다루고 있다.

이상과 같이 변화된 환경을 경제적인 차원에서 인식하고 그 과정에서 일어나는 갈등을 다룬 작품들은 건국 직후 소설들의 대부분을 차지하고 있다. 이는 사회주의 사상이나 체제의 핵심이 경제적인 양식에 있으므로 변화의 근본적이고 주된 양상을 경제적인 차원에서 접근, 인식하는 것이라 볼 수 있다. 또한 서구 열강과 일본 제국주의와의 갈등, 국민당과의 전쟁을 비롯한 중국 내부의 갈등 등의 과정을 지나오면서 피폐한 국가 경제의 회복과 부흥이 시급한 시대적 과제였음을 반영하는 양상이라 할 수 있다.[12] 특히 농촌을 배경으로 농촌 개혁운동을 다룬 작품이 다수의 작품을 차지하고 있는 것은 사회주의 경제 제도의 확립과 국가 경제 회복의 과정에서 '땅'을 비롯한 토지개혁의 문제가 그만큼 중요하고도 당면한 문제였음을 보여주는 것이며, 그러한 문제의식을 반영한 결과라 할 수 있다.

사회적인 차원에서 변화된 환경을 인식하고 개인의 위상과 역할에 대해 제기하는 작품은 우선, 교육 현장을 배경으로 한 이야기들을 들 수 있다. 최학윤의 <녀 총무 주임>, <애숭이 교원>, 원시희의 <최선생>, 목일성의 <꽃은 새 사랑 속에서>[13] 등은 사회주의 조국 건설을 위한 교원들의 헌신적인 노력과 열정을 그리고 있으며, 김창걸의 <행복을 아는 사람들>은 졸업 후 진로 배치 과정에서 새로운 국가와 환경의 혜택을 인식하고 사회주의 국가 건설을 위한 개인의 적극적인 역할을 다짐하는 내용을 담고 있다. 사회적인 차원의 변화, 즉 공적인 차원에서 변화의 양상을 전일적으로 홍보하고 국가 통합이라는 시대적 과제의 효과적인 수행을 위해 교육의 문제나 교원의 역할이 강조되는 것은 당연한 양상이라 할 수 있다.

한족과의 화합 과정을 보여주는 일련의 작품들도 사회적인 차원의 변화된 양상을 반영한 것으로 볼 수 있다. 백남표의 <김동무네와 왕동무네>, 김동구의 <봄철에 생긴 일>, 강필우의 <크나 큰 힘>, 현룡순

---

12) 건국 직후의 중국은 제국주의와 내전 등의 영향으로 극도의 인플레이션, 국가 재정의 파탄, 생산의 축소 등 경제적으로 심각한 상태였다.
(姫田光義·阿部治平 외, 『중국근현대사』, 편집부 역, 일월서각, 1984, p.426.)
13) 이 작품은 1979년 중화인민공화국 창건 30주년으로 연변인민출판사에서 간행된 『단편소설선집』에는 '백호연'이라는 작가명으로 수록되어 있다.

의 <누님> 등은 조선족과 한족이 서로 도움을 주고 받으며 갈등의 상황을 극복하는 과정을 보여줌으로써 정서적인 친화와 동질감을 부각시키고 있다. 조선인이 아닌 조선족으로, 중국 공민의 일원으로서의 삶을 영위하게 된 이상 주류 민족인 한족과의 관계를 새롭게 정립할 필요가 있는 상황을 반영한 작품들이라 할 수 있다. 민족이 다르고 그에 따른 역사적인 체험이 다르지만 중국이라는 국가 테두리 안에서 사회즈의 조국을 건설하기 위한 국민적 동질감을 형성, 부각하기 위한 의도가 반영된 것이다.

일상적인 삶 속에서 달라진 환경을 인식하는, 개인적인 차원에서 변화된 환경과 그에 따른 새로운 인식과 의지의 문제를 다룬 작품들도 있다. 목일성의 <어머니>는 일제의 패망부터 중국의 건국과정을 겪으면서 자신의 역할을 묵묵히 수행해 온 '어머니'를 통해 중국 국민으로서 주체적인 역할을 당당하게 수행하는 모습을 제시하고 있으며, 리홍구의 <극장에서>는 공연을 준비하는 과정을 통해 자신의 맡은 바 역할을 성실하게 수행하는 인물의 모습을 보여주는 소품이다. 김학철은 <지나온 다리>, <맞지 않은 기쁨>, <늪 임자> 등에서 '늪', '다리', '아이들의 놀이' 등 일상적인 소재들을 통해 삶의 주변이나 일상의 차원에서도 적극적이고 주체적인 인식과 태도를 지녀야 함을 강조하고 있다. 마상욱의 <간호장>은 간호원 '계월이'의 헌신적인 모습을 통해 사회의 한 구성원으로서 자신의 역할에 충실한 인물의 이야기를 보여준다. 일상적인 차원에서 변화된 환경과 변화된 인식을 그리고자 하는 작품들은 양이 많지 않은데, 이는 구체적인 개인들의 다양한 삶보다는 사회적이고 국가적인 차원의 공적인 삶이 강조되는 사회주의 문예의 한 특징을 보여주는 것이면서 동시에 중국 건국 직후 조선족 사회의 변화가 미시적인 일상에 대한 관심보다는 집단적이고 공적인 차원의 문제에 집중하게 할 만큼 전일적인 변화였음을 보여주는 것이라 할 수 있다.

—— 3. 사회주의적 · 국가주의적 통합 지향의 서사

조선족의 초기 소설들은 이 시기 자신들의 삶을 변화의 양상으로 이해하고 있으며, 그에 따른 삶의 자세나 인식의 변화를 소설적 주제로 제시하고 있다. 이러한 변화의 삶은 우선 과거 시대와 '다름'을 깨닫는 것에서부터 출발한다.

> 영숙이는 여럿이 떠드는 소리를 막아 놓으며 "우리는 어떻게 하나 이 밭의 풀을 깨끗이 매야 하구 씨두 같은 거리에 넓게 세워 잘 보호해야 하우꾸마. 풀이 많다해서 밭을 묶여두 아이되구 메밀을 다시 심어두 아이되우꾸마. <u>넷날에는 할수 없어 곁등치기 농사를 했지만 오늘에사 제 땅을 가지구 어찌 되는대루 하겠습는가</u>. 조원현에서 산량을 많이 낸 것두 식은죽 멕기로된게 아이우 꾸마. 우리 맘이 맞구 손이 맞아 힘을 내면 이보다 풀이 더 많애두 맬수 있습꾸마. 어서 마음더르 돌려 매 보게웁찌."라고 하였다. 영숙의 말은 온순하면서도 조원들의 가슴을 찔렀다.14) (밑줄 인용자)

<세투리 밭>에서 제초와 파종을 두고 논란이 벌어지자 호조조 조장인 '영숙'이가 조원들을 설득하며 하는 말이다. 생산량을 늘리고 공동 노동의 협동심을 제고하기 위한 설득의 내용 중에서 핵심적인 근

---

14) 마림, <세투리 밭>, 연변문련 편, 『세전이 벌』, 연변교육출판사, 1954, pp.204-205. (작품의 인용은 원문을 따른다.)

거로 제시되는 것은 지금은 예전과 다르다는 것이다. 그 '다름'은 무엇보다도 남의 땅이 아닌 자기 땅이라는, 토지 소유제의 변화에 따른 인식의 변화이다. '내 땅에서 내 힘으로, 내가 가꿔 내가 먹는'[15], 소작농에서 자작농으로의 변화는 조선족의 지난한 삶의 여정에서 무엇보다도 획기적인 변화라 할 수 있다. 그리고 이러한 획기적인 변화는 공산당의 집권 이후 실시된 토지 개혁, 즉 사회주의 중국의 건국을 통해서 이루어졌다. 조선족이 생존과 생계를 위해 조국을 떠나온 것은 물론이고 만주지역에서의 정착과정에서 끊임없이 겪었던 계급적 압박과 민족적 차별은 자신의 땅을 가지지 못한 처지에서 비롯되었다. 그렇기 때문에 토지 개혁을 통해 주어진 변화인 '다름'은 억압과 굴종의 시대였던 과거와 달리 긍정적인 현실로 인식되고, 가능성 있는 미래가 부각되는 현실이 된다.

> "글세 선생님! 저의 어머니 말씀이 옳지 않습니까? 이것이 좋은 세상이 아닙니까? 예? 그렇지 않습니까? 저의 어머니와 같은 모든 어머니들이 걱정없이 일할 수 있구 저와 같은 모든 청년들이 벅찬 리상을 가질수 있구 불쌍히 죽은 저의 녀동생과 같은 모든 어린이들이 천진란만히 커가고 있지 않습니까?
>
> - 중 략 -
>
> 이 땅이 아름답지 않습니까? 사람들이 행복하지 않습니까? 제가 가르치는 학생들이 무엇을 할 사람들입니까? 그들이 어떻게 살 사람들입니까? 그들은 힘과 청춘과 생명을 위대한 조국의 건설 사업에 융합시켜 생활을 더욱 아름답게 할 사람들입니다. 이것 때문입니다. 그저 이것뿐입니다."[16]

---

15) 긴창걸, <새로운 마을>, 위의 책, pp.1-2.
16) 원시희, <최선생>, 중국작가협회 연변분회 편선, 『창작선집』, 1956, pp.44-45.

인용문은 원시희의 <최선생>에 나오는 구절이다. 이 작품은 서투른 교수법으로 인해 주위의 질타를 받던 작중 인물 '최선생'이 주위의 무시와 비난에도 포기하지 않고 노력해 결국엔 진정한 교원의 모습으로 인정받게 된다는 이야기이다. 위 인용문은 끊임없는 노력을 가능하게 하는 동력이 무엇인지 묻는 동료 교사의 물음에 '최선생'이 답하는 부분이다. 그 동력은 자신의 어려웠던 개인적인 체험에 기반하고 있지만 결국엔 그 체험이 지나온 부정적인 과거와 달리 현재가 지닌 긍정적인 가능성 때문이다. 지금의 시간이 지닌 무한한 가능성 때문에 위대한 조국 건설 사업에 매진할 뿐이라고 답하고 있는 것이다.

이렇게 부정적인 과거와 다른 긍정적인 현실인식은 필연적으로 과거 시대, 혹은 과거 세대와의 구분을 전제로 한다. 그렇기 때문에 많은 작품에서 과거와 다른 오늘을 긍정적으로 인식하고 가능성 있는 미래를 강조하는 만큼 과거 세대와의 '다름' 또한 부각시키게 된다. 세대를 구분하고 구세대의 모습을 부정적인 인물형상으로 제시하는 경우가 많은 것이 바로 이러한 '다름'을 부각시키는 단적인 구도라 할 수 있다. 변화된 시대에 걸맞은 변화된 인식을 바탕으로 가능성 있는 미래를 개척하기 위한 새로운 개혁 작업에 반발을 하고 갈등을 일으키는 구세대적 인물들, 주동적인 인물들의 노력에 반하는 인물들은 주로 노인들의 모습을 통해 드러난다. 김동구의 <제 2호기>에는 기술혁신을 주장하고 시도하는 젊은 세대에 반하는, 인쇄공장에서 잔뼈가 굵은 기술원인 '아버지'가 등장하고, 최현숙의 <첫승리>에서는 염색기술의 혁신에 반대하는 기성세대 기술자 '만수'가 나온다. 또, 백남표의 <쌍무지개>에는 파종법을 두고 갈등을 일으키며 반발하는 인물로 '현령감'이 등장한다. 이 외에도 최학윤의 <녀 총무 주임>에서 '관리원 동무', 김동구의 <물>에서 '강령감', 마림의 <세투리 밭>에서 '마령감’, 백남표의 <김동무네와 왕동무네>에서 ‘홍늙은이’, 김룡섭의 <생산자구 투쟁 전선에서>에서 ‘허령감’, 리길남의 <재해>에서 ‘박령감’ 등의 인물들이 등장한다. 이처럼 대부분의 작품이 구세대적 인물들을 부정적인 모습으로 제시해 새로운 기술혁신의 과정과 변화된 인식의 획득 과정을 보여주고 있다.

변호된 시대와 그 가능성을 부각하는 이야기가 대부분이기 때문에 과거 시대와의 구분, 과거 세대와의 갈등을 통해 오늘을 사는 새세대의 역량과 가능성을 강조하는 것은 당연한 것으로 보인다. 하지만 과거 세대와의 구분을 강조하고 부각하고 있더라도 그것이 궁극적으로 과거 세대와의 단절감을 의도하는 것으로 보기는 어렵다. 오히려 차이를 부각시켜 세대 간의 단절감을 강조하기보다는 차이를 극복하는 변증법적인 통합에 역점을 두고 있다고 보는 것이 타당하다. 이렇게 볼 수 있는 이유는 우선, 예외 없이 갈등의 대상이던 구세대적 인물들의 모습이 결말에 가서는 갈등 해결을 통해 변화된 인식을 획득할 뿐 아니라 새로운 방법에 적극적으로 동참하는 적극적인 인물로 변화된다는 점을 들 수 있다. 그리고 주동인물에 대립하던 인물들이 겪게 되는 변화의 서사적 동인이 소략하거나 단순한 비약의 차원에서 이루어진다는 점도 이유로 볼 수 있다. 즉, 과거 혹은 과거 세대와 문제가 되는 상황이 어떻게 해결되는가에 대한 과정보다는 갈등의 해결이라는 결과적 상황에 좀 더 초점을 맞추고 있는 것이다. 그렇기 때문에 세대 간의 차이보다는 과거와 다르게 질적으로 향상된, 갈등이 극복되고 세대가 통일적인 인식을 획득한 현재의 긍정성을 강조하는 것이 된다. 구세대적 인물들과 어떻게 다르고, 무엇이 문제가 되는가보다는 구세대적 인물들의 의식과 경험까지도 통합하여 새로운 시대를 준비하고 개혁을 위해 매진하고 있음을 강조하는 서사적 의도를 구현하는 것이다. 리근전의 <박창권 할아버지>나 목일성의 <어머니>처럼 수난의 시대를 꿋꿋하게 버텨 온 부모 세대의 열정을 형상화하고 있는 작품에서 단적으로 확인할 수 있듯이 과거 세대와의 단절보다는 부정적인 부분을 변화시켜 계승하는 변증법적 통합의 과정을 보여주고자 하는 것이 이 시기 조선족 소설의 특징이라 할 수 있다.

차이에서 출발한 변화를 질적인 발전으로 귀결시키고자 하는 부정의 변증법적 통합은 민족 간의 갈등과 화해를 다루고 있는 작품에서도 나타난다. 중화민족의 일원이 된 조선족에게 주류 민족인 한족과의 관계 정립, 즉 민족적 차이를 극복하고 그 차이에 대한 새로운 인식－국민적 동질성을 획득하는 것은 조선족에게뿐만 아니라 중국 건국 직후의 중요한 시대적 과제이다. 이런 차원에서 한족과의 관계를 그리고 있는 작품들은 민족적 차이를 이야기의 제재로 삼고 있지만 그 차이를 극복하고 보다 성숙한 동질성을 이뤄내는 것으로 귀결시키고 있다. 때로는 한족의 노력으로(강필우의 <크나 큰 힘>), 때로는 조선족의 헌신(김동구의 <봄철에 생긴 일>)으로 민족적 '차이'를 국가적 '동일함'으로 용해시키고 있다.

물론 조선인이 만주지역에 정착하는 과정에서 토착인들과의 갈등은 이주 초기부터 있어왔다. 특히 조선인들이 수전을 비롯해 뛰어난 농사 기술을 가지고 있었지만 자기 땅을 부치지 못하고 소작인의 지위에서 쉽게 벗어나지 못한 채 고난의 삶을 지속해 왔던 것은 '점산호(占山戶)'를 비롯한 토착지주들에 의한 민족적 차별[17]에 기인한 바가

---

17) 이주 초기 청조의 통치 시기에 조선인들에게는 땅을 가질 수 있는 권한이 주어지지 않았다. "머리를 깍고 옷을 바꿔 입어야"만 땅을 부칠 수 있다는 민족적인 제한을 두었다. 하지만 만주지역의 개척을 위해 조선인의 우수한 농업 기술을 활용할 필요가 있었기 때문에 극소수의 한족과 만주족에게 많은 황무지를 주어 '점산호(占山戶)로 만들고 조선인들은 이 점산호의 소작농으로 삼았다. 이외에도 조선인

크기 때문에 민족적 갈등은 조선족의 지난한 삶의 과정에서 누락될 수 없는 한 부분을 차지하고 있을 것이다. 하지만 조선족의 초기 소설에서 토착인들과의 갈등, 그 중에서도 한족과의 갈등을 본격적으로 다루고 있는 작품은 확인되지 않는다. 이는 한족을 중심으로 한 토착인들과의 갈등이 없었기 때문이 아니라 민족적 차이보다는 국민적 동일성을 강조해야 하는 시기적 특수성 때문인 것으로 보인다. 그래서 현룡순의 <누님>에서처럼 민족은 다르지만 '이웃' 또는 '식구'로서 국가라는 테두리를 전제로 한 형제적 관계로 인식하거나 백남표의 <김동무네와 왕동무네>에서처럼 민족 간의 화합이나 형제적 관계로서의 위상이 단순히 변화된 시기와 상황에서 기인한 것이 아니라 부모 세대로부터 이어 온, 일제에 대한 저항에서부터 함께였음을 부각시키는 것으로 형상화되기도 한다. 이러한 인식은 결국 민족적 갈등이나 차이를 드러내는 것보다는 민족적 차이를 극복하고 국민적 동일성을 획득하고자 하는 국가적 차원의 당위적 인식에 기초하고 있는 것이라 할 수 있다.

건국 초기의 조선족 소설은 차이가 부각되는 획기적인 변화의 시기로 당대를 그려내면서 과거 혹은 민족 간의 차이를 직시하고, 한 차원 높은 동일성을 획득하기 위한 통합의 서사를 보여준다. 여기서 통합의 서사가 지향하는 동일성은 중국이라는 국가적, 중국 공민이라는 국민적 동일성이다. 그렇기 때문에 예외없이 초기 소설들에 나타나는 갈등의 해결, 혹은 차이의 극복은 사회주의 중국의 건설과 발전이라는 '신중국' 담론을 통해 이루어진다.

들은 고율의 소작료와 '문턱세(門監稅)', '굴뚝세(煙突稅)' 등 각종 세금을 통해 이주민으로서의 가혹한 처우를 받았다.(연변조선족자치주개황 집필소조, 『중국의 우리민족』, 한울, 1988, pp.56-57.)

이렇게 되어 일환이는 진정으로 이야기하기 시작했다. 해방이 되었기에, 공산당이 령도했기에, 중국 혁명은 성공했고, 우리들은 신세를 고치였고, 따라서 과거에는 상상도 할 수 없던 민족 대학이 섰고, 우리 청년들은 당당한 인민장학금을 받아가면서 영광스럽게 대학을 졸업하게 되었고, 오늘날 당당한 국가의 일터를 배치받고 나가는데, 이러한 행복에서 무슨 불만이 있을 수 있겠는가고.

　(중 략)

일환이는 다음 말을 계속하였다. 즉 그럴 수 없는 현실에 있어서 여러 사람을 자기 주관으로 저울에 뜨고, 너는 한근이니 작은 고중, 너는 두근이니 큰 고중, 너는 서근이니 대학, 이런 판단으로 보니까 불평 불만이 꼬리치는 것이 아닌가고, 그래서 이것은 모두다 자기를 국가라는 큰 기계 가운데의 작은 라사못으로 못보고 개인의 리익으로 일체 문제를 해결하려는 낡은 자산계급지식분자의 본질이 아닌가고, 구태여 큰 모자를 씌울 것은 없지만 엄정히 따진다면 그렇다는 것을 연설하득 길게 이야기했다.[18]

인용문은 대학 졸업 후 진로 배치에 대한 불만을 지닌 사람을 설득하는 말로 김창걸의 <행복을 아는 사람들>에 나오는 부분이다. 위의 말에서 알 수 있듯이 불만을 해결하는 설득의 근거는 사회주의 국가의 혜택과 그 구성원으로서의 역할이다. 즉, 개인의 이익보다는 국가나 계급적 인식의 중요성을 강조함으로써 불만과 갈등을 해결할 것을 강조하고 있다. 이와 같이 초기의 조선족 소설에서는 어떤 상황에서 어떤 인물들 간의 갈등이든 간에 그 갈등의 해결이 사회주의의 건설과 중국이라는 국가에 대한 애정으로 해결된다. 갈등의 구조가 개인의 이익 대 집단이나 국가의 발전이라는 갈등 구도로 인식되고 전개됨으로써 사회주의 중국의 건설과 발전이란 시대적 과제로 귀결되는 것이

---

18) 김창걸, <행복을 아는 사람들>, 연변문련 편, 앞의 책, pp.50-51.

다. 건국 직후의 변화된 상황을 개인적인 차원보다는 사회적이고 경제적인 차원에서 그리고 있는 작품의 양이 많은 양상도 이와 무관하지 않을 것이다. 특히, 경제적인 차원에서 농촌공동체나 공장이라는 집단의 생산성 문제를 형상화한 작품이 대부분을 차지하는 것 또한 건국 직후 사회주의 중국의 최우선 과제가 경제 부흥에 놓여 있다는 점에서 국가적인 동일성을 강조하는 인식이 반영된 양상이라 할 수 있다.

모든 부조리와 갈등을 '묵은 사회의 개인주의적 보수 사상에서 나온 것'[19]이라는 사회주의적 인식에 바탕을 두고 개인의 문제를 집단, 공동체의 문제로 치환하여 해결하는 모습은 개인적이고 일상적인 차원의 문제를 중심제재로 활용하는 작품에서도 두드러지게 드러난다. 차창즌의 <박촌장>에서는 '나'의 결혼 문제가 '촌장'의 조동(파견) 문제로 인해 부각되지 못하고, 어려운 환경에서도 사랑을 선택하겠다는 의지를 편지글 형식으로 그리고 있는 최현숙의 <나의 사랑>에서는 결혼이나 가정의 행복이 집단 농장이나 인민의 낙원과 동일시되고 있음을 확인할 수 있다.

이상과 같이 조선족의 초기 소설은 '고향을 사회주의 새농촌으로 건설하는'[20] 것을 개인의 행복을 보장하는 것으로 인식함으로써 중국이라는 국가, 사회주의적 질서 속에서 개인의 역할을 강조하고 있다. 특히, 대부분의 소설적 갈등을 사회주의 국가 건설에 대한 열정과 노력으로 해결함으로써 사회주의적이고 국가주의적인 통합을 지향하는 모습을 보인다. 물론 여기서 통합을 지향하는 과정이 텍스트 내에서 구체적이고 형상적인 근거를 통해 서사적인 인과성을 얼마나 충실하게 드러내고 있는지는 다른 차원에서 평가가 이루어져야 할 것이다.

---

19) 김창걸, <새로운 마을>, 연변문련 편, 앞의 책, p.28.
20) 강철, <어머니와 아들>, 김창걸 외, 『단편소설선집』, 1979, p.105.

오히려 개인의 행복을 집단이나 국가의 발전과 대립적으로 인식하고 있는 점, 그리고 개인의 문제를 집단이나 국가의 문제 속에 일방적으로 종속시키는 단순한 결론에 이르고 있는 점, 그렇기 때문에 국가라는 공동체에 대한 관념적인 믿음과 태도가 구체적인 삶의 문제를 판단하는 유일하고도 확고한 준거로서 작용하고 있는 점 등은 초기의 조선족 소설이 신념과 의지의 생경한 형상화에 머물고 있다는 평가를 가능하게 한다. 이는 사회주의적 전망을 통해 사회적, 사상적 안정을 시급하게 이루어야 했던 건국 직후라는 시기적 특수성과 공산당을 통해 확고한 문학적 권위를 행사하는 사회주의 문예의 일반적 특성과 관련이 있을 것이다.

___ 4. '주체'로서의 삶과 '국민'으로서의 삶

중화인민공화국의 건립과 함께 중화민족의 일원으로 편입된 직후인 초기 조선족의 소설은 획기적인 변화의 양상을 다양한 차원에서 반영하면서 사회주의적이고 국가주의적인 통합을 지향하고 있다. 이는 건국 직후 중국의 국가적 요구인 사회주의의 건설이라는 명제를 충실히 반영하고 있으며, 나아가 공산당의 집권 이후 진행된 새로운 중국의 국가 통합에 복무하는 문학적 사명을 수행하고 있는 것으로 볼 수 있다. 경제적인 차원에서 변화의 양상을 그려내고 있는 작품들이 수적으로 많은 것은 국민 경제 부흥과 토지 개혁이라는 중국의 국가적 정책을 반영하고 있는 것이며, 교육 현장을 배경으로 한 작품뿐만 아니라 대부분의 작품에서 사회주의적으로 개조된 인간형을 추구하면서 사회주의 건설에 복무하는 개인의 역할을 주로 강조하고 있는 것도 이런 차원에서 이해가 가능하다. 게다가 초기 소설들의 서사적 의미가 변화된 환경과 상황을 사회주의적 인식으로 통합하는 것을 지향함으로써 조선족 소설이 중국의 국가적 이념과 문예정책에 기반한 중국 문학의 한 부분으로 자리매김하고 있음을 여실히 보여준다. 결국 조선족의 초기 소설들은 그 뿌리를 한국문학에 두고 있지만 결과적으로 국가적 경계로의 구획을 어느 정도 분명하게 받아들인 양상을 보여준다고 하겠다.

이렇게 조선족이 자신들의 문학을 국가적 경계 속에 자리매김하게 되는 결정적인 근거는 이념으로서의 사회주의를 현실적인 삶의 준거로 받아들인 결과이다. 그리고 사회주의적 인식을 구체적인 삶의 지침으로 인식하고 그들의 현실과 미래를 조망하게 된 과정과 이유는 무엇보다도 조선인의 삶의 이력과 역사적인 체험이라는 특수성에서 기인한 것이라 할 수 있다.[21] 한족(漢族)문학과는 다른 조선족문학의 특수한 양상은 바로 이러한 그들의 역사적인 체험의 차이에서 나온 것이다. 이 시기의 중국문학과 달리 조선족문학에는 전쟁 체험을 직접적으로 다룬 작품이 거의 없는 것도 이러한 이유이다. 중국 건국 직후의 중국 현대 소설이 중국내 혁명 전쟁이나 한국 전쟁 등을 소재로 한 전쟁 소설이 많이 창작되었던 것[22]에 반해 조선족의 소설에서는

---

21) 중국 건국을 전후하여 조선족 사회에 사회주의적 인식이 확대되고 보편화된 데에는 만주 지역의 정착이라는 역사적인 선택이 개별적이고 자의적인 선택이라기보다는 정치적인 상황과 조건에 의해 주어진 선택이었다는 점에서 중국 공산당이 만주 지역을 장악하는 과정, 그리고 친중국 사회주의자들이 조선족 사회를 장악하게 되는 과정과 밀접한 관련이 있다. 이에 대해서는 다음의 논문을 참고할 수 있다. 이진령, 「조선인에서 조선족으로: 중국 공산당의 연변 지역 장악과 정체성 변화」, 『중소연구』95, 한양대학교 아태지역 연구센타, 2002.
22) 김시준, 앞의 책, p.58.

전쟁 체험을 직접 다룬 작품이 없으며, 서사의 표면에 직접적으로 등
장하지 않는 인물들이 전쟁에 참여하고 있거나 참여한 경험이 있는
정도로만 제시된다. 이는 전쟁 체험이 조선족의 변화된 삶과 중국 국
민으로 새롭게 구성될 정체성에 절대적인 영향을 미치지 못하는 체험
임을 보여주는 것이다. 결국 사회주의적 인식을 체화함으로써 중국
국민으로서의 삶을 지향하게 되는 과정은 조선족 소설이 드러내는 차
이, 조선족 소설만이 가지고 있는 독자적인 특징에서 추출해야 한다.
　조선족 소설의 중요하고도 독자적인 특징은 무엇보다도 조선족만
의 경험과 인식을 바탕으로 한, 민족적 체험에 기반한 과거 기억을
변화된 현실 인식의 근거로 활용하고 있는 점을 들 수 있다.

> 　그리고 더욱이 과거의 창곡이란 인민을 구제하는것이 아니라 인민을
> 더욱 빚구렁에 빠지도록 지독한 변리가 붙은것으로서 우리들을 더욱 심
> 하게 찾취받게 했다는 것을 말해주었다.
> 　따라서 오늘의 부업이야말로 신민주주의사회가 아니고서는 있을수
> 없다는것, 과거 왜놈들의 소위 "부업장려"와는 근본적으로 다르다는것
> 을 알기 쉽게, 똑똑히 례를 들면서 이야기했다.[23]

　인용문은 김창걸의 <새로운 마을> 중 국가 경제의 부흥을 도모하
기 위해 '부업'을 장려하고 사회주의적 협동 노동을 강조하는 과정에
서 나온 언급이다. 여기서 강조를 위해 부각되는 과거와의 다름은 '창
곡', '부업장려'로 지칭되는 봉건 시대와 일제 시대의 경험이다. 즉, 사
회주의 중국의 현실을 긍정하고 미래의 가능성을 부각하기 위해 과거

김종수・최건, 앞의 책, pp.220-221.
치우란, 『중국 당대 문학사』, 중국어문연구회 역, 고려원, 1994, p.108.
23) 김창걸, <새로운 마을>, 연변문련 편, 앞의 책, p.8.

의 부정성을 대비하고 있는데, 그 과거의 부정성은 바로 조선 민족의 체험과 기억에 기반하고 있다. 이는 현재의 변화된 상황에 걸맞은 변화된 인식, 즉 사회주의 중국의 일원으로서의 삶은 봉건 지주와 일본 제국주의라는 부정적인 체험, 이주 조선인들의 역사적인 체험의 결과물이며 필연적인 선택의 결과라는 차원에서 당위성을 강조하고 있는 것이라 할 수 있다. 1945년 일본의 패망을 민족의 해방으로 인식하고 있는 것에서 알 수 있듯이 조선족의 새로운 현실 인식에는 민족적이고 역사적인 체험이라는 과거의 기억이 바탕을 이루고 있다. 역사적인 당위성이나 타당성을 떠나 조선족의 새로운 정체성은 '오늘의 행복에 도달하기까지 걸어 온 험난한 길 위의 피눈물 고인 발자죽'[24]이란 표현처럼 민족적 체험에 기반한 뿌리의식을 바탕으로 하고 있다. 이 민족적인 특수성에 기반한 뿌리의식이 사회주의와의 결합을 통해 조선족이라는 변화된, 그리고 새로운 정체성을 가능하게 한 것이라 할 수 있다.

우리 민족에게 있어 일본 제국주의에 대한 경험은 중국과 달리 대결의 기억이기보다는 억압과 굴욕의 기억이다. 이 기억은 '근대성의 실험실(Laboratories of Modernity)'[25]의 형태로 진행된 식민지적 근대 체험, 즉 근대적 의미의 주체 형성이 원천적으로 봉쇄되어 타자로서의 근대(modernity)만이 가능했던 왜곡된 체험에 기인한다. 이러한 상황에서 일본 제국주의의 패망으로 주어진 해방은 식민지적·타자적 근대에서 벗어나 주체적인 근대를 건설하고, 그동안 한번도 이루어진 적 없는 주체적인 삶, 주체로서의 삶을 누릴 가능성을 만들어 주기도 했다. 하지만 해방이 되었음에도 한반도에서는 독립국가가 건설되

---

24) 김학철, <뿌리 박은 터>, 김학철 외, 『뿌리 박은 터』, 연변교육출판사, 1953, p.8.
25) 강상중, 『오리엔탈리즘을 넘어서』, 이경덕·임성모 역, 이산, 1997, p.15.

지 못한 채 미군정과 연합국군최고사령부에 의한 통치체제로 근대의 타자로서의 삶은 지속되는 상황이었다. 게다가 1950년 발발된 한국전 쟁이 단일국가의 주체임을 자임하는 세력들간의 전쟁, 국가 수립을 둘러싼 정치세력들간의 투쟁의 연장선이라는 성격이 강하다[26]는 점에서 한반도에서 주체로서의 삶은 그 가능성이 한국 전쟁 이후로 연장되는 상황이었다. 이런 상황에서 한반도의 밖에서 해방을 맞이한 조선족은 타자로서 억압되었던 주체로서의 삶에 대한 가능성을 모국이 아닌 이주지에서 모색할 수밖에 없는 상황이었다.

재외한인으로서의 삶은 중층적인 타자로서의 역사이다. 그들은 봉건지주와 제국주의로 인해 억압된 타자의 삶을 경험했을 뿐 아니라 이주지에서 토착인과 그들이 만들어 놓은 사회질서에 의한 타자적 삶 또한 경험했다. 조선족도 마찬가지이다. 그들은 이주 초기 청조로부터 일본 제국주의, 그리고 만주 지역의 토착 지주들에 대해 항상 타자의 삶을 살 수밖에 없었다. 타자로서의 삶의 기억이 각인된 깊이 만큼 불안한 자신들의 위치를 끊임없이 확인하고 안정적인 위치를 정립하고자 하는 자기 확인과 이를 통한 주체로서의 삶에 대한 열망은 그 누구보다 강렬하지 않을 수 없었다. 이런 상황에서 36년 간 절대권력을 행사하던 일본 제국주의의 몰락과 그로 인한 해방은 주체의 정립과 주체로서의 삶을 실현하고자 하는 강렬한 욕구가 실천적으로 외화될 가능성을 만들어 주었다.

하지만 고국 한반도에서의 주체로서의 삶은 앞서 언급했듯이 실현될 가능성이 지연되는 상황이었을 뿐만 아니라 고국으로의 귀환 또한 여의치가 않은 상황이었다. 해방 이후 한반도의 상황이 주체적인 의지

---

26) 김동춘, 『근대의 그늘-한국의 근대성과 민족주의』, 당대, 2000, p.24.

와 상관없이 '신탁통치'와 '분단'의 과정으로 이어진 것처럼, 재외한인 특히 만주지역 조선인의 국내 귀환 및 이주 지역의 정착은 미국과 중국을 중심으로 한 동아시아의 정치적 역학관계와 상황에 제한받았다.[27] 일본 패망 후 소련군의 주둔과 국민당과 공산당의 갈등, 북한의 입장을 비롯한 남북의 분단 등이 복합적으로 작용하면서 연변 지역 전체 인구의 80% 가까운 60만여 명, 전체 중국 내 1백만여 명의 조선인들은 중국 내의 정착을 선택하게 된다.[28] 이런 정치적인 역학관계에서 자유로울 수 없었던 조선인들은 결국 식민지에서의 해방 이후 강렬해진 주체로서의 삶을 실현할 가능성을 이주지인 만주지역에서 찾을 수밖에 없었다.

주체로서의 삶에 대한 가능성을 모국이 아닌 이주지에서 모색할 수밖에 없던 조선인들에게 중국 공산당의 사회주의 체제와 소수민족에 대한 친화적 정책은 그 가능성을 구체화시켜주는 역할을 하기에 충분했다. 중국인을 위압하는 배타적 존재로 조선인을 인식했던 국민당에 반해 민족구역자치제를 기본으로 하여 다른 민족과 동일한 대우를 표방했던 공산당의 정책은 조선인 농민들의 적극적인 지지를 이끌어 낼 수 있었다. 특히, '화전민'의 후예로 자신의 땅을 가져본 적이 없었던 대다수의 조선인 농민들에게 토지개혁을 통해 동등한 소유권이 주어

---

27) 실제로 미국은 한국의 문제와 재외 한인 문제를 '동아시아의 평화체제 구축'을 위한 만주 문제의 연장선, 즉 만주를 중국에 귀속시킴으로써 러시아를 견제할 수 있는 전략적 요충지로서 만주를 활용하는, 만주문제의 연장선에서 바라보고 있었다, 그렇기 때문에 대규모 재중 조선인의 귀환이 국내의 지배질서를 혼란스럽게 할 우려가 있으므로 기술자와 농민들을 잔류시켜 만주지역의 기술적, 행정적 차원의 안정화에 활용하고자 하는 것이 해방 전후 미국의 재중 조선인에 대한 기본 방침이었다.(장석홍, 「해방 후 연변지역 한인의 귀환과 현지 정착」, 채영국 외, 앞의 책, pp.102-112.)
28) 위의 글, pp.113-124.

진 점은 주체로서의 삶이 현실화된 사례로 인식될 수 있었다. 민중적 기반을 강화하고 연변지역의 안정적 지배를 도모하고자 했던 의도가 있었지만 조선인에 대하여 이중 국적을 허용하고 토지 소유권을 비롯해 중국인과 동등한 권리를 부여하고 민족 간부를 양성하는 등 공산당의 대 조선인 정책은 조선인의 주체로서의 욕구를 어느 정도 현실화하는 역할을 했고 국가적 동일성에 대한 새로운 비전[29]을 제시해주는 역할을 했다.

조선족의 초기 소설이 생산력 제고나 산업 발전을 소설적 주제로 삼는 경우가 많으면서 부정적인 과거와 대비해 긍정적인 현실 인식을 바탕으로 미래에 대한 가능성을 강조하는 양상은 억압된 주체로서의 삶에서 벗어나 근대적 주체로서의 삶에 대한 가능성을 인식한, 미래지향적이고 직선적인 근대적 시간관이 투영된 것이라 할 수 있다. 그리고 실제로 조선족이 중국 공산당의 사회주의 건설 과정에 적극적으로 동조하는 것, 특히 중국 내 해방전쟁이나 한국전쟁에 연변 지역의 조선인들이 적극적으로 참여[30]하게 되는 것은 바로 주체로서의 삶을 구체적으로 실천하고자 했던 행동이었다고 볼 수 있다.

그리하여 천 구백 사십 오 년, 우리의 머리 위에 두껍게, 낮게 드리웠던 검정 구름은 벗겨지었소. 그리고 얼마 아니하여 우리는 흙의 노예로

---

29) 국가주의적 통합, 혹은 동일성(identity)을 안정화시키고 재영역화를 도모하기 위하여 국가와 영토, 공동체적 동일성에 대한 새로운 비전을 제시해 줄 필요가 있다.(강상중, 「국민의 심상 지리와 탈국민의 이야기」, 小森陽一·高僑哲哉 편, 『내셔널 히스토리를 넘어서』, 이규수 역, 삼인, 2000, p.184.)
30) 3년 간의 중국 내 해방 전쟁에 연변 5개 현에서 연인원 12만 1천여 명이 동원되어 3천여 명의 희생자가 났는데 그 중 90%가 조선인이었다.(연변조선족자치주개황 집필소조, 앞의 책, p.109.) 또한 한국전쟁에 참가한 연변지역 희생자가 6981명에 달했는데 그 중 조선인이 98%에 달했으며, 전쟁에 관련된 노무에 참가한 연변지역 출신은 10만여 명에 달했다.(김태국, 앞의 글, p.167.)

부터 일약 그 땅의 임자로 변하였오. – 공산당이 온 것이오.[31]

철 모르는 그는 그 늪의 임자가 이미 바뀌어 자기 차례에 온 것을—자기 자신이 그 늪의 임자가 된 것을—아지 못하였다.[32]

첫 번째 인용에서처럼 1945년의 해방은 그동안 억압되었던 주체의 그늘을 제거해 주었다. 그리고 조선족이 험난한 개척의 삶을 살았던 만주지역은 사회주의 중국의 경계로 정리되었지만 공산당을 통해 '땅의 주인'으로 표상되는 주체로서의 삶을 살 수 있는 가능성을 구체적으로 만날 수 있었던 것이다. 조선인의 역사적인 체험이 사회주의라는 이념을 삶의 실천적 지침으로 받아들이게 되는 것이다. 그리고 두 번째 인용문에서 수난의 기억을 상징하는 '늪'이 이제 더 이상 수난과 아픔의 대상으로, 부정하고 외면해야 할 대상이 아니라 주체적으로 살아가는 삶의 현장으로 인식되는 것처럼 중국에 자리잡은 그들의 정착지는 더 이상 이역의 땅이 아니라 자신들의 주체적인 삶의 공간으로 인식되기 시작한다. 이렇게 주체로서의 열망과 그것이 실현되는 만주지역, 좀 더 정확히 말해 주체로서의 삶이 어느 정도 보장되는 연변자치주에서의 삶은 자연스럽게 중국 국민으로서의 삶을 받아들이는 것으로 이어지게 된다. 역사적으로 불안한 위치에 놓인 삶을 반복해오던 조선족은 주체확립을 위해 요구되는 절대적인 자기 동일성을 중국이라는 국가적 경계를 수용하면서 중국 국민을 통해 찾게 되는 것이다. 이러한 과정이 조선족 스스로가 중국 동북지역을 개척한 사람들로, 국내외의 항쟁을 통해 중화인민공화국의 수립에 주체적인

---

31) 김학철, <뿌리 박은 터>, 김학철 외, 앞의 책, p.4.
32) 김학철, <늪 임자>, 김학철 외, 앞의 책, p.61.

역할을 한 민족[33]으로 자신들의 정체성을 규정하는 것을 가능하게 한다. 이런 차원에서 보면 초기 조선족 소설에 등장하는 주동적인 인물들의 모습은 사회주의를 건설하고자 하는 열성적 인물이면서 동시에 주체로서의 삶을 실현하고자 하는 욕구가 투영된 인물이라는 평가도 가능할 것이다. 나아가 새로운 중국 건설에 적극적으로 매진하는 조선족의 모습은 주체로서의 욕망을 실천함으로써 국민으로서의 삶을 받아들이는 과정을 보여준다고 할 수 있다. 조선족의 불안한 사회·국가적 위치를 반영한 다조국(多祖國) 의식[34]도 이미 이 시기에 어느정도 확고한 중국 지향으로 정리되고 있었다고 할 수 있다.

── 5. 맺음말

중국 조선족의 초기 소설들은 중화인민공화국의 건국으로 중화민족의 일원이 된 직후의 삶의 양상을 '변화'라는 차원에서 다양하게 그려내고 있다. 이 변화는 다분히 중국이라는 국가 체제 속에서 국가적 정책과 문예정책을 수행하는 차원에서 형상화되고 있다. 특히, 변화된 상황 속에서 부각되는 시간적, 민족적 차이를 사회주의적이고 국가적인 차원에서 통합하는 서사적 의미를 지향함으로써 건국 직후지만 이미 조선족 소설이 중국 문학의 테두리 안에 안정적으로 자리잡고 있

---

33) 정판룡, 「서문」, 김동화·김승철 편, 『당대 중국조선족 연구』, 연변인민출판사, 1993, pp.1-2.
34) 정신철, 『한반도와 중국 그리고 조선족』, 모시는사람들, 2004, p.200.
    계급의 조국은 '소련', 민족의 조국은 '조선', 현실의 조국은 '중국'이라는 다조국 의식은 혼란스런 국가적 정체성을 중화 애국주의로 귀결시키고자 하는 방편에서 제시된 과도기적 의식으로 볼 수 있다.

음을 보여주는 것으로 판단된다. 이와 동시에 중국의 시대적 과제인 국가 통합이라는 명제를 서사적으로 실현하여 중국 문학으로서의 적극적인 역할 또한 지향하는 것으로 볼 수 있다.

하지만 건국 직후부터 중국인, 중국문학으로서의 확고한 인식을 가지는 것은 당시 중국이라는 국가적 통치 체계가 가지고 있는 강력한 정치적 영향력이나 사회주의 문예의 기능주의적 정책 때문만은 아니라고 할 수 있다. 조선족의 삶이 식민지적 억압의 삶에 연원을 두고 있고, 초기 소설들이 그 억압의 기억들을 계승하여 현실을 인식하는 양상을 보여주는 것은 조선족으로의 변화가 한민족(韓民族)으로서의 역사적인 체험과 욕망에서 비롯된 것임을 보여주는 것이다. 식민지적 삶에서부터 비롯된 억압된 주체의 복원이라는 탈식민 지향이 중국 사회주의와 결합함으로써 구체적인 가능성을 획득하고 어느 정도 실현됨으로써 조선족 문학은 국가적 경계 안에 자리잡은 한민족 문학으로 자신의 위상을 만들어 가기 시작한 것이다. 결국 조선족의 초기 소설은 변화의 양상을 구체적으로 다루면서 사회주의적 통합을 통해 중국 지향이라는 안정적인 선택과 정립의 과정을 보여준다고 할 수 있다.

앞으로 조선족의 강렬한 주체 확립 욕구가 어떻게 와해되어 가는지를 조선족문학을 통해 살펴볼 필요가 있다. 근본적으로 중화민족의 주체로 자리하기 어려운 태생적 제약이든, 절대적 주체 확립이라는 명제가 지닌 허구성이든 조선족과 조선족문학이 지닌 주체 지향의 변모 과정을 파악하는 것은 그들의 정체성을 규명하는 과정일 수 있기 때문이다. 중국 국민으로서의 삶이 온전한 주체의 삶을 지속적으로 보장하는지, 또다른 타자의 삶이 조선족의 주체에 대한 열망을 억압하고 있지는 않은지, 그리고 주체를 구성하는 타자적 요소들은 어떻게

달라지는지 등에 대하여 이후 조선족의 소설을 통해 심도있게 살펴봐
야 할 것이다.

6 | 1960~70년대 중국 조선족 소설과 소수민족주의의 확립

— 1. 중국 조선족 문학의 '이중성'과 소수민족주의

중국 조선족 문학의 본질적 특성으로 "중화 민족문학의 조성부분인 동시에 조선 민족 '정체(整體)문학'의 일부분"[1]이라는 이중적 성격이 자주 거론된다. "이는 조선족이 중국 소수 민족 중 모국이 존재하는 몇 안 되는 민족으로 자신들의 뿌리와 역사를 기억하고 있기 때문에 이중 정체성의 혼란은 다른 소수민족에 비해 심하다"[2]는 판단에서 비롯한다. 이에 따라 중국적 요소와 모국적 요소가 혼재한 이중적 성격이 조선족 문학의 핵심적 특징으로 규정되는 것이다. 조선족 문학이

---

1) 조성일·권철 외, 『중국 조선족 문학 통사』, 이회문화사, 1997, p.16.
2) 최병우, 「중국 조선족 문학 연구의 필요성과 방향」, 송현호 외, 『중국 조선족 문학 의 탈식민주의 연구 1』, 국학자료원, 2008, p.28.

모국이 존재하는 이주민족으로서의 삶의 조건과 체험을 내용으로 하면서 한글을 주요 수단으로 하고 있다는 점에서 '이중성'은 조선족 문학의 특징을 효과적으로 담아내는 명제로 인식될 수 있다.

하지만 '이중성'이란 명제가 국가와 민족이 상이하다는 표면적인 조건만을 의미하는 것이 아니라면 이중성의 구체적인 수준과 내용, 그리고 그것을 구성하고 있는 요소에 대해 살펴볼 필요가 있다. 실제로 정주하고 있는 국가와 혈연적 기원인 모국 사이에서 갈등하는 정체성을 숙명으로 하는 것은 정도의 차이는 있겠지만 재외동포 일반에 적용이 가능한 문제이다. 또 조선족 문학의 이중성이 중국 내의 다른 소수민족이나 소수민족문학을 비교대상으로 한 표현이라면 이는 다른 차원에서 주목을 받아야 할 문제일 것이다. 무엇보다도 우리에게 조선족 문학의 의의는 중국 내 다른 민족, 즉 한족(漢族)이나 다른 소수민족과의 차이에서 발생하는 특징보다는 모국 문학인 남북한 문학 혹은 다른 지역의 재외동포문학과의 비교에서 추출되는 한민족(韓民族) 문학으로서의 성격에 있기 때문이다.

중국 조선족은 한민족(韓民族)을 혈연적 기원으로 하고 있는 이주민족이지만 지금은 엄연한 중국 공민이다. '조선족'이란 개념도 '조선민족'의 약칭이 아니라 중국국적을 가진 조선민족에 대한 전문칭호[3]이다. 여타의 재외동포문학이 거주국의 이데올로기와는 전혀 별개인 것에 반해 조선족 문학은 공식적으로 중국 문학의 일부로 승인 받으며 중국 작가협회의 하부 조직을 구성[4]하고 있다. 이렇게 조선족 문학은 일제시기 만주지역의 조선인 문학, 나아가 한국(조선)문학에 뿌리

---

3) 오상순, 「이중정체성의 갈등과 문학적 형상화—조선족문학의 어제와 오늘과 내일」, 『현대문학의 연구』 29, p.37~38.
4) 이해영, 『중국 조선족 사회사와 장편소설』, 역락, 2006, p.19.

를 두고 있지만 지금은 엄연한 중국 문학의 일부이다. 그렇기 때문에 중국 공민으로서의 삶을 선택하고 중국 문학으로 편재되면서 한민족으로서의 민족적 형식과 조선인의 삶을 내용으로 한 문학적 정체성 또한 강연한 변화의 과정을 거칠 수밖에 없다. 그리고 이러한 과정에 조선적인 것과 중국적인 것, 즉 앞서 언급한 이중적 성격은 복잡한 길항의 양상과 내용을 가지고 있었겠지만 적어도 외형적으론 중국 공민, 중국문학으로서의 자기 위상을 분명히 하는 쪽으로 통합되었다고 할 수 있다. 물론 내용적으로나 내면적으로는 아직도 복잡한, 그래서 한민즉 문학으로서 유효한 길항의 내용을 포함하고 있다고 할 수 있지만 이제 더 이상 조선인이나 조선민족이 아닌 조선족으로 규정되는 것처럼 조선족의 문학과 민족주의는 중국 소수민족문학, 소수민족주의의 테두리 안에 존재하고 있음을 부정할 수 없다. 중국 공민으로서의 지위는 혈연적 기원에 바탕을 둔 정서적·감정적 차원에서의 이해와는 다른 지점에 놓여 있다는 점[5])에서 조선족 문학의 이중성은 어디까지나 중국이라는 국가적 귀속성을 전제로 한 규정임을 분명히 해야 한다.

결국 조선족의 민족적 특성은 중국소수민족으로서의 민족적 특성인 소수민족주의이고, 조선족 문학의 전개 과정은 중국의 소수민족문학으로서 자기 위상을 분명하게 만들어 온 과정이라고 할 수 있다. 그렇기 때문에 조선족의 민족적 특성의 유지와 발현은 중국의 소수민족 정책과의 밀접한 관련 속에 이해할 필요가 있다. 특히 중국의 소수민족 정책은 기본적으로 '단기적 공존 장기적 융합', '큰 것은 틀어쥐고 작은 것은 놓는다'[6])를 기조로 하여 소수민족의 민족주의를 문화적인

---

5) 김중하, 「중국 사회주의 문화정책이 조선족 소설창작 방법에 미친 영향」, 『한국문학논총』20, 한국문학회, 1997, p.99.

차원에 한정하고 있다는 점을 상기해야 한다. 이런 점에서 시기에 따라 정책의 기조나 강도에 차이는 있지만 조선족의 민족적 특성은 기본적으로 중국의 소수 민족 정책이라는 정책적 관리의 틀 안에서 규정되고 발현되어 온 제한적인 성격을 가지고 있다고 할 수 있다. 이에 따라 조선족 문학의 본질적 성격으로 지적되는 이중성, 즉 중국적 요소와 모국적 요소, 혹은 국가적 경향과 민족적 경향은 중국의 국가주의나 중국식의 민족주의라는 틀에서 이해해야 하고, 두 요소가 관계 맺고 있는 수준과 내용 또한 이러한 차원에서 접근할 필요가 있다.

── 2. 민족주의의 위계와 정치적 민족주의의 강화

중국은 단순히 국적이나 국가적 경계만을 지칭하지 않고 민족의 개념까지도 포괄하고 있는 중화민족이란 개념을 국민통합의 기반으로 삼고 있다. 중화민족은 중국을 구성하고 있는 여러 민족을 대표하는 총칭으로 일반적인 민족의 개념을 넘어서는 상위개념으로 인식된다. 그에 따라 조선족은 한족을 비롯한 56개 민족으로 이루어진 중화민족의 일원으로 규정되고 조선족 문학 또한 중화 민족문학의 일부분으로 공인된다. 이와 함께 민족의 다원성을 인정하고 배려하는 소수 민족 정책도 중화민족주의라는 상위 개념의 민족주의가 허용하는 범위 안에서만 제한적으로 이루어진다. 국가적인 차원에서 인식되는 정치적인 민족주의와 혈연적인 차원의 문화적 민족주의가 철저하게 구분되고 있으며 위계적인 체제를 갖추고 있는 것이다. 그렇기 때문에 문화

---

6) 이진영,「중국 정부가 바라보는 조선족과 조선족 정책」,『교포정책자료』62, 해외 교포문제연구소, 2001,12, p.60.

적 차원의 다원성은 '영토적 일체성과 국민적 통합'이라는 정치적 민족주의의 차원에서는 단호하게 제한된다.[7] 근대 국민국가의 민족주의가 정치와 불가분의 관계에 놓여 있지만 중국식의 민족주의는 문화적 민족주의와 정치적 민족주의의 위계를 통해 문화를 정치의 종속 개념으로 간주하고, 이를 통해 소수민족의 민족주의를 관리한다.

중화민족주의는 국가의 통일성을 강조하고자 하는 정치적 개념으로 "정치적 실체로서의 국가와 문화적 공동체로서의 민족을 혼동하고 있다"[8]는 비판이 가능하지만 지리적 영토를 경계로 한 국가나 국적의 개념에 중화민족이란 민족주의적 성격을 결합시킴으로써 역사적·문화적으로 중국식의 국가주의를 확장할 근거를 마련하기도 한다. 중화민족의 일원이 세웠던 정권이나 그들이 향유했던 문화적 유산도 중화민족, 중국의 문화유산이란 논리가 그것이다. 또한 정치적 민족주의의 테두리 안에서만 허용되는 제한된 문화적 다원성은 의도와 상관없이 정치적 민족주의를 반영하고 동시에 문화적 다원성의 안정적 보장을 위해 정치적 민족주의의 유지와 강화에 어떤 식으로든 기여하게 된다. 심지어는 국가 통합이라는 정치적 민족주의의 강화를 위해 문화적 민족주의의 변형이나 왜곡 또한 가능하게 만든다. 실제로 동북공정에서 보이는 역사 왜곡이 문화적 차원의 왜곡으로까지 이어지고 있는 경우에서 이런 경향의 일단을 볼 수 있다.

결국 조선족 문학의 이중성은 대등한 관계로 대립하는 국가(국적)와 민족의 관계에서 오는 것이 아니라 국가 통합이라는 전체와 이에 대해 부분적으로 이질적인 성격을 가지는 소수민족주의의 관계를 의미하는 것으로 보아야 한다. 즉, 이중성을 구성하는 두 가지 요소, 중

---

7) 위의 글, p.59~60.
8) 최우길, 『중국 조선족 연구』, 선문대학교 출판부, 2005, p.209.

국적 요소와 모국적 요소, 국가적 경향과 민족적 경향은 대등한 수준
에서 관계맺고 있는 요소들이라 보기 어려우며, 중화민족주의라는 중
국식 국가주의에 기반한 제한적이고 종속적인 관계로 파악해야 한다.
그렇기 때문에 조선족 문학에서의 민족적 성격은 중국 소수민족으로
서의 민족주의로 제한되며, 이는 우리가 통상적으로 알고 있거나 지향
하는 민족주의와는 그 성격이 다른 것이다.[9] 물론 이러한 판단이 한민
족의 문학유산으로서 조선족 문학의 가능성이나 가치를 부정하는 것
은 아니다. 만주 지역을 중심으로 한 한민족의 문화와 전통, 고난과
투쟁의 역사를 한글을 수단으로 하여 체득, 전승함으로써 재외동포문
학으로서 언어적 조건과 내용적 조건을 모두 충족하고[10] 있는 조선족
문학의 중요성은 과소평가 될 수 없다. 다만 조선족 문학의 이중성에

---

9) 이런 점에서 '조선족', '조선족 문학'이란 용어 사용에 대한 분명한 인식이 필요하
   다. 최근 중국 조선족 연구자들은 중국 국적을 가진 조선인이란 개념에서 출발한
   '조선족 문학'이란 명칭 사용을 시간적으로 확장하고 있는 추세이다. 소수민족문
   학으로서의 전통을 확보한다는 측면에서 불가피한 노력으로 보이기도 하지만 중
   국 조선족문학의 시발은 중국인, 중국문학으로서의 자의식 확립이 중요한 근거가
   되어야 한다. 이런 점에서 1949년 중국 건국을 조선족문학의 시발로 보는 것이
   타당해 보인다. 작가층의 교체와 재만조선인의 중국 선택을 근거로 1945년까지
   내려잡기도 하지만(이광일, 『해방후 조선족 소설문학 연구』, 경인문화사, 2003, 이
   해영, 『중국 조선족 사회사와 장편소설』, 역락, 2006) 무엇보다 중요한 기준은 조
   선족 문학이 중국 공민으로서의 자의식을 자기정체성의 기준으로 담아내고 있는
   가가 되어야 할 것이다. 또 현재의 영토만을 기준으로 할 경우 조선민족[韓民族]=
   조선족의 논리가 무시간적으로 확대될 수 있으므로 중국 소수민족을 지칭하는
   '조선족'이란 명칭에 대한 정확한 규정과 사용이 필요하다. 이와 관련해 중국 사회
   과학원 장춘식의 발언은 주목을 요한다. 그는 한국에서 받은 박사학위논문(2003
   년)에서는 해방 이전을 '재중조선인'이란 명칭으로 사용하고 있으나 그 후 2005년
   에 쓴 글에서는 '중국 땅에서 이루어진 모든 우리 문학이 조선족 문학이다'라고 주장
   하고 있다.(장춘식, 「조선족문학의 개념에 대하여」, 『문학과예술』, 2005년 1호,
   <http://blog.naver.com/zhangcz?Redirect=Log&logNo=140011260176>,
   2008.10.01) 이는 현재 중국 영토 안에서 이루어졌던 과거 정권이나 문화유산은
   모두 중국의 산물이라는 중화민족주의의 논리를 연상시킨다.
10) 최병우, 앞의 글, p.25~26.

서 지칭하는 민족적 성격을 중국 소수민족으로서의 성격으로 분명히 하지 않을 경우 중국식의 민족주의 논리에 포섭될 위험 또한 있음을 간과해서는 안 된다.11)

중국 건국이후 중국 정부의 소수민족 정책은 소수민족의 자치를 일정정도 허용하는 온건 기조로 진행되었고 그에 따라 조선족이 집단 거주하던 연변지역에 '연변조선민족자치구'가 성립된다. 자치구의 실시는 중국 건국 직후 시급한 국가 통합이라는 시대적인 과제를 고려한 공산당의 선택이라 할 수 있다. 국토의 60% 이상을 차지하고 있는 소수민족 지역을 포함한 영토통합이 정치적 통일을 위해 무엇보다 시급했기 때문이다.

소수민족의 자율성이 어느 정도 보장되는 자치구의 실시는 조선족이 중국 공민으로서의 자의식을 형성하고 강화해 나가는데 일조한다. 건국 즈음의 연변 지역 조선족들은 일제와 국민당에 대한 저항에 적극적으로 참여함으로써 중화인민공화국의 건설에 한 몫을 담당했다는 자부심을 가지고 있는데다가 토지 개혁을 통해 소작농의 지위에 머물러 있던 사회적 지위가 변했기 때문에 중국 공산당에 상당히 호의적이었다. 이런 상황에서 그들의 언어와 문화를 인정하고 교육을 허용하는 자치구의 실시는 사회주의 중국의 일원으로 자기 위치를 변

---

11) 재외동포문학은 궁극적으로 국가적 경계를 넘어서는 문화적 공동체, 문화적 정체성의 구성이라는 점에서 중요한 의의를 지닌다. 민족주의가 국가주의와 불가분의 관계에 있지만 재외동포문학의 의의는 바로 국가주의적이고 정치적인 민족주의의 경계를 넘어 존재할 수 있다는 데에서 찾아진다. 그런 점에서 정치적인 테두리 안에서, 정치에 종속된 조선족문학의 민족주의나 민족적 특성은 재외동포문학으로서의 가능성과 의의라는 점에서 신중한 접근이 요구된다. 조선족문학과의 민족적 연대의식을 통해 조선족문학의 민족적 성격이나 특성을 강화하는 것은 곧 중화민족 문학의 민족적 성격을 강화하는 것이고, 이는 현재의 영토주의에 근거한 중화민족주의가 시간적, 문화적으로 확장될 수 있는 논리에 기여하는 셈이 될 수도 있기 때문이다.

화시키는데 역할을 했다고 할 수 있다. 1952년에 성립된 조선민족자치구는 1955년에 '연변조선족자치주'로 변경된다. 이로써 중국 소수민족으로 조선족에 대한 정치적인 규정이 완성되고 '조선족'이란 명칭도 공식화된다.[12)]

1957년 반우파 투쟁, 1958년 대약진 운동을 거쳐 1966년 문화대혁명으로 이어지는 계급투쟁의 시기에 이르러서 중국 정부의 소수민족 정책은 강경기조로 변화한다. 이는 1959년 티벳 지역에 대한 무력 통합으로 영토통합이 어느 정도 일단락 된 이후에 진행된 사상적 통일의 과정이라 할 수 있다. 다른 한편으론 중국 건국이후 생산관계의 사회주의적 개조가 끝나고 사회주의 건설이 전면적으로 시작된 시기[13)]라 할 수 있다. 사회주의 건설의 전면화는 수정주의에 대한 비판과 이를 통한 계급투쟁의 강화로 이어진다. 사회주의 혁명을 위한 계급 중심적 경향은 소수 민족의 특성이나 자율성을 무시하게 되고 투철한 사회주의 혁명정신을 바탕으로 한 사상적 통합만을 절대적 가치로 부각시킨다. 이는 결국 한족을 배우고 한족을 중심으로 단결해야 한다는 대한족주의와 이를 바탕으로 한 애국주의에 대한 경도로 나타난다. 특히 1959년 지방민족주의를 반대하는 정풍운동을 시작으로 소수민족에 대한 강압적인 동화정책이 노골화되기 시작해 문화대혁명 기간에 소수민족 문화는 '낡은 사상, 문화, 풍속, 습관'으로 취급된다. 이때 민족자치와 민족문화를 주장하는 지식인들은 '지방민족주의자',

---

12) 조선민족을 조선족으로 개칭한 이러한 변화는 조선족의 민족적 성격을 중화민족의 하위개념으로 위치 지우기 위한 정치적인 의도가 반영된 것이라 할 수 있다. 자치구를 자치주로 하향조정하고 조선족의 인구비율이 5% 밖에 되지 않는 돈화현(敦化縣)을 연변자치주에 포함시킨 것도 이러한 의도에서 이해된다.(최우길, 앞의 책, p.62.)
13) 조성일·권철, 앞의 책, p.300.

'우파분자' 등으로 매도되고 탄압을 받았다.

반우파 투쟁에서부터 문화대혁명의 시기에 이르는 기간은 민족 고유의 문화나 자율성이 무시되고 한족 중심의 애국주의가 강조되는 절대화된 정치적 민족주의의 시기이다. 한족과는 다른 문화적 양식을 자기 특성으로 하던 조선족 문학도 이러한 정치적 민족주의의 강화에 민족적 자율성과 개성을 유지할 수 없게 됨은 자명한 일이다. 김학철, 김창걸을 비롯해 김용식, 이홍규, 김순기 등의 중견 문인들이 우파 분자, 혹은 지방민족주의라는 이름으로 창작의 권리를 박탈당하게 된 것도 이 시기의 일이다. 사회주의 혁명과 계급투쟁을 위해 복무해야 하는 문학의 정치화가 절대적 가치로 강조되면서 조선족 문단도 결과적으로 해방 직후 조선족 문단을 이끌던 의용군 출신 작가들 대신 당 계통에서 사업하던 작가들로 대체되는[14] 정치운동에 종속된 체제로의 변화가 이루어진다. 문학의 정치화가 강조되던 시기에 당 중심의 문학 편재가 강화된 현상은 사회주의 혁명을 지향하고 이에 대한 복무를 자기 사명으로 하는 사회주의 문예정책의 차원에서는 당연한 결과로 볼 수도 있다. 하지만 중요한 것은 이 과정을 통해 혁명과 계급이라는 정치적 이념을 통해 조선족의 민족적 자율성이나 특성이 한족 중심의 사상적 일체화 속에 약화되고, 소수민족인 조선족 작가들에게 당 중심의 사상과 문예 실천이 자신들의 문학적 생존이나 활동의 기반이 될 수 있다는 자각을 갖게 했다는 것이다.

이렇게 우파에 대한 사상투쟁이라는 차원에서 진행된 강압적인 대한족화(大漢族化)는 소수민족인 조선족의 민족적 자율성과 특성을 제한해 한족중심주의와 지방민족주의의 대립으로 전개된다. 그렇기

---

14) 이광일, 앞의 책, p.127.

때문에 강압적인 한족 동화 정책은 표면적으로는 지방민족주의라 하여 소수민족의 민족적 성격을 축소하거나 희석시키지만 내면적으로는 오히려 한족에 대한 반발심을 강화하는 역할을 한다. 그리고 이러한 한족에 대한 반발심을 통해 소수민족인 조선족은 상대적으로 주변 민족으로서의 자의식을 예민하게 자각하게 된다. 민족의식이 박해를 받으면서 오히려 중국 내 소수자로, 변두리 민족으로서의 자기 존재를 확인하게 되고, 그에 따라 조선족이라는 배타적인 집단의식은 더욱 예민해지고 강해질 여지가 생기는 것이다.

이러한 민족적 자의식의 강화는 중국 주류민족인 한족에 대한 상대적인 것으로 중국이라는 국가적·정치적 공동체를 전제로 한다. 전체 혹은 주류를 전제로 한 배타적 피해의식이기 때문에 이때의 민족적 자의식은 주류에 대한 욕망, 중국의 일원으로서 박해받고 차별 당하는 현실에서 벗어나고자 하는 부정의식을 내포한다. 결국 정치적 민족주의가 강화된 1950년대 중반 이후부터 문화대혁명기까지의 기간은 대한족화(大漢族化)라는 강압적 동화정책으로 조선족의 한민족으로서의 특성이 억압되고 축소되어 조선족이 한족중심의 국가질서에 보다 체제화되지만 다른 한편으로는 소수민족으로서 자의식이 상대적으로 강화됨으로써 중화민족을 구성하는 '소수민족'으로서의 민족적 자의식이 보다 분명해지는 시기라고 할 수 있다.

── 3. 시대정신의 찬양과 사회주의 체제의 내면화

9편의 단편소설이 실린 소설집《장화꽃》은 1962년에 발행된다. 1962년은 1949년 건국으로 사회주의 중국의 일원이 된지 십삼 년, 민족자치구가 성립된 지 정확히 십년 된 시점이다. 이 시기는 사회주의의 기본적인 체제 수립과정이 일단락되고 '반우파 투쟁'과 '대약진 운동' 등 강화된 좌경화의 흐름이 시작된 이후이다.《장화꽃》은 이미 사회즈의 조국 중국의 일원으로서의 삶을 어느 정도 영위하고 사회주의적 사상 개조가 강조되던 분위기 아래 나온 작품집이라 할 수 있다. 《장화꽃》에 실린 작품들의 이야기는 크게 두 가지 방식으로 구분된다. 하나는 사회주의 조국, 중국의 일원이 된 조선족의 삶의 이력을 되짚어 보는 것이고 다른 하나는 사회주의적 집단 경제 체제 아래서 조선족의 일상을 돌아보는 것이다.

전자의 경향으로는 우선 작품집의 표제작인 〈장화꽃〉을 들 수 있다. 이 작품은 '신장화'라는 영웅적 혁명 전사의 일생을 다루고 있다. 휘남 남산 고지에 저수공정 예비탐사를 떠난 일행들이 들국화를 보고 '장화꽃'을 떠올리게 되는 것으로 시작해 그의 일생에 대한 이야기가 시작되는데 대강의 내용은 다음과 같다.

어려서 할머니와 살던 '장화'는 할머니가 돌아가시자 머슴살이를 하게 된다. 지주의 포악함 속에서 머슴살이의 설움을 겪던 그녀는 우연히 항일부녀회에서 일했던 어머니의 이야기를 듣고 지주의 집에서 나와 공산당을 찾아간다. 공산당 군대와 함께 생활하던 중 어머니의 친구를 통해 항일혁명에 참가하여 사망한 어머니의 사연을 듣게 되고 이를 계기로 혁명전사로서의 결의를 다진다. 그리곤 1947년 3월 휘남

현성 전투에 참가하여 공산당 입당신청서를 남기고는 지뢰를 안고 적
진으로 돌진하여 전사한다.

이 작품에서 보여주는 '신장화'라는 여성 전사의 삶은 조선족이 공
산당의 일원으로 사회주의 조국을 선택하게 된 것이 역사적으로 필연
적인 근거를 가지고 있음을, 그리고 조선족의 현재 삶이 조선족 전사
들의 처절한 삶과 투쟁의 결과였음을 나타낸다. 특히 고아로 머슴살이
를 하다가 공산당 군대와 함께 생활하고, 어머니의 친구였던 인물의
도움을 받으며 혁명의지를 키우다가 해방 전쟁에 참여하는, 혁명전사
로서 주체적이고 능동적인 모습을 보이는 '신장화'의 생애는 그 자체
가 조선족의 모습을 상징한다. 이 이야기는 이국땅 만주에 정착하여
항일투쟁과 중국 공산당의 혁명전쟁에 적극적으로 참여함으로써 중
국 건국의 일익을 담당했던 조선족의 역사를 압축적으로 담아내고 있
는 것이다.

회상의 형식으로 중국 건국 시기 혁명 전사의 삶을 현재화하는 이
이야기는 결국 혁명 정신을 계승하여 사회주의 조국, 중국의 일원으로
서 자기 정체성을 확인하고 강조하는 이야기라 할 수 있다. 여기서
계승하고 강조하는 혁명 정신은 항일 의지에서 비롯된다. '신장화'가
어머니 역할을 자임하던 공산군 지도자 '신정위'에게 "단력을 겪은 혁
명전사로 되는 그날 어머니라고 목놓아 부르겠다"15)고 하는 말은 곧
항일혁명에 참가하여 사망한 자신의 어머니의 의지를 계승하겠다는
다짐으로 항일 투쟁과 사회주의 혁명 투쟁을 동일화하는 것이다. 항일
의식은 조선족이 사회주의 중국의 일원이 될 수 있었던 중요한 근거
이자 동력이다. 이러한 항일의식을 강조하고, 이를 사회주의 혁명에

____

15) 고창립, <장화꽃>, 《장화꽃》, 연변인민출판사. 1962, p.31.

대한 의지로 연결시킴으로써 중국인으로서의 자기 정체성 또한 확인하고 강조하는 역할을 한다.

<아비지의 호소>, <별천지>, <교사의 붉은 수첩> 등의 작품들도 항일의식의 계승과 확인이란 내용과 연관된다. <아버지의 호소>는 항일군이었던 아들을 잃은 아버지가 항일군을 피신시키기 위해 왜군 토벌대를 유인하여 희생한 아버지를 그리고 있으며, '나'가 타인의 일기를 소개하는 형식인 <교사의 붉은 수첩>은 '왜놈의 세상'에서 겪었던 어려움을 떠올리며 사회주의 건설에 매진하는 교사의 모습을 보여준다. 또한 <별천지>는 만주국 초기를 배경으로 지주의 횡포 속에 살던 '박노인'이 한족 공산당원과의 인연을 계기로 일제에 대항하는 공산당원이 되는 내용이다.

과거의 기억, 특히 항일이라는 기억을 현재화 시키는 이야기들은 사회주의 혁명 정신의 당위성을 강조하는 역할을 한다. 항일 투쟁의 기억을 바탕으로 공산당의 선택과 사회주의 체제에 대한 당위성을 강조하고 있다는 점에서 건국 초기의 소설과 비슷한 양상을 보인다고 할 수 있다. 하지만 건국 초기의 소설이 민족적 투쟁의 기억이라는 차원에서 항일 의식을 형상화하고 있으면서 이를 바탕으로 사회주의 조국의 미래에 대한 가능성을 강조하는[16] 반면 《장화꽃》의 작품들은 사회주의 혁명 정신 자체의 강조에 초점이 놓인 것으로 보인다. 이는 항일 의식의 계승이라는 측면에서 조선족의 민족적 기억이라는 부분이 상대적으로 약화되어 있기 때문이다. 건국 초기의 작품들에서도 항일 의식의 계승이 주요한 서사적 동인으로 그려지지만 이때의 항일은 이주조선인들의 역사적인 체험, 즉, 조선족의 특수한 민족적

---

16) 건국 초기의 소설의 특징에 대해서는 전절 '탈식민지향과 새로운 국가관' 참고.

체험이란 측면에서 그려진다. 반면에 《장화꽃》에서 보이는 항일의식은 일본 제국주의에 의한 구체적인 억압의 모습이 나타나지 않아 우리 민족의 식민지적 경험의 일부로 제시된다고 보기 어렵다. 민족적 경험에 근거한 항일에 초점을 맞추기 보다는 제국주의 일반에 대한 부정으로서의 항일에 가깝다. 중국 조선족의 정체성을 뒷받침하는 중요한 측면인 항일의식의 계승과 연장을 서사화한다는 점에서 중국 조선족 소설의 보편적인 양상을 보인다고도 할 수 있지만 계승의 방식과 역할은 적어도 전 시기와 확연한 차이를 가지고 있다.

　《장화꽃》의 다른 작품들은 사회주의 집단 경제 체제를 바탕으로 한 조선족의 일상을 다루고 있다. <꽃피는 삼월>은 남녀 간의 애정이라는 개인적 갈등을 소재로 하여 사회주의 집단 생산체제의 긍정성을 낭만적으로 그려낸다. 특히 이 작품은 '손거울'이란 소재를 서사적 매개로 사용함으로써 애틋한 사랑의 감정, 즉 사적인 정서를 통해 사회주의 생산체제를 긍정하고 있다. <광석령감>과 <박참모>는 농사일에 헌신적인 노인을 중심으로 공동 경작 체제인 농촌에서 일어나는 일상적인 갈등을 다루고 있다. 건국 초기의 작품들에서 주로 부정적으로 그려졌던 노인의 형상과는 달리 이 작품들에서는 사회주의적 집단 경작 체제에 동참하면서 생산성 향상을 위해 헌신하는 긍정적 형상으로 제시된다. 장백산 줄기의 사냥조를 소재로 한 <사냥군>에서도 사회주의적 집단 생산 체제 속에서 자신의 역할에 충실한 사냥군의 형상을 '곰령감'을 통해 보여주고 있다. 의사로서의 자신의 역할에 충실한 인물을 주인공으로 한 <상봉>에서는 조선족과 한족과의 연대의식을 살펴 볼 수 있다. 항일전쟁을 통해 맺어진 동지적인 인연이 아버지나 어머니 등과 같은 혈연적인 가족애로 인식되고, 조선족과 한족 모두가 사회주의의 건설을 위해 함께 하는 존재임을 형상화 한다.

이상의 작품들은 모두 일상적인 삶의 단면을 주요 제재로 삼고 있다. 사회주의 문예 작품들이 일반적으로 계급이나 사상을 중심으로 한 집단적 갈등을 주로 다룬 작품이 많고, 또 민족적 정체성의 변화 내지는 탐구가 조선족 소설의 주요 주제였다는 점에 비추어 보면 미시적이고 개인적인 갈등을 주요 소재로 다루고 있는 이러한 양상은 《장화꽃》의 중요한 특징이라 할 만하다. 그런데 일상적이고 미시적인 갈등을 소재로 하고 있지만 인물들 간의 갈등이나 대립이 강조되지 않고 갈등의 화해에 초점이 맞춰져 있다는 점, 부정적 인물 형상이 거의 존재하지 않은 채 긍정적인 인물의 헌신적인 면모만이 부각된다는 점, 이를 통해 화해의 배경이나 현장인 사회주의적 집단 생산 체제에 대한 긍정성을 강조하고 있다는 점에 주목해야 할 듯하다. 즉, 이 작품들에서 보이는 일상적 소재와 긍정적 인물상들은 모두 사회주의 계급투쟁의 강화에 기반하여 사회주의 체제의 긍정성을 찬양한 '시대적인 공명의 요구'[17]를 반영한 양상이라 할 수 있다.

이렇듯 《장화꽃》의 작품들은 조선족의 삶의 이력을 돌아보거나 조선족의 일상을 소재로 하지만 궁극적인 서사적 의도는 모두 사회주의적 사명감이나 사회주의적 체제에 대한 절대적인 신뢰를 보이는 것이다. 조선족의 과거 삶을 돌아보고 있지만 민족적 특징이나 경험이 부각되지 않은 채 반제반봉건 의식의 확인을 통해 혁명정신을 강조하고 있으며, 일상적 삶의 미시적인 갈등을 그리고 있지만 결국엔 사회주의 경제 체제에 대한 긍정적이고 낭만적인 인식을 드러내는 역할을 한다. 사회주의적 사명감이나 체제에 대한 절대적인 신뢰와 이에 대한 강조는 결국 중국이라는 사회주의 국가의 구성원, 즉 중국 국민으로서의

---

17) 천쓰허, 『중국당대문학사』, 노정은·박난영 역, 문학동네, 2008, p.227.

역할과 사명에 충실한 것이라 할 수 있다.

　다만 현실과 동떨어진 사회주의 체제의 안정적인 생활상을 그려내고 있지만 그 과정에서 조선족의 독특한 생활 풍경이나 이미지를 엿볼 수 있다는 점은 주목을 요한다. <광석령감>에서 설날을 맞은 가족의 화목한 모습이나 <꽃피는 삼월>에서 사랑의 감정 앞에 속마음을 직접적으로 드러내지 못한 채 주저하는 '나'의 내면적 형상, 그리고 장백산을 배경으로 하고 있는 <사냥군>에서 엿볼 수 있는 사냥꾼의 독특한 생활 모습 등은 조선족 고유의 민족적 특성을 상기시키는 내용들이라 할 수 있다. 당시 시대적인 배경이 지방민족주의에 대한 강압적인 배제와 박해가 이루어지던 시기라는 점을 고려하면 이러한 양상은 일상적 삶을 형상화하는 과정에서 발현된, 문학의 상대적 자율성에서 비롯된 특징적 양상이라 여겨진다.

─── 4. 계급투쟁의 강화와 애국주의의 도식화

　중국공산당 창건 50주년 경축 응모작품이란 부제가 붙어 있는 《응모작품집 2》(1971년), 그리고 《우두봉의 매》(1972년)와 《설령을 넘으며》(1975년), 또 중화인민공화국성립 25주년 경축응모작품집 《붉은 수첩》(1975년)과 《격류》(1976년) 등은 문화대혁명기에 발간된 작품집들이다. 여기에 수록된 작품은 모두 25편이지만 거의 대부분의 작품이 동일한 주제와 유사한 구조를 반복하고 있다. 중국 조선족 문학의 가장 암담한 연대[18]로 평가받는 이 시기의 작품들은 문화대혁명

---

18) 조성일·권철 외, 앞의 책, p.391.

이라는 급진적 계급투쟁의 소설적 적용이라는 유사한 내용을 반복적으로 제시하는 양상을 보인다.

이 중에서《붉은 수첩》에 수록되어 있는 로영립의 <풍랑속의 새싹>은 부정적 인물을 '나'로 내세워 부정적 인물 중심으로 서술되고 있어 눈에 띄는 작품이다. 새로운 파종 방법을 둘러싸고 젊은 층과 갈등하는 '나'가 노선적 착오를 깨닫는 과정을 그린 이 작품은 사회주의 혁명 완수를 위해 사회주의적 사상과 경제체제에 보다 투철해지는 문화대혁명의 일반적 의의를 반영하고 있다. 하지만 이 작품은 부정적 인물의 자기 체험을 주관적 입장에서 서술함으로써 노선적 착오를 깨달아가는 내면적 심리상태를 잘 드러내고 있다. 즉, 1인칭 시점으로 변화 과정에 있는 인물의 심리상태를 드러냄으로써 변화와 개혁의 내면화를 보여주고 있다.

> ...중략... 하지만 벼씨가 땅속에서 얼어 망태기되는 것만 같아서 정신이 점점 말똥말똥해지면서 자정이 되도록 잠을 이루지 못했다.
> ...중략...
> 군데군데 패인 모판에 벼씨들이 드러내놓이기 시작하는 것을 본 나는 살점이 떨어진 양 가슴이 아팠다.[19]

위의 인용문처럼 새로운 파종 방법에 반발하는 부정적 인물의 내면 심리를 농사일에 대한 애착이란 측면에서 구체적으로 연관시킴으로써 부정적 인물이 획득하는 변화와 각성의 실감을 높이고 있다. 물론 이 시기의 모든 작품들이 인물들 간의 선명한 대립 구조를 기본으로 하고 있다는 점에서 이 작품도 예외는 아니다. 하지만 이 작품은 부정

---

19) 로영립, <풍랑속의 새싹>, 《붉은 수첩》, 연변인민출판사, 1975, p.20.

적 인물의 입장에서 변화와 개혁의 과정을 서술함으로써 혁명정신의 강화와 고양이라는 사상적 주제를 주관적 체험의 수준에서 그려내고, 땅 혹은 농사일에 대한 애착이라는 구체적인 삶의 문제와 연관시키는 보기 드문 성과를 보여준다.

<풍랑속의 새싹>을 포함하여 이 시기의 거의 모든 작품들은 인물 간의 선명한 대립 구조를 예외 없이 기본으로 하고 있다. 주동적 인물과 부정적 반동 인물의 대립 구조가 분명하게 제시되고 부정적 반동 인물에 대한 주동 인물의 승리라는 결말을 가진다. 주동인물은 투철한 사회주의 사상과 생산 활동에 대한 성실함으로 부정적 인물의 반동성을 폭로하고 집단의 사회주의적 발전을 이끄는 일종의 영웅적 형상으로 제시된다. 그들은 개인이나 가족의 이익보다는 항상 자신이 속해 있는 공동체의 생산력 증가를 위해 매진한다. 반면에 반동 인물은 거시적이고 집단적인 이익보다는 단기적이고 개인적인 이익에 집중하며 주동 인물의 생산 투쟁을 방해한다. 사상적으로 투철하지 못한 미자각의 인물로 등장하기도 하고 온갖 모략과 술수로 주동 인물을 방해하는 친일 잔재 세력으로 묘사되기도 한다. 이 인물들은 정도의 차이는 있지만 모두 사회주의 혁명 노선을 방해하는 수정주의자으로, 예외 없이 주동 인물에 의해 감화되거나 응징된다. 이러한 주동 인물과 반동 인물의 대립이라는 표면적 갈등은 수정주의 척결이라는 이념적인 노선 대립을 외화시킨 것에 불과하다.

이러한 이념적 대립을 해소하는데 주요한 역할을 하는 것은 주동인물의 투철한 사상이다. 모주석의 어록을 인용하는 형식이든 주동인물의 직접적 진술을 이용하든 간에 생산투쟁 과정에서 발생하는 어려움, 특히 반동 인물의 모략이나 방해를 극복하는 힘은 사상적 신념을 강조하는 방식을 통해서 이루어진다.

"그건 투지가 나약한 사람들의 소리요. 혁명자에게 있어서는 '용감히 전투하며 희생을 두려워하지 않으며 피로를 두려워하지 않으며 련속작전을 하는' 정신만이 필요하오."[20]

"주먹으로 백강을 길을 들이자면 마음속에 백강보다 더 굳은 결심이 있어야 하우. 이한 결심은 곧 모택동사상에서 오는것이요."[21]

"모주석께서는 우리들에게 '경제를 발전시키고 공급을 보장하여야 한다.'라고 교시하셨소. 우리는 화수의 사람들처럼 진정으로 빈하중농의 '듣시우'가 되어야 하오!"[22]

" ...전략... 사회주의 시기의 계급투쟁은 장기적이고 곡절적이며 매우 치렬하므로 우리는 절대 계급투쟁을 잊지 말아야 하겠습니다!"[23]

"우리는 곤난앞에서 손을 털고 물러설수는 없지 않습니까! 우리는 혁명하는 사람들입니다."[24]

"머리를 떨구고 밀차만 끌면서 계급투쟁이라는 이 기본고리를 틀어쥐지 않으면 만사를 그르치게 되고 수정주의길로 가게 되지요. 계급투쟁을 버린다면 진짜 '안정, 단결'이란 있을 수 없고 국민경제도 춰세울수 없게 됩니다."[25]

위의 인용문들처럼 모든 어려움은 투철한 계급의식을 바탕으로 혁

---

20) 황병락, <달리는 마음>, 《응모작품집 2》, 연변인민출판사, 1971, p.65.
21) 리터수, <무쇠주먹>, 《응모작품집 2》, 연변인민출판사, 1971, p.81.
22) 리선근, <화수로 가는길>, 《우두봉의 매》, 연변인민출판사, 1972, p.90.
23) 조병택, <녀운전공>, 《붉은 수첩》, 연변인민출판사, 1975, p.52.
24) 김수산, <념원>, 《설령을 넘으며》, 연변인민출판사, 1975, p.32.
25) 림원춘, <분배를 앞두고>, 《격류》, 연변인민출판사, 1976, p.94.

명 정신을 고양함으로써 해결 가능한 것으로 인식되고 서술된다. 그리고 이러한 인식은 대부분 대화적 상황에서 주동인물의 발언을 통해 이루어진다. 사상적 투철함을 강조하는 이러한 진술들은 사실 구체적인 작품이나 갈등에 상관없이 적용이 가능한 신념이나 관념적 차원의 진술이다. 이런 진술이 이미 사상적으로 투철한 주동인물의 대화적 발언을 통해 이루어지는 것은 결국 지도적 위치에 있는 영웅적 형상을 통해 사회주의 혁명 사상을 강조하고 계도하는 것에 초점이 맞춰진 서사적 의도를 보이는 것이라 할 수 있다.

또한 "이자는 지난날, 자기의 음흉한 음모가 탄로되어 혁명군중들의 비판을 받은 것으로 하여 광익이를 눈에 든 가시처럼 여기고 있었다"[26]와 같이 반동인물에 대한 부정적 평가를 서술자가 노골적으로 드러내는 서술이 대부분의 작품들에서 확인된다. 서술자가 주동인물의 입장에 밀착되어 갈등 해결에 중요한 역할을 함으로써 주동인물의 형상을 강조하고 있으며, 혁명적 계급 사상의 당위성을 여과 없이 드러낸다.

이 처럼 문화대혁명기에 발표된 작품들은 "계급투쟁이란 이 기본고리를 틀어쥐고 당의 기본로선을 견지한 공농병의 영웅들을 부각하기에 힘썼다"[27]는 편집 의도에 따라 무산계급 문화대혁명의 사상적 노선을 소설적으로 형상화하는데 충실하다. 긍정적 인물을 부각시키고, 긍정적 인물 중에서 영웅적 인물을, 영웅적 인물 중에서 주요 인물을 부각시키는 이른바 '3돌출원칙론'이라는 당의 문예정책이 그대로 반영된 모습이다.

생산 현장을 배경으로 활동하는 '공농병의 영웅'들에게 개인은 존재

---

26) 황병락, <첩보>, 《설령을 넘으며》, 연변인민출판사, 1975, p.106.
27) <편집후기>, 《격류》, 연변인민출판사, 1976, p.181.

하지 않고 오로지 집단의 결속과 발전만이 중요하다. 이때의 집단은 계급만이 공동체를 결속하고 발전시키는 유일한 덕목이 되는 집단이다. 그렇기 때문에 소수민족으로서, 혹은 한민족(韓民族)으로서의 집단은 존재할 여지가 없다. 고유함과 차이를 전제로 하는 지방민족주의와 소수민족문화는 무산계급과 국가 통합이란 절대 가치 아래 봉건주의·수정주의로 매도되는 문화대혁명의 기조가 그대로 반복된다. 계급주의는 중국 일체화론이 되어 한족 중심으로 중국 사회를 재편하고 이를 통해 국가적 통합을 강화할 것을 요구한다. 이른바 한족을 중심으로 단결해야 한다는 대한족주의에 기반한 강압적인 민족동화정책을 그대로 반영하는 것이다. "한어를 배우는 것은 계급투쟁의 수요이며 사업의 수요"[28]라는 인식은 계급만을 교조적으로 절대화해 민족적 차이를 무화시키는 한족 중심의 중국화를 인식한 표현이다.

 "건국 이래 가장 심각한 좌절과 손실을 맛보았다"[29]는 평가를 받는 문화대혁명은 사실 국민통합이라는 차원에서 보면 중화민족주의를 확고하게 강화시키는 역할을 했다. 소수민족의 언어와 문화를 한족 중심으로 동화시키고 영토적 통합성을 기반으로 중화애국주의를 강화시켰다. 이 시기 조선족의 소설들도 예외가 아니어서 오직 계급의 이익과 사회주의 조국의 발전으로만 자기 존재를 파악하는 모습을 보인다. 이런 점에서 '좌절과 손실'이라는 부정적 평가가 있지만 문화대혁명은 중화민족주의의 확립과 국가적 통합이라는 중국화 과정에서 중요한 역할을 한 시기임을 부정하기는 어렵다.

---

28) 김룡덕, <호장어머니>,《붉은 수첩》, 연변인민출판사, 1975, p.6.
29) 「건국 이래 당의 약간의 역사문제에 관한 결의」,『정통중국현대사: 중국공산당의 역사문제에 관한 결의』, 사계절, 1990, p.33.

___ 5. 소수민족문학으로서의 조선족 소설

지금까지 이주민족인 조선족의 문학이 중국화하는 과정을 이해하기 위해 중국식 민족주의의 특성과 함께 1960~70년대 발간된 소설작품의 특징을 살펴보았다. 이를 통해 정치적 민족주의가 강화된 시기에 조선족 소설이 중국의 소수민족문학으로서의 자기 특징을 어떻게 드러내고 있는지 검토했다.

전술한 바와 같이 중국의 민족주의는 정치적인 민족주의와 문화적 민족주의가 철저하게 구분되고 있으며 위계적인 체제를 갖추고 있다. 중국 조선족 문학도 이러한 중화민족주의의 관계망 속에서 자기규정을 한다. 이런 점에서 보면 조선족 문학의 이중성은 대등한 관계로 대립하는 국가(국적)와 민족의 관계에서 오는 것이 아니라 국가 통합이라는 전체와 이에 대해 부분적으로 이질적인 성격을 가지는 소수민족주의의 관계를 의미하는 것이라 할 수 있다. 그렇기 때문에 조선족 문학에서의 민족적 성격은 우리가 통상적으로 알고 있거나 지향하는 민족주의와는 그 성격이 다른 것으로 중국 소수민족으로서의 민족주의로 제한된다.

중국 조선족의 민족주의 혹은 민족주의적 특성이 중국 소수민족으로서의 성격을 분명히 가지게 되는 과정은 곧 중국의 소수민족 정책에 따른 수용과 대응의 과정에서 만들어진 것이다. 정치적 민족주의가 강조된 시기인 1957년 반우파 투쟁이후 문화대혁명기까지의 기간에 진행된 계급 중심적 경향은 소수 민족의 특성이나 자율성은 무시하게 되고 투철한 사회주의 혁명정신을 바탕으로 한 사상적 통합만이 절대적 가치로 부각된다. 그리고 이에 기반한 대한족화(大漢族化)라는 강압적 동화정책으로 인해 조선족의 한민족으로서의 특성은 억압되고 축소되어 한족중심의 국가질서에 보다 체제화 된다. 동시에 이렇게 억압적으로 강요된 사상 통합의 과정에 대한 상대적인 반발의식 또한 분명해지고 확대됨으로써 소수민족으로서 자의식이 상대적으로 예민하게 내면화되는 시기이기도 하다.

정치적 민족주의가 절대화된 가치로 강조되던 시기의 조선족 소설은 우선 문화대혁명을 기준으로 상당히 다른 양상을 보인다. 앞서 《장화꽃》과 나머지 작품들이 구분하여 살펴본 이유이기도 하다.

반우파 투쟁이후 문화대혁명기 이전인 1962년에 발표된 《장화꽃》은 사회주의 혁명정신의 강화에 따른 사상 투쟁의 강화라는 시대정신을 반영하면서 사회주의 체제를 내면화한 양상을 보인다. 항일정신의 계승이라는 차원에서 사회주의 혁명정신의 당위성을 강조하고 있지만 조선족의 민족적 기억이라는 측면에서라기보다는 일반적인 차원의 반제국주의에서 접근하고 있다. 물론 개인적이고 일상적인 갈등을 소재로 한 이야기를 보임으로써 집단적 갈등이나 집단적 정체성에 집중해 온 기존의 조선족 소설의 경향과는 차이를 보인다. 하지만 이 또한 갈등의 해결이 이루어지는 배경이나 상황이라는 사회주의적 체제의 긍정성을 강조하는 서사적 의도를 드러내는 역할을 한다. 다만 미시적 일상을 형상화하는 과정에서 소수민족으로서의 이미지나 생활풍경을 보이고 있는 점은 문예정책의 성실한 수행 과정에서 드러나는 소설의 양가적 성격에서 비롯된 성과로 간주할 만하다.

문화대혁명기에 발표된 작품은 보다 적극적으로 문화대혁명이라는 급진적 계급투쟁의 문예강령을 도식적으로 형상화하고 있음을 확인할 수 있다. 긍정적 인물을 부각시키고, 긍정적 인물 중에서 영웅적 인물을, 영웅적 인물 중에서 주요 인물을 부각시키는 이른바 '3돌출원칙론’이라는 당의 문예정책을 그대로 반영해 생산 현장을 배경으로 활동하는 ‘공농병의 영웅’을 묘사한다. 계급이 유일한 가치로 인식되고 있기 때문에 이러한 양상 속에 소수민족으로서, 혹은 한민족(韓民族)으로서의 집단은 존재할 여지가 없다. 고유함과 차이를 전제로 하는 지방민족주의와 소수민족문화는 무산계급과 국가 통합이란 절대 가치 아래 봉건주의·수정주의로 매도되는 문화대혁명의 기조가 그대로 반복되고 있는 것이다.

이렇게 《장화꽃》과 문화대혁명기에 발행된 작품집의 경향은 표면적으로는 상당한 차이를 보인다. 하지만 이 작품들은 모두 정치적 민족주의의 강화라는 시대적인 분위기 속에서 중국 소수민족으로서의 자기 위상을 소설적으로 반영하고 구축한다는 점에서는 양면적인 모습이라 할 수 있다. 즉, 문화대혁명기 이전의 작품에서는 상대적으로 소설의 형상화라는 측면에서 구체성을 유지하고 있지만 이미 한민족으로서의 민족적 특성에 기반한 소설적 내용은 상당히 약화되고 있다. 오히려 중국 국민으로서의 자기 위상을 확인하고, 자기 역할에 충실한 서사적 내용을 통해 민족적 특성을 무화시키는 중국화의 한 양상을 보인다고 할 수 있다. 또 문화대혁명기의 작품들은 계급, 사상 중심의 서사적 구성을 통해 오직 사회주의적 혁명에 복무하는 구성원으로서의 자기 위상을 직접적으로 드러내는 양상이다. 이렇게 반우파 투쟁이후부터 문화대혁명기에 이르는 시기 중국 조선족의 소설들은 중국 공민으로서 자기 위상을 소설적으로 형상화함으로써 중국화가 전면적으로 이루어지는 시기라고 할 수 있다. 이때의 중국화는 조선족이 역사적으로 지니고 있던 민족적 성격과 특성도 중국의 ‘소수민족’으로서의 성격과 특성으로 변화시키는 과정이기도 하다.

03
민족 정체성과
자기확인의 서사

민족의 기억과 재외동포소설

이주문화연구총서 1

7 | 자이니치[在日]의 재발견, 통과의례 서사의 두 가지 양상

- 영화 〈고(GO)〉와 〈우연하게도 최악의 소년〉으로 본 '재일(在日)' 서사의 의미 -

—— 1. 재일(在日) 지향의 강화와 자기 인식의 문제

총련계 재일동포 작가인 강태성의 소설 <물길 백리, 꿈길 만리>에서는 재일동포 사회의 세대교체와 그에 따른 '在日(재일)' 의식의 변화를 엿볼 수 있다. 반세기 넘게 정착해 살아 온 삶의 터전, 고향과도 같은 섬이 낙후되어 가는 아쉬움을 서술한 이 작품에서 작품의 배경인 쯔시마 섬은 그 자체가 재일동포가 처한 현재의 모습을 표상한다.

1세대인 어머니에게 쯔시마 섬은 고향 땅인 조국과 가장 가까운 곳으로 언젠가 돌아갈 고향을 꿈꾸는 공간이며, 동시에 조국의 분단으로 인해 자유롭게 고향에 갈 수 없는 부조리한 현실을 절감하는 공간이다. 2세대인 '문삼'에게 쯔시마 섬은 1세대와 함께 어렵게 정착해 총련 사업을 꾸준히 전개해 온 곳이다. '문삼'에게 쯔시마 섬은 재일조선인으로서 겪었던 고난과 투쟁의 기억과 흔적이 고스란히 남아있는 역사적인 공간이다. 3세대인 '영기'에게도 쯔시마 섬은 고향과도 같지만 "섬에서 사는 건 나로 끝장낼테니 애들의 희망에 쇠고랑을 채우는 일은 절대 없을거야."[1]는 '문삼'의 표현처럼 섬을 떠나 본토로 삶의 터전을 옮겨야 할 처지이다. 장차 일본 사회의 한 구성원으로서 자신의 사회적 위상을 구축해야 할 3세 입장에서는 왜소하고 낙후된 섬을 떠나 본토로 갈 수밖에 없다. 쯔시마 섬은 모국지향과 과거 체험의 영향이 강한 1,2세대와 정주의 현실에 보다 큰 영향을 받는 3세대가 공존하는 재일동포의 현재의 모습이면서 동시에 세대교체에 따라 정주의 문제, 재일 지향이 강화될 수밖에 없는 상황을 드러낸다. 이처럼 쯔시마 섬은 과거 흔적과 현재가 공존하는 재일동포의 모습을 표상한다.

　<물길 백리, 꿈길 백리>에서 알 수 있듯이 재일동포의 현재는 식민지라는 민족의 역사와 식민종주국에서의 차별적 삶이라는 재일동포의 험난한 역사와 동떨어져 생각할 수 없다. 특히 고향 땅을 지척에 두고 자유롭게 왕래할 수 없는 것처럼 재일동포는 분단된 조국과 정주하고 있는 일본의 사회, 정치적인 환경에 아직도 민감한 영향을 받는 존재들이다. 쯔시마 '섬 자체가 국경'인 것처럼 재일동포는 여전히 국가와 민족의 경계에 놓여 있다. 하지만 시간이 흐름에 따라 재일동포 사회의 세대교체는 낙후되어 가는 쯔시마 섬처럼 자연스런 현상이다. 그에 따라 일본 사회의 한 구성원으로서 살아가야 하는 재일동포들에게 재일 지향은 1세대들이 지녔던 모국 지향보다 현실적이고 직접적인 문제로 인식되고 있음을 부정할 수 없다. 지금까지 '동화' 또는 '민족성의 상실'이라는 부정적인 평가를 받아왔지만 재일동포에게는

---

1)　강태성, <물길 백리, 꿈길 만리>, 『겨레문학』 창간호, 재일본조선문학예술가동맹, 2000.5, p.29.

‘일본인화하고 있는 자신’[2]이 엄연히 존재하고 있는 것이다.

사실 <물길 백리, 꿈길 만리>가 총련계 한국어 작품이라는 점을 고려하면 남의 나라 땅인 쯔시마 섬을 고향처럼 여기고, 어머니의 고향과 2, 3세대들의 삶의 터전인 쯔시마 섬을 동일화하고 애착을 보이는 양상은 이미 이전보다 강화된 재일 지향이 반영된 모습이기도 하다. 정주의식의 강화, 즉 역사의식의 계승과 세대교체라는 문제 앞에 재일동포의 내면화된 경계의식,[3] 정체성을 구성하는 질이 변화했음을 보여주는 것이기 때문이다. 구체적인 일상과 다양한 인물상 등을 통해 저일동포의 특수성을 일반적이고 보편적인 삶의 태도와 연관시켜 드러내는 경우가 많은 최근의 재일본문학예술가동맹의 작품 경향도 이러한 정주의식 즉, 재일지향의 강화가 반영된 양상이라 할 수 있다.[4] 북한의 해외공민이란 자의식을 분명히 가지고 있어 모국지향이 강한 총련계 작품에서 보이는 이러한 변화는 총련의 문학도 재일동포 사회의 변화에서 빗겨갈 수 없음을 보여줌과 동시에 국적으로 단순하게 치환될 수 없는 재일동포의 복잡한 정체성의 한 단면을 여실히 드러낸다.

정주의식이 깊어지면서 뚜렷해지는 재일지향의 강화가 곧 조국으로의 귀속의식이나 민족적 아이덴티티의 탈색으로 이어지는 것은 아니다. 문예동의 소설들은 강화된 재일지향의 단면들을 반영하고 있지만 여전히 북한으로의 귀속의식을 바탕으로 민족정체성의 유지와 강

---

2) 김터영, 『저항과 극복의 갈림길에서』, 강석진 역, 지신산업사, 2005, p.94.
3) 재일동포(재일조선인)는 본국이 남북으로 분단되어 있고, 그 본국(특히 북한)과 일븐이 분단되어 있는 횡적으로도 종적으로도 분단된 존재이며, 그러한 분단선(分斷線)을 개개인의 내부에까지 보듬어 안아야 했던 존재이다.(서경식, 『난민과 국딘 사이』, 임성모·이규수 역, 돌베개, 1006, p.150.)
4) 송현호·김형규, 「'재일(在日)'의 현실과 '재일(在日)'의 의미」, 한승옥 외, 『재일동포한국어문학의 민족문학적 성격 연구』, 국학자료원, 2007, p.94.

화를 지향하고 있으며, 동시에 분단된 남과 북 중 하나가 아닌 민족 전체, 실현되지 않은 통일된 조국을 지향하는 변화된 조국관을 보이기 때문이다. 정체성이 완료된 고정태가 아니라 끊임없이 변화하고 새롭게 구성되어지는 것이라는 점에서 재일동포의 정체성도 귀국 또는 정주라는 식의 이분법으로 논하긴 어려우며, 조국과 재일을 대립적인 고정태로 파악해서도 안 될 것이다.

재일동포는 식민지를 비롯한 한민족으로서의 역사와 문화, 조국에 대한 귀속의식, 조국과 일본과의 사회·정치적 관계, 그리고 일본 사회의 차별과 배제 혹은 동화의 압력 등, 이 모든 것들이 복잡하게 얽힌 채 자신의 동일성을 규정받고 있다. 이런 상황은 현재 국적이 '남한인가 북한인가' 혹은 '기호로서의 조선인가 아니면 일본인가'의 여부를 떠나 공통으로 적용받는 현실이다. 그리고 이러한 여러 요소들이 복합적이지만 개인에 따라, 집단에 따라, 혹은 경험에 따라 균질적이지 않은 상태로 갈등하고 혼융된 상태로 존재한다. 따라서 재일동포는 자체의 내부에도 또 상호간에도 중층적이고 다면적인 차이를 내포한, 혼성적 차이5)를 내면화한 존재들이다. 조국을 지향하는가, 아니면 재일을 지향하는가 하는 이분법적 접근은 재일동포의 이러한 혼성적인 정체성을 단순화할 위험이 있다. 문제는 조국 지향이나 재일 지향의 내용이며, 그 내용을 이루는 다양한 요소들이 어떻게 구성되고 변화되고 있는지, 그리고 조국과 재일의 관계와 의미는 무엇인지를 구체적으로 탐색하는 것이다.

앞서도 언급했듯이 재일동포 사회는 3, 4세대 중심으로 변화하면서 재일 지향이 강화되는 양상을 보인다. 재일이란 용어가 재일동포 자신

---

5) 강상중·요시미 슌야, 『세계화의 원근법』, 임성모·김경원 역, 이산, 2004, p.189.

들을 지칭하는 명칭으로 널리 사용되고 있는 것도 이런 양상이다.[6] 정주의 시간이 길어지면서 재일동포가 현재 일본 사회의 한 구성원으로 살아가고 있는 점을 고려하면 재일의 문제는 조국이나 민족보다 현실적이고 구체적인 문제일 수도 있다. 특히 모국에 대한 구체적인 생활 경험이나 기억이 전무한 재일 3, 4세대들에게는 민족이나 국가의 문제는 재일을 어떻게 감내하는가의 문제와 결부되어 인식될 수밖에 없다. 즉, 재일의 상황 속에서 조국이나 민족은 무엇인지, 그리고 왜 조국이나 민족에서 자유롭지 못한지가 중요한 것이다. 이런 점에서 재일의 차원에서 변화된 자기정체성을 어떻게 구성하는지, 그 속에서 조국이나 민족 등 공동체적 기억이나 경험이 어떻게 인식되는지, 그리고 이를 통해 재일동포의 변화된 정체성과 자기인식을 살피는 것은 여전히 유효하다.

___ 2. 자기 부정과 자기 확인의 서사 - 〈고(GO)〉

동명의 소설을 원작으로 한 영화 〈고(GO)〉[7]는 재일 지향의 차원에서 재일동포 3세가 겪는 정체성의 혼란과 그 과정을 통해 성숙해지는 자기 확인의 과정을 다루고 있다. 여기서 혼란스러운 자기 정체성을 확인하는 방식은 우선 보편적 인간으로서의 개인을 억압하는 집단

---

6) '자이니치[재일(在日)]'란 명칭은 일본 사회에 정주하고 있는 재일동포의 현실을 강조하는 역할을 하지만 재일동포의 역사적 특수성을 은폐하고 재일동포를 일본 사회의 보편적인 에스닉 마이너리티로 한정하는 문제가 있다.
  서경식, 앞의 책 pp.131-146.
  김인덕, 『우리는 조센진이 아니다』, 서해문집, 2004, pp.14-15.
7) 가네시로 카즈키 원작, 유키사다 이사오 감독, 한일 합작 영화, 2001년 11월 개봉.

적 정체성에 대한 부정이다. 이는 곧 그동안 자신이 속해 있거나 자신을 규정하던 존재 조건을 변화시키고자 하는 자기 부정이기도 하다. 주인공 '스기하라'의 자기 부정은 크게 두 가지 차원에서 이루어진다.

첫 번째 자기 부정은 국적의 이동이다. '스기하라'는 '더 넓은 세상을 보기 위해서'라는 이유와 함께 북한 국적에서 남한 국적으로 바꾸고 일본 고등학교에 진학하게 된다. 아버지 또한 앞서 언급한 <물길 백리 꿈길 만리>의 '문삼'처럼 아들의 미래를 위해 국적 선택을 허용한다. 여기서 더 넓은 세상을 보기 위함이란 국적 변경의 이유는 지금까지 자신을 규정했던 북한 국적, 자신이 몸담았던 민족학교의 폐쇄적이고 강박적인 민족주의에서 탈피하는 것이다. 일본어 사용을 폭력으로 제지하는 장면이나 주인공이 제식훈련 도중 이탈하는 장면 등은 개인을 억압하는 집단적 정체성의 폐해를 느낄 수 있는 부분이다. 특히, 일본어 사용을 강압적으로 금지하는 조선학교의 폭력적 모습은 묘사의 사실성 여부를 떠나 집단적이고 배타적인 민족주의가 현실과 괴리된 강박이 되어 일상을 억압하는 폭력이 될 수 있음을 보여준다. 이런 점에서 같은 반 친구 정일의 말, "우리에겐 처음부터 나라 같은 건 없습니다."라는 외침은 의미심장하다. 그들에게 조국과 민족은 추상으로만 존재해 온 대상이다. 특히 북한 중심의 폐쇄적인 민족주의는 더 이상 재일이라는 구체적인 상황에 실질적인 도움을 주거나 기여를 하지 못한다.[8] 추상으로서의 민족과 조국이 강조될수록 그들의 생활

---

8) 재일동포의 9할 이상이 남한 출신임에도 불구하고 적어도 1970년대 중반 이전 까지 총련이나 북한의 영향력이 컸던 이유에는 정치적이고 이념적인 차원보다는 실질적인 지원을 통해 민족의식의 연대를 구체적으로 확인시켜 주었다는 점을 들 수 있다. 각종 차별에 대한 철폐운동의 성과를 이뤄내는데 총련을 중심으로 동포조직의 역할이 컸었다는 점, 민족 교육과 귀국에 대한 북한의 구체적 지원 등이 그것이다. 특히 1971년까지 북한이 지원한 교육원조비는 30,315,320달러에 달하며, 1959년부터 진행된 귀국사업에도 2조엔에 달하는 비용을 소비했다.(고병

은 일본 사회 속에서 배제되고 고립된다. 맹목적인 북한 귀속 의식이 국민의 영역에서 소외되어 있던 그들에게 잃어버린 국민으로서의 지위를 되찾아 주긴 어렵다.[9]

두 번째 자기 부정은 아버지 세대에 대한 반발과 저항을 통해 이루어진다. 북한으로 귀국한 삼촌의 죽음 소식을 들은 아버지가 어릴 적 기억을 떠올리며 안타까워하자 '스기하라'는 다음과 같은 말을 아버지에게 퍼 붓는다.

> "웬 청승!"
> "지긋지긋해, 게 먹고 싶으면 확 혁명 일으키면 되잖아."
> "언제까지 질질 짤 거야."
> "니들 1세, 2세 손으로 끝내라고!"
> "니들이 어영부영하니까 우리까지 요모양이잖아!"
>
> (1:40:45)

죽은 삼촌에 대한 기억이 없는 것처럼 3세대에게는 조국에 대한 실감이 없다. 그런 상태에서 현실 생활에 도움이 되지 않는 감상적 민족주의는 그들에겐 또 다른 굴레이자 폭력이다. 위의 대사 이후 공원에서 아버지와 격투를 벌이는 장면이 이어지는데, 이 격투는 바로 아버지 세대에 대한 저항이자 도전의 행위라 할 수 있다. "일이 안 풀려도 사랑하는 동생이 죽어도 무너진 적 없는 이 남자를 내가 굴복시켜야"(1:41:33) 한다는 그의 독백은 민족이란 집단적 정체성에 얽매어

국, 「남·북한 재일동포 정책의 특성과 문제점」, 『민족연구』 2, 1999, pp.85-86, 이광규, 『재일한국인』, 일조각, 1993, pp.64-65.) 하지만 남한의 경제적 성장과 북한의 경제 상황 악화, 재일동포 사회의 세대교체 등이 맞물리면서 1970년대 중반 이후 북한의 실질적이고 현실적인 지원이나 역할이 급격히 줄어든다.
9) 송현호·김형규, 앞의 글, p.98.

있는, 재일 지향에 굴레로 작용하는 아버지 세대와의 단절의지이기도 하다.

하지만 아버지와의 격투는 실컷 얻어맞는 것으로 끝이 난다. 아버지에 대한 저항과 도전을 통해 아버지 세대와의 단절과 부정을 시도했던 도전은 실패로 끝나는 것이다. 사실 이러한 도전은 실패할 수밖에 없다. 표면적으로는 부정하고 단절하고자 하지만 이미 자기 자신이 아버지 세대의 많은 모습을 내면화한 존재이기 때문이다. 어떤 식으로든 지지 않고 살아 온, 그렇기 때문에 차별이 난무하는 세상과의 소통 방식으로 권투로 상징되는 폭력을 이용했던 아버지의 모습을 3세대인 '스기하라'는 이미 많이 닮아있다. 초등하교 4학년 때부터 아버지에게 권투를 배운 그는 일본 고등학교에서 이지메에 대응하기 위해, 싸움에 지지 않기 위해 물리적 폭력을 사용한다. 그리고 일본 친구와 친해지는 것도 이것이 계기가 된다. 비단 아버지 세대에 대한 저항뿐만 아니라 국적의 이동도 온전한 자기부정이 되지 못한다. '더 넓은 세상을 보기 위해서' 남한 국적을 선택했지만 일본 사회의 한 구성원으로 인정받지 못하는 차별적 상황은 여전하기 때문이다. 지문날인이나 외국인등록증 휴대에서 자유롭지 못하며 전학 간 학교에서 '자이니치'라며 이지메 당하는 것 또한 여전하다. 결국 보편적 인간으로서의 개인을 억압하는 집단적 정체성을 극복하고자 하는 3세대의 자기 부정은 집단적 정체성의 유효성을 뒷받침 하는 차별과 배제의 상황이 상존하고, 또한 자신들 스스로가 그러한 조건 속에서 파생된 집단적 정체성을 내면화한 존재라는 점에서 성공하지 못한다.

재일동포가 지닌 실존적 한계를 깨닫는 자기 확인의 계기는 조선학교의 친구 '정일'의 죽음과 일본인 여자 친구를 통해 이루어진다. 무엇보다도 우선 '폭력'이라는 소통 방식에 변화가 생긴다. 장래를 함께 고민하던 조선학교의 유일한 친구였던 '정일'이 일본 학생의 칼에 사망하지만 '스기하라'는 폭력적인 방식의 복수를 거부한다. '정일'이가 원하는 방식이 아니었고, 민족혼이라는 집단적 감정 때문에 슬픈 것이 아니라 유일한 소통 대상을 잃은, 보편적인 우정의 상대를 잃은 슬픔이기 때문이다. 여기서 폭력을 거부하는 그의 모습은 그동안 그에게 내면화되어 있던, 일본 사회라는 세계에 대한 소통 방식이 변화하는 것으로 볼 수 있다. 차별이 존재하는 사회 속에서 차별적 존재로 살아가는 방법으로, 타자화된 존재가 세계와 소통하는 주된 방식이었던 '폭력'이라는 배타적인 방식이 변화되는 것이다. 소통방식의 변화는 일본인 여자 친구를 사귐으로써 더욱 강화된다. 이제 일본 사회, 일본인은 더 이상 대결과 갈등의 대상만은 아니다. 일본 사회의 한 구성원을 지향하는 3세대들에게는 함께 어울려 살아가야 할 공존의 대상일 수 있기 때문이다. 이는 이질적이지만 조화롭게 공존하며 다양성을 토대로 일본 사회의 발전을 도모해야 한다는 '공생의 관계'를 떠 올릴 수 있는 모습이다. 하지만 '공생론'이 다양성 속에 은폐된 권력관계를 안정화시키고, 타자화 된 집단의 부정적인 속성을 불변부동의 본질적 속성으로 고정시키는 위험성이 있는 것[10]처럼 소통방식의 변화가 곧 진정한 소통으로 이어지지는 못한다. 일본인 여자 친구를 배타적인 대상이 아니라 진정한 소통의 대상으로 여기고, 이를 위해 국적을 어렵게 고백하지만 오히려 그것 때문에 둘의 관계는 단절되기 때문이다.

진정한 소통을 지향했지만 자신에게 아무 의미 없던 '국적' 때문에 오히려 소통이 단절되는 상황을 겪으면서 '스기하라'는 비로소 자기에 대한 인식이 분명해진다. 훼손된 세계, 특히 민족적 구분과 단절이 존

---

10) 곤 태영, 앞의 책, pp.57-76.
　　서경식, 앞의 책, pp.150-163.

재하는 모순된 사회구조를 인식하고 내면화하는 자아의 성숙을 이루게 되는 것이다. 여자 친구와 헤어지고 나서 뒤이어 우연히 만난 경찰관과의 대화에서 '스기하라'는 일본인 여자 친구를 정말 좋아했고, 그녀를 만난 후부터 차별이 두려워졌다고 말한다. 실제로 그는 외국인등록증이 없어 우연히 만난 경찰관을 쓰러뜨린 후였다. 차별은 계속되었지만 새삼스럽게 차별이 두려워졌다는 것은 그녀를 통해 자신이 보통의 일본사람과는 다른 '차별적 존재'임을 깨닫는 것이다. 다시 말해 일본 사회 속에서 재일동포라는 특별한 집단에 소속되어 차별의 대상이 되는 타자적 존재임을 인정하게 되는 것이다. 또한 "지금껏 일본인을 한 명도 좋아하지 않았나 봐요."라고 말함으로써 자기 안에 내재되어 있던 일본인에 대한 배타적인 의식까지 인식하게 된다. 이러한 배타적인 의식은 재일동포라는 집단적 정체성에 의해 형성된 '내면화된 타자성'이라 할 수 있다. 일본의 국민적 동일성에서 배제된 재일동포라는 집단의 실체를, 그리고 인정하고 싶지 않지만 그 타자화된 집단의 어쩔 수 없는 일원임을, 나아가 타자화된 상태에서 내면화된 자기 안의 타자성을 자각하게 되는 것이다.

이러한 자기 확인의 과정을 거친 후 주인공은 마지막에 "난 재일외국인도 외계인도 아닌, 난 나다!, 아니, 물음표다, 수수께끼, 정체불명이다."(1:53:45)라고 외친다. 자신의 의지와는 상관없이 '자이니치'란 이름으로 규정함으로써 언젠가 떠날 외지인으로 구분 짓고 있는 것, 자기의 의지나 실존적 특성과 상관없이 임의대로 제한하고 분절하는 상황에 대해 항변한다. 이는 타자적 존재에 머물지 않고자 하는, 일본 사회를 구성하는 한 개인으로서, 주체로서 살아가고자 하는 외침이자 선언이기도 하다. 이렇게 절규하는 '스기하라'를 보고 일본인 여자 친구는 원래부터 그런 눈빛이 좋았다고 말하게 되고 둘은 화해의 포옹을 하게 된다. 이 포옹은 포옹 직전에 뻗은 '스기하라'의 팔처럼 둘 사이에 놓인 혈연과 국적이란 거리감을 적극적으로 무화시키는 행위이다. 분리(separation)와 전이(transition)이라는 통과의례적인 시련이 국적 이동과 아버지 세대에 대한 단절이란 자기 부정, 그리고 정일의 죽음과 여자친구와의 이별이란 헤어짐의 과정으로 진행되고, 이를 통해 얻게 된 자기 확인의 인식이 혈연과 국적의 장벽을 뛰어 넘는 화해와 통합(incoporation)[11]을 이루게 되는 것이다.

그런데 화해와 통합에 이른 주인공의 자기 확인의 내용, 스크린을 압도하는 주인공의 절규를 통해 드러나는 '나는 나'라는 명제가 단순히 보편적 인간으로서의 한 개인, 개별적 존재로서의 '나'만을 의미하는 것은 아니다.

ⓐ

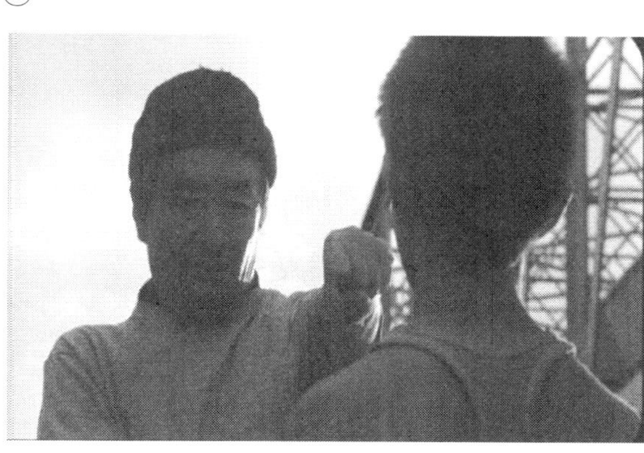

---

11) 아놀드 반 겐넵, 『통과의례:태어나면서부터 죽은 후까지』, 전경수 역, 을유문화사, 1985.

ⓑ

　위의 장면 ⓑ는 '스기하라'와 여자 친구가 국적을 뛰어 넘는 화해의 포옹을 하기 직전의 모습으로 장면 ⓐ처럼 어릴 적 아버지가 했던 행동을 유사하게 하고 있음을 확인할 수 있다. '스기하라'는 이 장면에서 '원밖에 강적이 우글우글해'라는 아버지가 했던 말을 반복한다. 이렇게 아버지를 따라 하는 이 행동은 자신이 부정하고자 했던 아버지 세대의 삶의 방식과 가르침을 자기 식대로 수용, 계승하는 것으로 볼 수 있다. 물론 위 두 장면의 미장센은 차이가 있다. 왼쪽 그림이 힘 있게 쥔 주먹을 중심으로 잡음으로써 위압적이고 배타적인 느낌의 대결 의지를 강조한다면 오른쪽 장면은 측면에서 잡아 힘 보다는 상대적인 거리감을 강조함으로써 그 거리감의 해소 내지는 축소 의지를 나타내고 있다. 이렇게 아버지 세대와는 다른 형태로 자신의 존재와 역할을 인식하지만 아버지의 행동과 말을 반복함으로써 기본적으론 아버지 세대의 가르침을 변화된 방식으로 계승한다. 핏줄과 역사가 부정한다고 지워지거나 없어지는 것이 아니기 때문에 자신의 실존적 특성을 확인하는 것은 보편적 자아로서 뿐만 아니라 역사적 자아로서의 자신을 인정하는 것이어야 한다. 단절과 부정이 아닌 계승을 통한 자기 확인은 이러한 차원에서 일본 사회의 한 구성원이지만 '재일(在日)'이란 특수성 또한 내면화한 존재임을 깨달아야 함을 보여준다.

　이런 점에서 '스기하라'는 자이니치로, 외지인으로 규정받는 것을 거부하지만 그렇다고 재일동포의 특수성, 즉 역사성이나 차별성까지 부정하고 은폐하고자 하지는 않는다. 조선학교 친구였던 '정일'의 유언대로 대학에 가고자 하며 아버지에게 배운 삶의 방식을 자기화 시킴으로써 오히려 일본인 여자 친구와의 진정한 소통 가능성을 얻는다. 재일등포로서의 자기, 하지만 일본 사회 속에서 살아가야 할 자기를 분명히 인식하자 여자 친구도 비로소 처음 볼 때부터 좋아했던 '눈빛'을 눈빛 자체로 볼 수 있었던 것이다. 이렇게 재일 지향의 자아는 자기 부정과 타자화된 자기, 그리고 자기 안의 타자성을 확인함으로써 비로소 인식된다. 장미꽃을 다른 이름으로 불러도 아름다운 향기는 그대로라는 로미오와 줄리엣의 구절은 자이니치, 재일한국인 등 어떤 식으로 구분하고 명명해도 일본에서 나서 자라고 앞으로 살아갈 보편적 인간으로서의 한 개인임을 의미하는 것에 그치지 않는다. 오히려 재일을 지향해도 재일동포로서의 역사적, 존재적 특성은 장미꽃 향기처럼 쉽게 사라지지 않음을 환기하고 있다.

── 3. 축제적 상상력과 혼성(hybrid)의 서사 - 〈우연하게도 최악의 소년〉[12)]

일본에서 나고 자랐고, 앞으로도 일본에서 살아가야 할 재일 3,4세대들에게 자기 정체성에 대한 확인은 성장을 위한 통과의례와도 같다. '재일'이란 이름으로 차별받고 구분되어지는 사회·문화적 조건 속에 여전히 놓여 있고 그러한 환경 속에서 내면화한 자기 특성을 실존적으로 가지고 있기 때문이다. 조국이냐 일본이냐는 식의 선택까지는 아니어도 그들에게 있어 '뿌리'와 '생활'[13)]은 여전히 이질적인 성격이 강하고 그렇기 때문에 이 두 가지를 자기 안에서 통합하는 문제가 사회화를 위한 전제 과정이면서 자기 정체성을 구성하는 출발점이 된다.

영화 <우연하게도 최악의 소년>도 <GO>와 마찬가지로 재일동포 3세를 주인공으로 뿌리와 생활의 문제를 성장의 차원에서 다루고 있다. 넓은 의미에서 세계와의 갈등을 통한 고난이나 시련의 과정을 통해 성숙해지는 자아의 여로로 볼 수 있다는 점에서 <GO>와 비슷한 통과의례적 성격을 보인다. 하지만 이 작품은 시련의 과정이나 성숙을 강조하고 그를 통한 사회적 통합을 직선적으로 제시하는 것에서 빗겨나 포스트모던한 이야기 구조와 연출을 보여준다. 감각적인 영상과 경쾌한 음악을 바탕으로 재일 혹은 기원이라는 다소 무거운 주제를 전혀 진지하지 않게 특별하고 이질적인 경험의 과정으로 제시하는데 초점이 놓여있다. 생존의 주어진 조건과 사회 질서를 절대화하는, 일

───────────────

12) 偶然にも最惡な少年(The Boy Is The Worst Accidental, 일본, 2003), CF 감독이자 뮤직비디오 연출가인 재일 2세 구수연의 영화 데뷔작이다. 본인의 동명 소설을 원작으로 하고 있으며, 2005년 부천판타스틱 영화제에 소개되었다.

13) 신명직, 「<안녕 김치>의 감독 마쓰에 데쓰야키 인터뷰 : 재일한국인? 한국계 일본인!」, 『재일코리안 3색의 경계를 넘어』, 고즈윈, 2007, p.168.

방적이고 공식적인 음울한 진지함에 저항하는 '유쾌한 상대성'이 지배하는 축제화[14]된 양상을 보인다고 할 수 있다. 특히 작품 전반에 걸쳐 사실과 환상, 삶과 죽음, 도덕과 금기 등 대립적이며 모순 관계에 있던 것들이 공존하는 양상을 통해 '비일상적이고 전도적'[15]인 축제적 상상력이 펼쳐진다.

주인공인 '카네시로 히데노리'는 한국 국적의 재일 3세다. 그는 어릴 적부터 이지메를 당해왔으며 지금도 주로 혼자 거리를 방황하며 지낸다. 그런 그는 항상 웃는다. 그의 웃음은 일본 사회에서 이방인으로 규정되고 있는 재일 3세라는 존재적 조건과 그로 인해 파생되는 차별과 구별의 폭력적 질서를 살아가는 그 나름대로의 방법이다. 민족과 국적에 따른 구분은 항상 진지하다. 진지함(Ernst)은 항상 폭력, 금지, 제한과 착종되었고 언제나 공포와 두려움을 지니고 있다.[16] 웃음은 진지함과 달리 어떠한 금지와 제한을 갖고 있지 않다. 축제의 핵심인 웃음은 측은한 진지함으로 한꺼풀 씌운 공식적인 허위의 바깥[17]에서 진지함을 무시하고 조롱한다. 그는 타락한 자본주의자로 불리며 조선학교 학생들에게 폭행을 당해도 웃고 있으며, 학교 선생의 위선적인 행동을 보고서도 웃으며 혼자 있을 때도 웃는다. 그렇게 웃으며 '넌 뭐야?'하는 물음에 '난 한국인'이라고 말한다. 주인공의 웃음은 폭력적 질서에 대한 개인적인 적응의 방법인 동시에 진지한 위계질서의 밖에 존재하기 위한 전도된 몸짓이며 저항이다. '부숴버리고 싶지만 부서진

---

14) 도디니크 라카프라, 「바흐친, 마르크스주의, 그리고 축제적인 것」, 여홍상 편, 『바흐친과 문화이론』, 문학과지성사, 1995, p.191.
   김욱동, 『대화적 상상력-바흐친의 문학이론』, 문학과 지성사, 1988, p.242.
15) 류정아, 『축제인류학』, 살림, 2003, p.16.
16) 김화임, 「미하일 바흐친과 잡종성」, 하이브리드 컬쳐연구소, 『하이브리드컬처』, 커뮤니케이션북스, 2008, p.141.
17) 도디니크 라카프라, 앞의 글, p.196.

척’ 하는 모습이다.

또 다른 중심인물인 ‘사사키 유미’ 또한 일상적인 삶, 고정된 질서 밖에 존재하고자 하는 인물이다. 접촉성 장애를 앓고 있는 이 인물은 ‘히데노리’와 달리 항상 엄숙한 표정이다. 그녀는 안정된 직장, 미래 등을 말하는 남자들에게 발차기를 날린다. 항상 진지함의 극단에서 진지함을 무시하는, 또 다른 형태로 사회의 고정된 질서를 거부하는 인물이다. 그녀는 ‘히데노리’와의 첫 대면에서 한국인이라고 대답하는 그에게 “그게 네 무기인거야?, 최종병기가 그런 거야? 죽을 정도로 시시한 놈이네”(11:17)라고 말해 ‘히데노리’의 얼굴에서 순간적으로 웃음을 멈추게 한다. 항상 웃으며 ‘난 한국인’이라 말함으로써 한국인 (조선인)으로 규정하고 구별하던 기성 질서를 조롱하는 ‘히데노리’의 노력을 한낱 여자에게 잘 보이려고 애쓰는 건달들의 시시한 몸짓으로 치부해버린다.

ⓒ

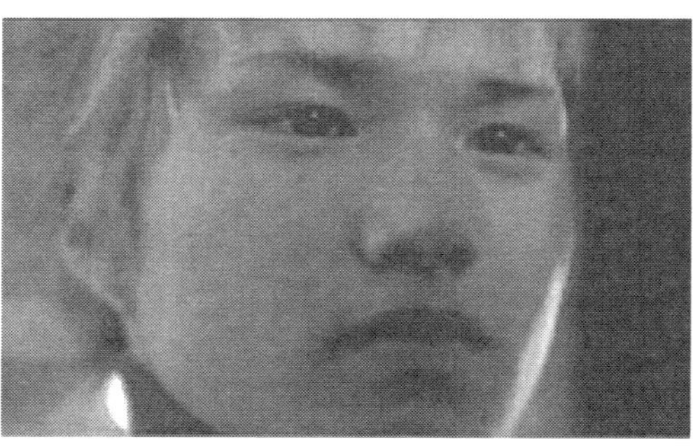

장면 ⓒ에서 보이는 ‘히데노리’의 이 심각한 표정은 어쩌면 그의 웃음이 육화되지 못한, 기성 질서의 바깥이 아닌 기성 질서의 체제 내에

서 단순히 타자적 위치를 회피하기 위한 개인적이고 부분적인 몸짓에
그쳤음을 드러내는 것일지 모른다. 영화의 전반부에 세 번 등장하는
그의 구토 장면은 바로 육화되지 못한 웃음, 축제적 웃음[18]이 되지
못해 억지로 참아내던 울분이나 두려움을 일시적으로 배출하는 행위
로 볼 수 있다.

  이런 '히데노리'는 우연히 부모의 이혼 후 2년 만에 누이를 만나고
'그 나이 때는 해 두지 않으면 안 된다'는 말을 하는 누이와 섹스를
한다. 그리고 누이는 다음날 자살을 한다. 근친은 누이가 유일하게 소
통할 수 있는 대상이자 세상임을 보여주는 상징으로 보이는데, 그런
누이가 죽자 그는 죽은 누이에게 한 번도 보지 못한 조국을 보여주기
로 한다. 조국을 향하는 길은 죽은 누이를 위한 길이면서 동시에 자기
스스로가 자신의 기원, 뿌리를 확인하러 가는 길이 된다. 그리고 그
길은 '그 나이 때면 한 번은 해야 할' 통과의례이기도 하다. 이 여정은
고정된 사회 질서에서 벗어나고 싶은 '유미'가 동참함으로써 현대 문
명에 대한 일탈의 경험과 과정이 되기도 한다. 그리고 죽은 누이가
'유미'에게도 동일하게 '그 나이 때 해두지 않으면 안 되는 일'이란 말
을 건넴으로써 무감각해진 일상에 대한 탈출하고자 하는 '유미'의 반
란의 여정 또한 통과의례의 한 과정으로 만든다.

  이제 그들의 여정은 그 동기가 '자이니치'에 대한 차별이든, 보편적
의미에서 일상의 무료함이든 간에 고정된 사회 질서를 탈피하는 특별
한 시간, 그들만의 축제의 시간이 된다. 죽은 누이, 시체와 함께 하는

---

18) 웃음은 사람을 가로막지 않으며 해방시키며, 장벽을 들어올리고 길을 깨끗이 치운
　　다. 축제적 웃음은 모든 억압적인 사회적 규범을 극복할 뿐만 아니라 죽음과 죽음
　　의 공포를 떨쳐버리기까지 한다.(게리 솔 모슨·캐릴 이머슨,『바흐친의 산문학』,
　　오문석·차승기·이진형 역, 책세상, 2006, pp.179-184.)

그로테스크한 상황으로 전개되는 그들만의 여정은 전복과 전도의 축제적 상상력으로 채워져 있다.[19] 바흐친이 강조했던 것처럼 그로테스크 미학은 고전주의 미학의 전통, 조화와 균형, 통일의 미학을 거부하고 과장과 부조화, 비정상 등을 특징으로 한 축제적 상상력의 핵심이다. 시체가 썩을까봐 드라이아이스를 채우고, 분비물을 치우고, 새 옷을 입히고, 화장을 시키는 등의 모습은 그 자체가 그로테스크하다. 그로테스크한 이 여정은 죽은 누이를 위한 장례식이며 동시에 그들 스스로를 위한 통과의례의 과정으로 일상의 질서와 규범으로부터 일탈하여 일시적이나마 사회적 제 관계를 해체함으로써 자유와 해방, 쾌락과 도취, 과잉과 엑스타시를 만끽할 수 있는 제의적 반란[20]이다. 일상적 삶의 세계를 지배하는 질서나 규율 혹은 제도가 중지되어 효력을 상실하여 사실과 환상, 삶과 죽음, 성스러움과 불경스러움 등 대립적인 것들이 함께 어우러지는, 일상적 삶과는 전혀 다른 '제2의 삶',[21] '축제적 삶'의 과정이다.

　이렇게 죽은 시체와 함께 함으로써 그들의 여정은 죽음과 함께 하는 여정이 된다. 삶과 죽음이 함께 하는 것이다. 게다가 죽은 시체는 단순히 옮겨지는 것이 아니라 아무렇지도 않게 깨어나 '유미'에게 말을 걸기도 하는 등 여정의 주체로서 참여하기도 한다. '유미'와 대화를

---

19) 축제에서 나타나는 전복의 의미를 바흐친은 "축제이미지는 어떤 독단적 권위주의나 엄숙한 교조주의와 근본적으로 대립적이며, 인공적으로 다듬어지고 규격화된 관습적 체제의 오만한 관념적 틀을 부정하는 정신이 바로 축제 이미지의 본질"이라고 서술하고 있다.(이상룡, 「'또 다른 세계'를 비추는 거울」, 유럽문화정보센터, 『축제와 문화』, 연세대학교출판부, 2003, pp.69-70)

20) Victor W. Turner, *The Ritual Process*, penguin Books, 1969, pp.92-92, 고영석, 「축제의 이념과 한계」, 위의 책, p.143에서 재인용.

21) 김욱동, 「포스트모더니스트로서의 바흐친」, 김욱동 편, 『바흐친과 대화주의』, 나남, 1990, p.320.

함으로써 '히데노리'가 지향하는 뿌리 찾기와 '유미'가 지향하는 일탈의 과정을 재생을 위한 통과의례적 여정으로 통합시킨다. 이렇게 "죽음은 인간의 성장과 재생의 과정에 있어 필요한 하나의 고리가 되어"[22] 삶의 끝이 아니라 재생의 과정, 즉 통과의례를 위한 또 다른 시작의 과정을 만든다.

양가적인 의미를 만드는 그로테스크함은 이질적인 것들을 교차시키고 공존시킨다. 삶과 죽음, 사실과 환상을 동일한 시공간에 혼재시켜 그것의 구분과 경계가 모호해지게끔 전도시킨다. 특히, 바보처럼 항상 히죽히죽 웃는 어리숙한 '자이니치' 남자와 세상 모든 것이 시시해 보이는 심각한 일본인 여자를 여정의 동반자로 만든다. 뿌리 확인과 지루한 일상탈출이라는 다른 목적을 가지고 삶을 대하는 방식도 다르지만 누나의 장례식이란 제의를 함께 준비하는 동반자적 주체가 된다. 삶과 죽음의 직선적인 위계를 동시적으로 매개한 것처럼 자이니치와 일본인이라는 수직적 위계 또한 수평적으로 전환하며, 기원을 찾아가는 재일동포의 특수한 서사를 성장을 위한 보편적 서사와 결합시키기도 한다.

---

22) 김욱동, 『대화적 상상력-바흐친의 문학이론』, 문학과 지성사, 1988, p.253.

ⓓ

그들만의 축제의 여정은 경찰의 등장으로 마무리된다. 하지만 누이의 시체를 실은 배가 어떻게 됐는지는 명확하게 제시되지 않는다. 애초에 의도했던 대로 수평선 너머 조국에 귀착했는지 못했는지에 대한 정보는 찾아볼 수 없고 위에 인용한 ⓓ장면만이 제시될 뿐이다. 어디로 향하는지 명확하게 제시되지 않은 채 한국과 일본의 해협에 떠 있는 배의 형상은 국가와 민족의 경계에 놓여 있는 재일동포의 존재적 특성을 상징한다. 영화에서 거의 유일하게 정적인 분위기를 보여주는 이 장면은 한국으로 갈 수도 있고 일본으로 되돌아 올 수도 있는, 그렇다고 어느 한쪽으로 귀착될 것이라 섣부르게 판단할 수 없는 성공과 실패의 양가적인 의미를 보여주는 미장센이라 할 수 있다. 어디로 귀착될지 단정 지을 수 없기 때문에 경계를 항해 중인 이 배는 오히려 새로운 가능성을 향해 열려 있다. 한국과 일본의 경계 해역에 떠 있는 배는 조국과 일본, 기원과 현실을 가로지르는 가변적인 경계선상의 공간이자 경험으로 해석적인 미결정의 공간[23]을 항해 중이다. 영화의

---

23) 호미 바바, 「문화의 위치-탈식민주의 문화이론」, 나병철 역, 소명출판, 2002, p.394.

이야기가 그동안 있었던 일을 면담의 형식으로 밝히는 과정이었음이 드러나면서 '히데노리'의 노력은 실패했을 가능성이 커 보인다. 그렇지만 위의 장면처럼 누이의 시체를 실은 배가 어디로 갔는지, 또는 어디로 갈지는 중요하지 않다. 어딘가로 가고 있다는 사실, 미결정의 공간을 향해 중이라는 사실이 중요한 문제인 것이다. 그들의 여정은 죽은 누이를 위한 것이 아닌 살아 있는 자들을 위한 축제의 시간이어야 하며, 또한 그러한 축제의 여정은 계속되어야 하기 때문이다. 그리고 이러한 종결 불가능성[24]의 상태말로 조국과 일본 혹은 생활과 뿌리라는 진부한 이분법이 상호 교섭할 수 있는 대화적 관계를 향해 열려 있기 때문이다.

그들이 지나 온 축제의 여정은 이질적인 것, 대립적인 것이 전도되어 혼재하는 혼성성의 상태를 지향한다. '히데노리'와 '유미'의 관계처럼 이질적이지만 서로의 독자성을 억압하지 않으며 공존한다. 조국과 일본, 기원과 일탈이라는 이질적인 요소가 단일한 세계로의 통일을 도모하지 않으며 차이를 본질적인 것으로 치부하지도 않은 채 수평적인 관계를 유지한다. '히데노리'와 '유미'의 이런 관계는 누나의 옷을 훔친 후 '히데노리'가 자신의 가족사를 심각하게 말하는 장면을 통해 상징적으로 드러나 있다. '유미'는 '히데노리'의 말에 개입하지도 않으며 쉽사리 동조하지도 않는다. 감정적으로 변화를 보이지도 않은 채 끝까지 다 듣고는 씹을 껌을 찾는 것으로 대꾸한다. 그런 그녀에게 '히데노리'는 키스를 한다. 사실 그의 가족사 얘기는 논리적으로 앞뒤가 맞지 않는 부분이 있지만 사실과 환상이 혼재하는 작품 전반의 분위기를 고려하면 가족사의 사실 여부는 중요해 보이지 않는다. 오히려

---

24) 게리 솔 모슨·캐릴 이머슨, 앞의 책, p.178.

조국에 기원을 둔 재일동포의 이산 과정을 압축적으로 제시하고, '히데노리'와 '유미'가 관계 맺고 있는 방식을 상징적으로 표현한다는 점에서 의미가 있다. 그 둘의 관계는 독립적이고 병합되지 않은 이질적인 목소리와 의식이 독립된 실체로서 독자성을 전제로 한 결합, 즉 개별적 자아의 정체성을 도모하되, 타자의 정체성도 최대한으로 보장하는 혼성적 관계라고 할 수 있다.

재일동포는 일본 사회 혹은 일본인과 타자적 관계이다. 하지만 이 타자성은 고정된 것이 아니며, 고정된 것으로 파악해서도 안 된다. '자이니치'의 정체성은 고정된 위계가 해체된 혼합과 충돌의 대화적 관계를 통해 구성되어야 한다. 일본, 혹은 조국 또는 인간이라는 어느 하나의 보편적 담론에 의해 규정될 수 있는 것이 아니다. 한국과 일본의 국기가 나란히 걸려 있는 장면 ⓔ처럼 양립할 수 없을 것 같던 이질적이고 대립적인 요소들이 일방적인 권위나 질서에 의해 구분되거나 규정되지 않으며 '유쾌한 상대성'에 의해 존재할 수 있음을 인정해야 한다. 타자를 강요하는 사회적 공간과 역사적 시간 속에서 그들을 둘러싸고 있는 세계와 상호관계성을 가지고 있는 대화적 관계로 파악해야 한다. 그리고 이러한 대화적 관계 속에서 재일동포 자체도 자기 내부의 타자성과 끊임없는 대화를 통해 자기 확인의 과정을 거쳐야 한다. 이 과정은 죽은 누이의 시체를 실은 배처럼 여전히 진행 중이고 미완결이다.

ⓔ

　　전복을 지향하고 추구하는 주체 간에 보다 역동적인 소통성과 대화적 관계를 실현하는 것이 축제의 가장 본질적인 의미라고 할 수 있다. '히데노리'와 '유미'가 겪은 특별한 여정은 이러한 대화적 관계에 바탕을 둔 혼성(hybrid)의 시간이었다. 영화는 이러한 축제의 시간을 지속하고 확대시키고자 한다. 그들이 겪은 축제의 여정을 '뭐 이런 거지'라고 말하는 마지막 부분은 특별했던 축제의 시간을 일상적인 사건의 하나쯤으로 인식하고, 이를 통해 축제의 시간을 오히려 일상화 시키고자 한다. 영화의 마지막에 죽은 누이가 다시 등장하는 등 환상이 삽입되어 마무리 되는 것도 축제를 지속 혹은 일상화시키고자 하는 의도로 볼 수 있다. 이런 점에서 '히데노리'를 좋아한다는 '유미'의 말은 축제의 여정에서 이룩된 수평적 관계의 지속을 의미하며, 마지막 장면 ⓕ와 같이 죽은 누이와 함께 환하게 웃는 '유미'의 웃음은 '자이니치'의 특수성을 보편적으로 전이시킨 '축제적 웃음'[25]이라 할 수 있다.

---

25) 축제적 웃음은 공식적 제도와 신성한 것을 넘어서고 초월한다. 변화의 양극을 포함하고 세계 질서의 변화를 지향하는 보편적이고 세계관적이다.(레나테 라흐만, 「축제와 민중문화」, 여홍상 편, 앞의 책, p.68)

⒡

—— 4. '자이니치'의 성장과 '재일' 서사의 의의

일본 사회의 한 구성원으로 살아가고자 하는 재일 지향이 상대적으로 강한 3, 4세대들에게 뿌리와 생활의 갈등이라는 정체성의 혼란은 오히려 부모세대보다 더욱 혼돈스런 상태로 전면화 된다. 일본 사회에 대해 배타적인 방식으로 자기를 규정하는 것이 분명했던 1, 2세대의 경우 차별과 배제의 강도는 컸을지언정 뿌리와 생활의 갈등은 상대적으로 안정적인 상태에서 대립항을 유지해왔다. 특히 민족이라는 집단 정체성은 차별과 배제의 삶 속에서 결속과 저항의 기능을 함으로써 배타적인 대립상태를 지속시키는 원동력이 되기도 했다. 하지만 재일 지향이 강화되면서 이러한 안정적인 대립상태는 균열을 일으킨다. 일본 사회의 한 구성원으로서 자신을 인식하자 재일동포라는 분할된 집단의 일원보다는 보편적인 사회구성원으로서의 개인의 문제가 상대적으로 부각된다. 그리고 이러한 변화는 집단 내부의 다양한 개인을 억압했던 민족이라는 집단 정체성이 지닌 완고함을 반성하게 한다. 이 과정에서 개인이나 집단을 떠나 이방인으로서의 자신, 차별과 배제 그리고 동화의 압력 등에서 자유롭지 못한 존재적 특성은 오히려 부각되고 그에 따라 고정되었던 뿌리와 생활의 안정적인 대립상태는 균열을 일으키게 되는 것이다.

일본 사회를 잠시 체류하는 곳으로 여기며 언젠가는 조국으로 돌아갈 것이라는 의식이 강했던 1, 2세대와 달리 3, 4세대들은 좀 더 구체적이던서 적극적인 방식으로 일본 사회와의 연관 속에서 자기를 파악함으로써 이러한 균열에 대처하게 된다. 그리고 그것은 집단적 정체성에 억압되어 온 개인의 차원에서 일본 사회의 사회적 존재로서의 자기 위치에 대한 물음, 자기 확인의 문제로 진행된다. '재일'의 특수성은 일종의 사회화를 위한 실존의 문제로 제기되고, 그 과정은 자아성숙을 위한 통과의례, 즉 성장의 과정으로 표현된다.[26] 앞서 살펴 본 영화 <고>와 <우연하게도 최악의 소년>은 모두 이러한 차원의 성장과 관련이 있다. 하지만 <고>는 재일지향의 차원에서 분열되는 자아의 통합 과정을 보여주는 반면 <우연하게도 최악의 소년>은 '재일'과 성장의 의미를 해체하는 혼성적 경향을 보인다.

영화 <고>는 자기 부정과 시련을 통해 성숙한 자기 인식으로의 통과 과정, 중대한 자기 발견의 과정[27]을 보여줌으로써 성장을 위한 통과의례 서사의 기본적인 구조를 따르고 있다. 미성숙한 자아의 소박한

---

26) 성숙한 자아로 거듭나는 자기반성의 서사는 북한 지향이 강한 문예동의 2000년대 소설에서도 자주 등장한다. 이에 대해서는 다음의 글을 참고할 수 있다.
호명숙, 「재일 한국어 소설문학의 최근 동향」, 김학렬 외, 『재일동포 한국어문학의 전개양상과 특징 연구』, 국학자료원, 2007.
27) 도르데카이 마르쿠스, 「이니시에이션 소설이란 무엇인가」, 김병욱 편, 『현대소설의 이론』, 최상규 역, 대방출판사, 1983, pp.462-463.

이상이 냉혹한 성인 세계의 현실질서에 의해 훼손되고 분열되는 과정을 거쳐 보다 성숙한 자아 통합을 이루는 과정을 보여주는 것이다. 이때의 소박한 이상은 보편적 자아, 개성적 자아가 보장되는 개인이라고 할 수 있으며 냉혹한 성인 세계의 현실질서는 '자이니치'란 차별과 배제, 그리고 배타적 민족주의가 상존하는 식민적 질서의 잔존이라 할 수 있다. 이러한 자기 분열은 보편적 존재이면서 동시에 재일동포라는 역사적 존재임을 자각한 '나는 나'라는 자기 확인을 통해 보다 성숙한 자기 통합을 이루게 된다. 하지만 성숙한 자기 인식이라는 성장의 문제가 성인의 세계, 즉 일본 사회의 현실 질서로의 진입이라는 점에서 여기서의 통합은 일시적이고 표면적인 봉합에 가깝다. 자기 스스로가 타자적 존재이면서 동시에 타자성을 내면화한 것처럼 일본 사회라는 현실 질서는 '자이니치'에 대한 차별과 배제라는 식민적 질서를 내면화한 체제이기 때문이다. 개인과 민족, 자이니치와 일본이라는 대립 구조에 기반한 자기 분열은 통합된 것이 아니라 잠재되는 것이다.

영화 <고>의 서사는 재일의 역사성을 개인적 자아의 측면에서 접근했고 일본사회와 함께 또 다른 상징계로서의 역할을 하는 민족과 국가 관념에 대한 문제를 제기한다는 점에서 의미가 있다. 하지만 무엇보다도 분열된 자아의 진정한 통합을 위해서는 재일의 역사성에 대한 진지한 성찰이 요구되고 이에 기반해 기성 질서나 인식에 내면화된 식민 질서를 극복해야 함을 역설적으로 보여준다는 점에서 의미가 있다고 하겠다.

<우연하게도 최악의 소년>은 기성 질서로의 진입이라는 통과의례의 일반적 과정을 전복과 전도의 축제적 상상력을 통해 재일과 성장의 의미를 해체하고 있다. 이질적이고 대립적인 것들을 병치시키는

혼성적인 서사를 통해 양극성에 대한 탈주를 시도한다. 재일한국인과 일본인의 만남과 관계, 그들이 함께 하는 기원과 일탈의 여정, 그리고 현실과 환상이 공존하는 시공간 등 서사의 전 과정에 이질적이고 극단적인 요소들이 병치되고 있지만 위계와 진지함을 거부한 채 '유쾌한 상대성'에 따라 혼성적인 결합 양상을 보인다. 이를 통해 고정된 현실 질서, 폐쇄적으로 닫혀 있는 상징계를 해체하는 또 다른 현실 공간으로서의 상호의 공간28)을 지향한다.

'성장'의 문제를 다루고 있는 영화 <고>와 <우연하게도 최악의 소년>은 무엇보다도 재일동포라는 자기 정체성을 일본사회와의 적극적인 연관 속에서 파악하고자 한다는 점, 그리고 재일 3, 4세대를 중심으로 한 변화된 현실인식을 통해 미래지향적인 정체성의 구성을 탐색하고 있다는 점에서 의의가 있다. 하지만 성장이 성인 세계로의 진입, 즉 고정된 현실 질서 체제로의 편입이라는 성격을 가지는 한 '재일'과 '성장'의 원만한 통합을 기대하는 것 또한 쉽지 않음을 함께 보여준다. '성장'이 개인적인 차원에 그치지 않고 그들을 둘러싸고 있는 사회적 환경과 인식이라는 외적인 차원과의 상호작용으로 이어져 '세계 혹은 역사와 함께 하는 성장'으로까지 이어져야 하기 때문이다.

'자이니치'란 구별의 위계가 존재하는 고정된 질서 체계를 갖춘 일본 사회로의 사회화는 기원이라는 역사적인 차원의 재일의 특수성을 동화 아니면 배제라는 양극단의 형태로 밖에 수용하지 못한다. '자이니치'란 분열된 자아의 통합은 '재일'의 특수성을 고정적인 것으로 인식하고 있는 현실의 모든 인식과 규범, 즉, 구조화된 사회적 차별이나 내면화된 구별 의식, 또는 일본 내의 타자적 시선이나 모국 중심적인

---

28) 호미 바바, 앞의 책, p.93.

타자적 시선 등 '재일(在日)'을 둘러싼 모든 위계적 질서와 규범에 대한 도전과 탈구축을 통해서 가능할 것이다. 일본 사회의 내셔널리즘이나 모국 중심적 민족주의를 상대화하는 탈중심의 성장, 탈국가적 성장과 함께 할 때 '자이니치'의 진정한 자기 성장도 가능하다. 재일의 서사는 바로 이러한 차원에서 도그마를 제기하고 이를 제거하기 위한 시도를 한다는 점에서 의의가 있다.

8 | 다큐멘터리 〈우리 학교〉와 재일조선인의 굴레

1. 청춘의 노래

비록 이역의 소란한 도시에 살건만
우리 저 나무들처럼
싱싱하게 푸르리라

우리 조선의 젊은이도
저 산 진달래꽃송이처럼
붉게붉게 타리라

김학렬[1] 〈청춘의 노래〉 일부

---

[1] 일븐 교토 생(1935), 본적 경상남도 함안군, 재일본조선문학예술가동맹 중앙 문학부 고문

다큐멘터리 <우리 학교>에서는 위 시의 내용과 같은 조선의 젊은 이들을 만날 수 있다. 일본의 조선인 학교인 홋카이도 조선초중고급 학교, 각종 폄훼와 차별 속에서도 한민족으로서의 자의식을 꿋꿋하게 지켜내며 공동체 생활을 하고 있는 조선학생과 선생님들의 모습은 시에서 만큼 푸르고 붉다. 이 때문인가 이 영화는 다큐멘터리임에도 불구하고 관객들에게 지속적인 관심을 받아 왔다. 극장과 지역 공동체 상영을 통해 8만여 명을 넘게 만났으니, 얼마전 다큐멘터리 영화 흥행 기록을 세운 <비상>의 유료 관객이 3만5천여 명이었던 점을 상기하면 그야말로 다큐멘터리 영화계의 대박이다. 2006년 부산국제 영화제 다큐멘터리 부문 최우수상과 2006년 올해의 독립영화상을 수상하고 2006년 인디다큐페스티발 공식 개막작으로도 선정되어 작품성도 어느 정도 인정을 받았으니 작품성과 대중성에서 동시에 성과를 올린 셈이다.

<우리 학교>에 대한 지속적인 관심에는 <사이에서>, <비상> 등에서 시작된 다큐멘터리 영화의 흥행과 <박치기>, <GO> 등 재일조선인의 삶을 소재로 한 영화의 개봉 등이 바탕이 되었다. 하지만 무엇보다도 이 다큐멘터리가 재일조선인의 삶과 문제를 '우리'의 문제로 환기시키고 그동안 간과하거나 외면해 온 '우리'의 문제를 돌아보게 해준다는 점에서 그 이유를 찾을 수 있다. 그동안 재일조선인은 불행하게도 일제 식민지 때 도일한 사람과 그 후손으로 친북 사회주의자들의 열혈 운동가 집단이라는 막연하고도 왜곡된 시선 속에 놓인 우리가 '아닌' 사람들이었다. 그리고 <박치기>, <GO>, <피와 뼈> 등과 같은 영화 속에서는 뿌리가 다르다는 존재의 특수성을 때로는 폭력으로, 때로는 은근과 끈기로 버티면서 일본 사회에 안주하기 위한 고뇌에 몸부림치는 사람들일 뿐이었다. 하지만 3년여에 걸

친 밀착 생활을 통해 만들어진 <우리 학교>는 동무들과 선생님이 함께 웃고 울며 만들어가는, 우리가 쉽게 떠올릴 수 있는 그런 학창 시절의 성장 기록으로 재일조선인의 삶을 담아낸다. 또한 식민지와 분단이 남긴 민족적 상처의 한가운데에 어쩔 수 없이 놓였지만 회피하지 않고 민족적 삶에 대해 끊임없이 고민하고 실천하고자 하는 재일즈선인을 보여준다. 우리가 쉽게 잊거나 애써 외면하고 있는 우리의 문제를 생각하게 만드는 재일조선인 삶의 드라마이며, '우리'의 이야기이다.

── 2. 우리 역사와 우리 민족

<우리 학교> 포스터

(출처 : <우리학교> 공식 블로그 http://blog.naver.com/ourschool06)

영화는 교내 합창 경연대회, 생일잔치, 교내 운동회, 운동 시합, 졸업 여행, 졸업식 등의 주요 에피소드를 바탕으로 민족학교의 1년여를 시간 순으로 기록하고 있다. 어려운 환경 속에서 학생들과 동고동락하는 선생님의 모습, 어린 자녀를 기숙사에 들여보낸 부모의 심정, 그리고 힘겹게 싸워오며 지켜온 민족학교의 설립과정 등도 빼먹지 않고 인터뷰와 감독 스스로의 내레이션을 섞어 담아내고 있다. 초급부부터 고급부까지, 기숙사 생활을 하든 통학을 하든 영화 속의 조선인 학생들은 밝게 웃고 있는 포스터 속의 여학생처럼 꾸밈이 없이 건강하다. 비록 대입 수험 자격을 인정받지 못하고 학교 대항 체육 경기 출전에도 제약이 따르는 등 정식 학교로 인정받지 못하는 불합리한 상황을 안고 있지만 12년간 함께 웃고 울며 생활하는 그들의 모습에서 차별과 억압에 주눅 든 암울함은 찾을 수 없다. 아니 오히려 체벌, 따돌림, 폭행 등 폭력이 난무하고 비인간적인 입시 경쟁만이 존재하는 우리의 교육 현실에 비쳐볼 때 어려운 환경에서 공동체의식과 자유로운 토론 문화 등을 통해 우리말과 문화를 체득해 가는 과정은 부럽기까지 하다.

이렇듯 사회적 편견과 차별 속에서 우리말과 문화를 지키는 일본 내 민족 학교의 실상을 이 영화는 보여줌으로써 그 동안 이념적 편견 속에서 제한적으로만 접하던 재일조선인의 삶과 일상을 구체적으로 알려주고, 그들이 결국엔 또 다른 우리임을 보여주고 있다. 최근 총련계 재일본조선문학예술가동맹의 문학 작품에 대한 연구가 본격화되면서 학계에 재일조선인의 삶에 대한 관심이 증폭되고 있지만 대중적 실감과는 거리가 있기 때문에 이 영화는 가치가 있다. 그들의 모습을 진솔하게 담아내고자 영화의 대상이 되는 그들의 삶 속에 들어가 3년여의 시간을 보낸 감독의 노력과 때로는 목소리로, 때로는 그들과 직접 화면 속에서 교감하는 참여적 양식(participatory mode)도 대중적 실감을 높이는데 일조한다.

그렇지만 무엇보다도 그들의 삶이 우리의 이야기임을 확인시켜 주는 것은 그들의 모습에 깊게 배인 우리 민족의 기억, 우리 역사의 흔적들이다. 그리고 그 흔적들을 끊임없이 스스로 상기하면서 삶의 의지를 다져야만 하는 존재적 예민함에서 벗어날 수 없는 그들의 일상이다. 현실적인 삶의 터전이라 할 수 있는 일본 사회와 때로는 의도적으로, 때로는 강제적으로 단절된 그들의 삶은 한순간 한순간이 모두 조선인으로서의 자아를 찾고 존재감을 확인하는 과정이다. 어색한 우리말을 배우기 위해 노력하는 과정도, 학교 대항 운동 경기에 임하는 자세도 그렇다. 정식 학교가 아니기 때문에 어렵게 출전한 축구 대회에서 그들은 자신들의 존재감을 확인하고, 확인시키기 위해 시합에 임한다. 그런 시합에서 지고 눈물을 흘리는 장면은 정식 학교로 인정받지 못하는, 일본 사회의 한 구성원으로 인정받지 못하는 차별적인 삶의 서러움이 누적되어 드러난 것이며 조선인으로서의 자기를 확인하는 과정에서의 고단함을 반영하는 모습이다.

축구 시합 전에 코치가 선수들에게 조고생임을 강조하는 장면

일본 고등학교와의 축구시합에 져 눈물을 흘리는 장면

　재일조선인은 식민지 시기에는 피식민지인으로, 해방 후에는 일본을 관리하던 연합군사령국에 의해 '적국민(enemy nationals)'으로, 그리고 일본의 주권 수립이후에는 외국인으로서 불합리한 처우를 끊임없이 받아왔다. 그리고 이는 현재까지도 많은 부분에서 상존한다. 그 동안 모국은 분단되었고 그들의 조국이었던 '조선'은 지구상에 존재하지 않는 나라가 되었다. 근대 이후 제대로 된 국민의 대우를 받아보지 못하고 국민적 동일성에서 배제됨으로써 겪었던 재일조선인의 소외와 차별의 역사는 상대적으로 그들에게 조국과 민족에 대한 강한 열망과 집착을 키워왔다. 기호뿐인 '조선' 국적은 현실적인 지원을 해준 북한으로 대체되어 북한의 해외공민으로서의 자의식을 강화하는 것으로 이어졌다.

　재일조선인은 어떤 식으로든 일본 사회의 주류에서 배제된 소수자이기 때문에 지배적인 사회 인식이나 사상에서 상대적으로 부정적인 인상을 강요받아 왔다. 그렇기 때문에 소수자로서의 상대적인 부정성을 거부하고 지배적인 문화적 질곡에서 벗어나기 위해서라도 강요된 부정적 인상을 긍정적 이미지로 바꾸기 위한 처절한 자기 노력이 필요할 수밖에 없다. 자율적으로 규율을 정해 우리말을 배우기 위해 애쓰고, 치마저고리를 고수하는 것이 민족적 자긍심을 높인다고 믿는 것, 축구부 합숙 훈련 때의 마라톤 경험을 통해 '敵'에 대한 대응 의지를 습득했다고 발표하는 에피소드 등은 바로 그들의 눈물겨운 노력의 일환이다. 고급부 3학년 학생인 '조성래'가 "남조선에서의 민족성은 내면적으로 지키고 키워가면 되지만 일본에 있는 조선인들은 외면적으로 민족성을 지켜야 한다. 그것이 말이고 치마저고리다."라는 인터뷰는 이러한 상황에 대한 성숙하지만 안타까운 인식이다.

고급브 3학년 조성래 학생이 자신들은 본국에 있는 학생들과 다른 환경 속에 놓여 있기 때문에 외면적으로도 민족성을 지키기 위해 노력해야 한다고 말하고 있다.

재일조선인들은 아직도 식민주의의 그늘 속에서 살고 있다. 역사와 사회에 휘둘려 왔던 그들의 역사는 지금까지도 그들의 일상을 장악하고 있다. 영화에서 볼 수 있듯이 졸업여행 후 자신들의 부모와 집이 있는 일본으로 돌아오는데도 일본 우익 집단의 시위 때문에 불안에 떨어야 한다. 아직도 그들의 일상과 개인적 삶은 사회 정치적인 요소, 일본, 한국, 북한 등의 정치적 역학관계에서 자유롭지 못하다. 이러한 상황 속에서 힘겹게 버티는 재일조선인의 모습, 어린 학생들의 밝지만 안타깝고 애틋한 이야기가 <우리 학교>이다.

─── 3. '在日'의 현재와 민족의 굴레

재일조선인 학자 서경식은 재일조선인을 '일제 식민지배의 역사적 결과로 구종주국인 일본에 거주하게 된 조선인과 그 자손'이라고 규정한다. 모국이 존재하는 정주(定住)외국인이면서 구식민제국을 삶의 터전으로 삼고 있으며, 남과 북이 분단되어 있고 북한과 일본이 분단되어 있는, 횡적으로도 종적으로도 분단된 존재로 파악한다. 그리고 그러한 분단선(分斷線)을 개개인의 내부에까지 보듬어 안아야 했던 존재라 설명하고 있다. 영화 후반부에, 학생들은 북한으로 졸업여행을 떠나지만 촬영을 위해 내내 함께 생활했던 감독은 남한이 국적이기 때문에 따라갈 수 없는 상황이 나온다. 이 때 감독이 북으로 향하는 만경봉호를 보면서 실감하는 분단은 바로 내재된 분단선이 표면으로 드러난 상황이다. 분단의 경계선은 한편으로는 배제선이기도 하다. 남북의 분단선을 내면화 한 채 살아가는 감독이 북에 가지 못하는 것처럼 재일조선인은 국적에 따라 남과 북 그 어느 한쪽으로부터는 배제당할 수밖에 없다. 또한 졸업여행을 마치고 일본으로 귀국할 때 일본 우익의 반대 시위에 부딪힌 것처럼 재일조선인들은 정주하고 있는 일본에서조차 배제당하기도 한다. 모국과 정주국 양쪽의 구속을 받으면서 다른 한편으로는 모국과 정주국에서 끊임없는 구속고- 배제의 압력 속에 놓인 존재인 것이다.

졸업여행으로 북한으로 향하는 만경봉 호
(출처: <우리학교> 공식 블로그 http://blog. naver.com/ourschool06)

　문저는 이중의 구속과 배제의 압력을 행사하는 분단선의 양과 질
이 변화하는 데에 있다. 특히 모국과 정주국의 사회・정치적 환경과
관계에 따라 민감하게 반응한다. 식민지 시기와 해방 이후가 다르고,
분단 직후 냉전 시대와 남북 화해의 시기가 다르다. 작게는 일본인
납치 사건이나 북핵 사건과 같은 특수한 사안에 따른 분위기도 재일
조선인의 내면화된 분단선에 영향을 미치게 된다. 민족학교의 위상
과 역할도 마찬가지이다. 해방 직후 모국으로의 귀국을 전제로 한 교
육 환경과 목표가 지금의 교육 환경과 목표에도 부합되는 것은 아닐
것이다. 민족 교육 투쟁의 대명사인 1948년 한신 교육 투쟁을 통해
지켜냈던 한신초급학교가 인근 학교와 통폐합되어 사라지고 있는 상

황이다. 이에 따라 대다수 초급부와 중급부 민족학교의 교실 정면에서 북한 지도자의 사진을 내리는 등 변화를 모색하고 있기는 하지만 아직까지도 민족의식을 북한 지향과 동일시하는 분단선은 확고한 것 같다. <우리 학교>에서 보이듯 조선학생들의 민족의식=북한 지향은 생활을 통해 체득되는 것임에 분명하지만 그것이 변화된 현재의 분단선을 반영한 산물이라고 보기는 어렵다. 오히려 배제에 대한 반작용으로 강화된 집단적 자의식에 따른 산물에 가깝다. 물론 이러한 집단적 자의식이 재일조선인이 차별적 삶을 견뎌오게 한 원동력임을 부정할 수는 없다. 하지만 1세대들이 모국에 대한 구체적인 실감을 가지고 있는데 반해 2세대 이후에게 모국은 추상적인 공간일 수밖에 없다. 그 추상적인 공간이 일본 사회 속에서 살아가면서 겪는 소외와 배제에 견디고 대항하기 위한 의지적 관념이 되는 것이다. 그리고 민족의식=북한 지향이라는 의지적 관념이 견고할 수있도록 현실적인 배제의 분단선은 더욱 공고해져 일본 사회 속에서 고립되고 남한과도 단절된 삶을 유지할 수밖에 없을 것이다. 일본인 축구부 코치 후지시로가 처음 재일조선인 사회를 접하고 "지금까지의 세계하고는 영 다른 세계"라는 인상을 받는 것은 어린 학생들의 모습에서 느낀 신선함일 수도 있지만 다른 한편으론 기존 사회와는 다른 그들만의 '단절된' 세계에서 오는 낯설음일 수도 있다. 이런 점에서 영화 <GO>에서 '난 나라구! 아니, 나조차도 버리겠어, 물음표야, 수수께끼야!'라고 강변하는 재일조선인 스기하라의 모습은 바로 자신에 대한 타인의 규정, 개인에 대한 집단의 규정이 속박이 될 수 있음을 보여주는 단면이라 할 수 있다.

영화 <GO>에서 재일조선인 스기하라가 타인에 의한 자기 규정에 대해
반발하며 '나는 나다, 물음표다'라고 강변하고 있다.

<우리 학교>는 이러한 고립감, 단절감에 대한 우려와 안타까움이
잔상으로 남는다. 견고한 분단선 위에 고정된 민족의식에 어린 학생
들의 의식 또한 고정되는 것은 아닐까. 이러한 우려를 불식시키기 위
해서 영화는 좀 더 재일조선인의 사회적이고 역사적인 맥락에 대하
여 천착했었으면 하는 아쉬움이 남는다. 영화는 재일조선인의 삶에
동참하고자 했던 감독의 의도대로 영화적 대상들과의 거리감이 축소
되어 학교 안, 교실 안에 주로 초점이 맞춰 있다. 카메라는 조선학교
를 둘러 싼 지금의 현실, 재일조선인을 둘러싼 사회적 맥락들을 담기
위해 학교 밖의 현실을 응시하지 않는다.

── 4. '우리 학교'를 넘어

  <우리 학교>는 일본의 민족학교에 대한 최초의 구체적인 기록이다. 하지만 단순히 그동안 여러 가지 제약과 편견 속에 가려져 있던 조선학교와 학생의 실상을 전달해 주는데 그치지 않는다. 식민주의 역사의 연장선에서 생겨난 재일조선인의 역사와 현실, 재일조선인을 둘러싼 우리의 편견, 그리고 근대 식민주의의 청산과 관계된 국가적 민족주의의 문제 등 여러 가지 크고 중요한 문제들을 제기한다. 성장기에 놓여 있는 조선인 학생들의 모습에 초점이 맞춰져 있지만 재일조선인을 둘러싼 우리 민족의 디아스포라에 대한 이야기로 확장될 수 있다. 다큐멘터리를 '시각적인 인류학(visual anthropolgy)'이라 지칭한 장 루쉬의 표현에 빗댄다면 재일조선인에 대한 '시각적인 민족학'이라 할 만하다.

  알려진 바에 의하면 일본 내 민족 학교의 구성원 중 한국 국적을 지닌 학생 수는 60% 이상으로, 그 수는 점점 증가하는 추세라고 한다. 더 이상 민족의식=북한 지향이라는 국적 중심의 사고로는 재일조선인의 내면화된 분단선을 감당할 수 없을 것이다. 모국과 정주국, 귀국과 정주의 이분법적 사고를 해체하고 재일조선인을 둘러싸고 있는 개인적, 구조적 차원의 중층적 모순 구조를 바탕으로 한 재일조선인만의 정체성 구성을 모색해야 할 것이다. 반쪽 조국인 북한 지향의 견고한 '우리 학교'의 틀을 통해서는 일본 사회의 한 구성원으로서도, 통일 시대 한민족의 구성원으로서도 그 역할을 기대하기에는 벅차다. 물론 최근엔 일본 사회와 재일조선인 사회와의 '공생(共生)'이 강조되고 있기도 하지만 이 또한 차이의 특성을 내면화, 고정화 시켜 차별

적 구조를 안정화시키는데 복무할 위험이 있음을 인식해야 한다. 디아스포라가 순혈주의에 대한 부정적인 의미에서 출발했지만 오히려 복합적이고 중층적인 존재성으로 인해 타자에 대한 열린 가능성이 될 수 있듯이 민족과 국가, 역사와 현실이 복잡하게 얽힌 긴장 관계를 새로운 정체성의 동력으로 삼아야 할 것이다.

재일조선인은 항상 타자의 위치에서 소수자로의 삶만을 강요받아 왔다. 일본에서뿐 아니라 이념적 편견과 정치적 장애로 인해 모국에서조차 주체로서의 삶을 보장받지 못했다. 그렇기 때문에 우리는 지금의 재일조선인에 대한 관심이 또 다른 타자로 그들을 규정하는 것에 그치고 있지는 않은지, 우리와 다른 차이를 고정시켜 우리 식대로 바라보고 있지는 않은지 유념해야 한다. 국가주의에 얽매인, 식민지적 민족 코드에 대한 적극적인 반성을 시도하는 차원에서 디아스포라에 대한 창조적 접근을 해야 할 필요가 있다.

9 | 김창걸 소설 연구

—— 1. 머리말

김창걸은 일제말기인 1930년대 후반 만주지역에서 작품 활동을 시작해 해방과 중국 건국을 거쳐 문학 활동을 지속한 몇 안 되는 작가 중 한 명이다. 일제말기의 재만문학(在滿文學)과 현재 중국 조선족문학에 걸쳐 위치하고 있는 작가라는 점에서 중국 조선족 문단에서뿐만 아니라 재외한국문학이라는 차원에서도 관심의 대상이 될 만하다.

김창걸 소설의 의미와 변모과정은 만주지역을 중심으로 명맥을 이어가던 일제말 암흑기의 한국문학이 중국 조선족문학으로 변모, 정착하는 과정을 집약하고 있을 가능성이 있다. 그의 문학적 생애는 재만문학에서 조선족문학으로, 한국문학에서 중국문학으로 변모하는 과정과 궤를 같이 하고 있기 때문이다. 작품을 중심으로 한 작가의식의 변모 과정, 소설사적 의의와 한계 등을 분명히 해 중국 조선족 문학의 민족적 특성과 의의를 객관적인 차원에서 접근, 이해해야 필요성이 여기에 있다. 그리고 이러한 과정은 중국 조선족 문학의 재외동포문학으로서의 가능성을 구체적으로 방증하는 과정과 다르지 않을 것이다.

중국 조선족 문단에서 김창걸은 만주지역의 향토문학 작가며 중국 조선족문학의 선구자라는 평가를 받고 있다.[2] 이는 해방 이후 모국으로 귀국한 안수길, 현경준, 강경애 등과 달리 만주지역에 남아 문학 활동을 지속함으로써 중국 조선족문단의 문학적 역량 확대에 기여하고 조선족 문학이 지닌 민족적 성격의 연속성을 해방이전의 문학과 연결시키는 역할을 한 그의 문학적 생애에 주목한 결과이다. 이러한 평가는 상대적으로 사회주의 사상에 기반을 두고 일평생 민족주의적 활동에 매진하면서 중국 조선족 사회의 문학과 교육 분야의 발전에 기여한 그의 작가적 생애와 밀착된 평가이기도 하다.

김창걸 소설에 대한 국내의 연구 성과는 아직 소략한 편이다. 재만 한국문학을 하나의 흐름으로 인식하기 위해 언급해야 할 작가로 김창걸에 주목한 채훈의 연구[3]에서부터 시작되어 중국 조선족 문단의 평가를 바탕으로 주로 작품의 소재적 측면에 주목해 작품을 소개하거나,[4] 재만문학의 차원에서 논의 가능성을 원론적으로 확인하는 경우,[5] 원본 텍스트의 확정이란 차원에서 문제제기를 한 성과[6] 정도가

---

2) 김호웅, 『재만조선인문학연구』, 국학자료원, 1998, p.192.
3) 채훈, 『일제강점기 재만한국문학연구』, 『깊은샘』, 1990, p.33.
4) 장병희, 「일제 암흑기의 재만문학연구-김창걸 단편소설을 중심으로」, 『어문학논총』 11, 국민대어문학연구소, 1992,
   최경호, 「재만작가 김창걸론」, 『어문학』 54, 한국어문학회, 1993.
5) 김종회, 「중국 조선족 문학과 김창걸의 소설」, 『한국문화연구』 7, 경희대민속학연구소, 2003.
6) 표언복, 「중국 조선족작가 김창걸의 문학 일별」, 『목원어문학』 16, 목원대국어교

있다.

　만주에서 시작해 만주에서 끝난, 만주라는 공간적 환경 속에서 생산된[7] 김창걸의 소설은 만주 지역을 대상으로 한 삶의 기록이며 기억이다. 민족적 체험의 현장으로서 만주는 단순히 역사적인 장소에 머무는 것이 아니라 구체화되고 활성화된 기억[8]이 됨으로써 과거와 현재를 연결하고 중개해 정체성의 특성과 내용을 만들고 규정하는 생산적인 공간이 된다. 만주 지역을 중심으로 이루어진 우리 민족의 체험과 기억을 살펴보는 것은 만주 지역을 터전으로 하여 생활하는 조선족의 민족적 정체성을 탐구하는 과정이면서 동시에 우리 민족의 역사적 현장으로서, 우리 문학의 중요한 역사적 배경으로서의 만주의 공간적 지위를 회복하는 과정이 될 수도 있다. 이런 의미에서 김창걸의 소설을 통해 만주 공간에 대한 소설적 인식의 변모 양상과 의미를 살펴보는 것은 곧 만주지역의 역사적이고 역동적인 의미를 구성하는 한 과정이라 할 수 있다.

—— 2. 김창걸 소설의 전개

　『20세기 중국조선족 문학사료전집 3-김창걸 문학편』(이하 『전집』)에는 김창걸의 소설 중 현재까지 확인된 총 29편의 작품이 '해방 전편'과 '해방 후편'으로 구분되어 실려 있다. 『전집』에 소개된 연보에 따르

육과, 1998.
7) 김종회, 「중국 조선족 문학과 김창걸의 소설」, 『한국문화연구』 7집, 경희대민속학
　연구소, 2003, p.72.
8) Aleida Assman, 『기억의 공간』, 변학수 외 역, 경북대학교출판부, 2003, p.168.

면 단편소설 <대지에 와서>, <배춘조>, <쪼각구름>, <점순이>와 중편소설 <건설보>(후에 <학교를 세우고>로 개제)가『만선일보』에 발표된 것으로 되어 있으나 확인할 수 없는 작품이며, 단편소설 <산중기>(일명 <산중기록>), <맥전부>(일명 <보리밭>), <환멸>(일명 <그의 끝장>) 등의 작품은 발표조차 되지 않은 채 제목만 전하는 작품으로 표기되어 있다. 원본 작품의 발굴을 통해 이러한 기록이 좀 더 구체적으로 검증될 필요가 있지만『전집』의 기록을 토대로 한다면 김창걸은 40여 편에 조금 못 미치는 작품을 창작한 것이 된다.

　『전집』에서는 작품의 창작연도를 기준으로 해방 전과 후로 나누어 시대 순으로 배열하고 있다. 하지만 많은 작품들이 창작연도와 실제 발표연도가 차이가 나고 있어 창작연도를 기준으로 한 텍스트의 시대적 배열은 논란이 있을 수 있다. ‘해방 전편’의 작품 중 <暗夜>, <靑空>, <落第>, <거울>, <天使와 妖術>, <소고기>, <마리아>를 제외한 14편은 창작 당시 발표되지 못한 작품이다. 이중 <피의 교재>는 1986년『천지』에, 나머지는 1982년『김창걸단편소설선집』(이하『선집』)에 수록되어 발표된다. “일부는 너무 과격하게 썼거나 습작을 하노라고 썼기에”9) 발표를 안했다는 작가의 말에서 일제말기라는 시대적인 특수성에 기인한 문단 내·외적 환경이 발표 지연에 영향을 미쳤음을 짐작할 수 있다. 그런데 문제는 1980년대에 발표되면서 작품의 말미에 기록된 창작연도의 원고 그대로가 발표된 것이 아니라는 데에 있다. 작가는 ‘문화대혁명’을 거치면서 원고를 모두 유실하여 ‘자서전적 제제의 것’을 ‘회상’하여 썼고, 그러다 보니 회상하여 쓸 때의 ‘현재의 것’이 영향을 미쳤다고 밝히고 있다.10) 그렇기 때문에 작품 말미에

---

9) 김창걸, 「작품집을 내면서」, 『김창걸 단편소설선집』, 료녕인민출판사, 1982년, p.1.
10) 위의 글, p.2.

기록된 창작연도의 원고가 상당부분 재구되어 발표되었을 가능성이 있다. 특히, 일제말기『만선일보』에 발표된 작품들이 여러 가지 상황으로 인한 자기 검열의 과정을 거친 작품이고 1980년대에 발표된 작품들은 상대적으로 이러한 자기 검열에서 자유로운 상태에서 재구되었음을 간과할 수 없다. 여기에 작가의 '기억'과 '회상'으로 원래의 '스토리'를 되살렸기 때문에 창작연도가 아닌 재구할 당시인 1980년대의 작가 의식이 직·간접적으로 영향을 미쳤을 것이다. 이런 점에서 작품의 말미에 밝힌 창작연도를 기준으로 논의하는 것은 문제가 있다. 이 때문에 해방 전에 창작된 것으로 밝히고 있지만 1980년대에 재구된 작품들은 해방 전 조선인들의 삶의 양상을 참고하는 자료로서의 의의는 있지만 해방 전 재중조선인 소설이나 재만문학의 성과로 직접 간주하는 태도는 재고되어야 한다.

이러한 문제를 잘 보여주는 작품이 <落第>이다.『선집』에 수록된 작품 중 원본이 밝혀진 작품은 <暗夜>와 <落第> 두 작품이다. 이 중 <暗夜>는『선집』에 수록될 당시에 이미『싹트는 대지』의 수록본이 존재하고 있었기 때문에『선집』에서는 표기를 다듬고 제목을 <지새는 밤>으로 바꾸는 정도로 수정되어 수록되었다. 하지만 <落第>는『선집』에 수록된 이후로 최초 발표 원본이 발굴되었기 때문에『선집』에 수록되면서 원본 텍스트와 얼마나 다르게 재구되었는가를 살펴 볼 수 있다.

『만선일보』에 수록된 <落第>에 비해『선집』에 수록된 <락제>는 동일 작품으로 간주하기 어려울 정도로 많은 부분이 바뀌어 있다. '뇌물관행'을 제재로 하여 전개되는 줄거리는 유사하지만 작중인물이 바뀌었고, 1인칭에서 3인칭으로 서술 시점이 바뀌었으며 무엇보다 단순한 부패상에 대한 고발에서 항일·민족의식이 부각되는 쪽으로 주제

의식이 변화되었다.11) <락제>의 경우에 비추어 보면『선집』에 수록
된 작품들 중 1941년 발표작품이 확인된 <지새는 밤>(<暗夜>)을 제
외한 12작품은 작품 말미에 기록된 창작연대를 토대로 작품을 이해하
기 어려운 셈이다. 오히려『선집』에 수록된 작품들은 일제말기라는
상황 속에서 불가피했던 작가 스스로의 '자기 검열'에서 상대적으로
자유로워지고, '기억'과 '회상'이라는 비판적 거리를 바탕으로 재구되
었다는 점에서 발표연대가 확인된『만선일보』수록 작품과는 다르게
접근, 이해되어야 할 필요가 있다.

 '해방 후편'에는 8편의 작품이 수록되어 있는데 이중 <새로운 마
을>, <마을의 사람들>, <마을의 승리>, <행복을 아는 사람들>은
1950년대 초에 창작되고 발표된 작품들이다. 그리고 <고향길에서>,
<정수와 나>, <기다려지는 마음> 등은 작품의 창작년도와 발표년도
가 차이가 나는 작품들이다. <기다려지는 마음>은 1975년 창작으로
되어 있고 1984년『아리랑 총서』에 실린 것으로 되어 있으니 시기적
차이가 그렇게 크다고 볼 수도 없고, 해방전 작품들처럼 작품이 유실
되었을 가능성이 크지 않다고 볼 수 있다. 하지만 <고향길에서>와
<정수와 나>는 모두 1955년 작으로 표기되어 있고 발표연도는 1996
년으로 되어 있다. 표기 사실이 맞다고 해도 해방 전 작품처럼 '문화대
혁명'을 거치면서 유실되었을 시기의 작품들이라는 점에서『선집』수
록 작품들과 같은 경우로 볼 수 있다. 게다가 <고향길에서>는 '문화대
혁명기' 때 취조, 고문 휴유증으로 병을 앓다가 사망한 친구의 무덤을
찾아가는 이야기이므로 1955년 작품으로는 볼 수가 없다. 작품의 내용

---

11) 두 작품의 차이에 대해 다음 논문이 구체적으로 살펴보고 있다.
　　표언복,「해방을 전후한 창작환경의 차이가 작품에 미친 영향」,『목원어문학』16,
　　목원대국어교육과, 1998.12.

이 자전적인 색채가 강하기 때문에 작품의 서두에 제시된 '두어달전에 퇴직휴양하게 된 나'[12]라는 구절을 연보에 비추어 보면 1983년경으로 볼 수 있다. 비슷한 창작연대가 기록되어 있는 <정수와 나>라는 작품도 1955년 창작된 작품으로 보기 어렵거나 최소한 1980년대 초반에 재구된 작품일 가능성이 크다고 할 수 있다. 마지막으로 일제시대부터 문화대혁명 직후까지를 작품의 연대기적 시간으로 삼고 있는 <일기의 운명>은 1982년 『연변문예』에 발표된 작품이다. 이상으로 보면 「선집」에 수록되면서 재구된 작품들과 '해방 후편'에 실린 <고향길에서>, <정수와 나>, <기다려지는 마음>, <일기의 운명> 등은 모두 1970년대 후반에서 1980년대 초반에 창작·재구된 작품들로 볼 수 있다.

실제로 김창걸은 창작 생활을 하면서 두 번에 걸친 절필의 시기를 가진다. 「절필사」가 쓰여진 일제 말기인 1943년 경, 그리고 이른바 '민족정풍'과 '문화대혁명'의 기간이다.[13] 결국 김창걸의 창작 시기는 소설을 발표하기 시작한 1930년대 후반부터 1940년대 초, 해방 이후부터 문화대혁명기 직전, 그리고 문화대혁명기가 끝난 직후인 1970년대 말부터 1980년대 초반 등으로 구분될 수 있다. 이를 토대로 『전집』 수록 작품을 대별하면 해방 전의 발표 원전이 확인되는 『만선일보』 수록 작품, 1950년대 초반에 발표된 중국 건국 직후의 작품, 그리고 문화대혁명기가 끝난 직후인 1970년대 후반 이후 창작·재구된 작품으로 나눌 수 있다. 이를 초기, 중기, 후기로 지칭할 수 있을 것이다. 수록 작품을 구별, 정리하면 다음과 같다.

---

12) 김창걸, <고향길에서>, 『20세기 중국조선족 문학사료전집 3-김창걸 문학편』, 중국조선민족문화예술출판사, 2003, p.403.(이하 작품명과 인용면수만 표기하고 표기는 『전집』을 따른다.)
13) 편집부, 「작가소개」, 『선집』, pp.260-261.

초기(『만선일보』 발표 시기) – <暗夜>, <靑空>, <落第>, <거울>, <天使와 妖術>, <소고기>, <마리아>

중기(중국 건국 직후) – <새로운 마을>, <마을의 사람들>, <마을의 승리>, <행복을 아는 사람들>

후기(문화대혁명 직후) – <무빈골 전설>, <수난의 한토막>, <두번째 고향>, <스트라이크>, <그들이 가는 길>, <지새는 밤>, <락제>, <부흥회>, <세정>, <피의 교재>, <범의 굴>, <밀수>, <강교장>, <개아들>, <고향길에서>, <정수와 나>, <기다려지는 마음>, <일기의 운명>

—— 3. 만주 공간에 대한 소설적 인식의 변모

1) 유사(類似)제국과 좌절의 공간

『만선일보』에 발표된 작품 중 원전이 확인되는 작품은 <暗夜>, <靑空>, <落第>, <거울>, <天使와 妖術>, <소고기>, <마리아> 등 7편이다. 이중 <天使와 妖術>, <소고기>는 일부가 누락되어 전하고 있어 논의가 가능한 작품은 5편이 된다. 이 중 <暗夜>는 1939년에 『만선일보』에 연재되었고, 1941년 재만조선인작품집 『싹트는 대지』에도 수록되었다. 이 작품은 간도로 이주해 온 농부인 '나'가 가난 때문에 결혼도 못하는 상황을 그리고 있다. 애정문제, 혹은 결혼이라는 개인적인 문제를 이주 농민의 삶의 문제와 연결시켜 형상화 한다. 핍박과 가난에서 벗어나기 위해 고향을 떠나온 지 십여 년이 지났지만 경제적으로 별로 달라지지 않은 간도 이주민의 처지와 실상을 구체적으로 보여주고 있다.

『마도강이라 돈바람만 분다더니 쪽지쎄바람에 어깨만 붓네』
　나는 일곱단을 지게에 배쳐지고 콧노래는 잘부른다마는 다리가 휘청
휘청한다. 그도 그럴것이 뒷박노름세간사리라 요새는 주야평(晝夜平)
드 거진되건만 그래도 해가 짜르다고 점심은 못어더먹는판이니 할수업
다. 이리케살면서 얼마나 잘살게되겠는지 언제 터밧사고 소사고할는지
생각하면 아득하다. 모하서 잘살려고 그런다면 마음이나 든든하련만 사
실은 업서서 이리고보니 가슴이 찌저지는것 갓다.[14]

　조선인의 만주 지역으로의 이주는 근본적으로 봉건적 모순 구조와
식민지라는 모국의 역사적 환경에 기인한 바가 크고, 구체적으로는
생계를 중심으로 한 경제적인 이유가 큰 부분을 차지한다. 이런 이유
에서 이주민들에게 만주 지역은 일차적으로 구체적인 생계 문제를 극
복하고 봉건적 모순 구조와 식민지적 굴레에서 벗어나길 기대하는 희
망과 욕망의 공간이었다. '마도강이라 돈바람만 분다'나 '산쏠만주는
눈이므자라 쓰치보이지안는 넓은들이라'[15] 등의 풍문들은 모두 그러
한 욕망을 반영하는 표현들이다. 하지만 실제 만주 지역은 위의 인용
문에서 알 수 있듯이 이러한 기대를 충족시켜주는 공간이 되지 못했
다. 가난 때문에 '고분'이는 빚 대신 팔려갈 처지에 놓여 있고, '고분'이
를 사랑하는 '나' 역시 가난 때문에 어찌할 도리가 없다. '언제 터밧사
고 소사고 할는지 생각하면 아득한' 이주민들에게 만주 지역은 여전히
가난이 상존하는 공간이며, 그 가난의 끝도 기약이 없는 '가난의설흠
이북밧처 목노아 울고'[16] 싶은 좌절의 공간인 것이다.
　만주 지역이 이주민들의 기대와 욕망을 충족시켜줄 수 있는 공간이

---

14) ＜㬉夜＞, 『전집』, p.111.
15) ＜㬉夜＞, 『전집』, p.110.
16) ＜거울＞, 『전집』, p.203.

아닌 좌절의 공간이라는 인식은 이 시기 모든 작품에서 공통적으로 보이는 현실 인식이다. <暗夜>와 비슷한 농민의 삶을 제재로 하여 '만인계(萬人契)'에 대한 허황됨을 경계하고 있는 <거울> 뿐만 아니라 당시 만주 지역의 아편 문제를 다루고 있는 <靑空>, 공장 내에서의 뇌물 관행을 비판하고 있는 <落第>, 카페 여급을 통해 도시 생활의 염증을 그리고 있는 <마리아>까지 모두 만주를 더 이상 욕망 충족의 공간으로 인식하고 있지 않다.

이렇게 만주 지역이 더 이상 이주민의 욕망을 충족시켜줄 수 있는 삶의 공간이 아니라는 인식, 즉 현실에 대한 부정적, 비판적인 인식은 간도 이주민들의 삶에 바탕을 둔 냉철한 현실인식이라 할 수 있다. 하지만 이 시기 김창걸의 소설은 이주민들에게 기대와 욕망의 공간이 어떻게 좌절의 공간이 되는지 그 과정에 대한 구체적인 탐색은 하지 않고 있다. 즉 작중인물들의 비판적인 현실 인식을 간도 이주민의 사회 역사적인 문제로까지 확장하여 인식하고 있지 않고, 그렇기 때문에 좌절의 공간이 될 수밖에 없는 현실적인 제 조건에 대한 탐색도 생략하고 있다. 이런 점에서 현실에 대한 비판 의식의 철저함과 깊이에 대해서는 다시 생각해 볼 수밖에 없다. 만주 지역으로의 이주가 구체적으로는 생계의 문제에서 출발했다고 해도 근본적인 문제인 이주의 사회정치적 조건, 그리고 식민지와 피식민이라는 민족적 문제를 외면하고는 그 이유가 설명되기 어렵기 때문이다. <暗夜>에서 주인공인 '나'에 의해 가난의 문제가 단순히 개인의 문제가 아니라는 현실에 대한 부정적인 인식을 드러내고 있음에도 불구하고, 야반도주라는 도피성 문제해결로 귀결되는 것은 바로 이주민의 사회정치적 조건이나 조선인이 처한 민족적 문제 등에 대한 철저한 탐색이 생략된 상태에서 선택할 수밖에 없는 행동양식으로 볼 수 있다.

하나 이째까지어째가 붓도록 버러야 겨우 입에풀칠하는데 내마저 몇
해걸릴는지 알수업는길을 써나면 우리집은 어찌 사러 갈것인가. 생각하
던 가슴이 찌저지는듯 하나 일변으론 지금처럼 가슴이 울렁거리고 즐거
은째는 업다. 이제 몃시간만 지나면 나는 고분이를 마음대로 볼수잇고
고분이는 영영 내안해가 되는것이아니냐 어듸가서 일년만 잇다가와도
어느놈이 고분이를 쌔아서 간다드냐. 어느놈이 고분이를 내안해가 아니
라고 한다드냐.

산 사람이 입에 거미줄 치는 법이 업다고 한다. 나는 굶어죽으면 어써
나 하는 근심은 조곰도 업다. 내주먹에는 피가 몃동이 잡혀잇지 안는가.

고분이와 가치 이길을 써나면 고분의 집에서는 죽을놈 살릴놈 하고
욕하게겟지만 문제 업다. 세상 사람이 다 나를 욕해도 문제 업다. 내겨테
그분이만 잇스면 그쑨이다.[17]

<暗夜>에서 '나'가 야반도주를 앞두고 가족의 생계와 앞날에 대한
막연한 두려움을 드러내고 있는 부분이다. 그런데 지속되는 가난에
대한 고민과 불안은 '내겨테 고분이만 잇스면 그쑨이다'라는 인식으로
해결되고 있음을 알 수 있다. 구체적이고 현실적인 가난의 문제가 낭
만적인 사랑의 문제로 추상화되고 일반화되고 있는 것이다. 소설적
갈등의 근본적인 원인인 가난에 대한 어떠한 해결 방식이나 의지도
보이지 않은 채 개인적인 차원의 추상적인 인식으로 갈등을 무마하고
있기 때문에 '나'의 언술에서 비쳐지는 비판의식은 한낱 피해자의 넋
두리로 그칠 위험이 있다. 이렇게 만주 지역에서의 삶에 대한 구체적
이고 부정적인 현실 비판의식이 결말에 가서 쉽게 추상화되고 일반화
되는 양상은 다른 작품에서도 마찬가지이다. <거울>에서는 '가난'의
문제가 '신수' 즉, 팔자의 문제로 귀결되고, <落第>에서는 일본인 공

---

17) <暗夜>, 『전집』, p.128.

장에서 조선인 노동자라는 민족적 문제가 부각되지 못한 채 뇌물관행에 대한 일반적인 문제가 고발된다. 또 <青空>에서는 이주민으로서의 고난보다는 아편문제의 심각성을 경계하는 것으로 마무리 되고 있다. 이렇게 쉽게 추상화되고 일반화되는 양상은 욕망의 공간이 좌절의 공간으로 인식되는 과정에서 이주의 사회정치적 조건이나 민족적 모순에 대한 천착이 생략됨으로써 이루어진 비약의 결과이다. 그리고 이러한 비약은 <暗夜>의 결말에서처럼 막연한 사랑만 남고 이주민의 고난에 찬 현실은 사라지게 되는, 현실적인 제 조건을 무화시켜 현실에 대한 비판의식까지도 약화시키는 결과를 초래할 수도 있다.

『만선일보』에 수록된 이 시기 김창걸의 작품들이 모두 작중인물의 시각을 통해 작품의 서술이 이루어지고 있는 점은 이주민의 사회정치적 조건이나 민족적인 문제를 생략하거나 형상화하지 못하는 구조적인 원인이 될 수 있다. <마리아>를 제외한 4편의 작품이 모두 작중인물인 '나'의 시각에서 서술이 이루어지고 있으며, <마리아>도 작중인물인 '마리아'와 밀착된 서술이 이루어지고 있다. 작중인물의 시각에서 이루어지는 서술은 서사적 체험에 대한 형상성 제고엔 도움을 줄 수 있지만 서사적 상황에 대한 총체적인 시야 확보가 제한될 수밖에 없다. 그에 따라 서술주체의 깊이 있는 해석행위가 제한된 채 작중인물의 시각을 통해서만 서사적 상황을 조망할 수밖에 없어 허구적인 세계에 제한된 현실 인식을 보이게 된다. 이것은 결국 거시적이고 역사적인 인식 자체가 불가능한 작중인물의 주관적인 인식과 대응이 작품 전체의 주제적 인식으로 제시되고 마는 것이다.18)

---

18) 『선집』에 수록된 <락제>가 원본 <落第>와 달리 항일의식, 민족의식이 강조되는 쪽으로 변형되면서 3인칭의 서술로 시점이 바뀌어 재구된 것도 이런 차원에서 이해할 수 있다.

현실 인식의 비약을 통한 급격한 일반화, 추상화로의 귀결, 그리고 작중인물 중심의 제한된 현실인식은 작가의 사상이나 의식이기 보다는 작품 외적인 이유, 즉『만선일보』와 '만주국'이라는 당시 만주 공간의 환경에서 그 이유를 찾을 수 있다. 만주국은 소위 오족협화라는 이데올로기를 내세워 일본 중심의 위계질서를 확립[19]하고자 했던 일본 제국주의의 유사(類似)제국에 불과했다. 특히 '황민'이란 허울 아래 오족에도 들지 못했던[20] 조선인들의 삶은 일본 제국주의의 통치 범위 안에 놓여 있었다. 식민과 반봉건의 수탈에서 벗어나기 위해 만주 지역으로 이주했지만 조선인들에게 만주는 여전히 제국주의의 억압이 상존하는 공간일 수밖에 없다. 오히려 모국을 벗어나도 여전히 조국의 부재를 절감하는 공간이라는 점에서 욕망의 좌절감은 클 수밖에 없다. 이런 상황에서 만주국의 국책 홍보와 수행을 위한 관동군의 기관지였던『만선일보』를 발표 매체로 활용할 수밖에는 없었기 때문에 민족적 차원의 좌절감을 그대로 표현하는 것은 불가능했을 것이다. <青空>에서 확인되는 것처럼 만주국의 정책 기조 안에서 최소한의 부정적 현실 인식을 드러내거나 민족적 차원이 생략된 추상화된 인식을 형상화할 수밖에 없었을 것이다.

2) 사회주의적 전망과 낙관의 공간

중국 건국 직후인 1950년대 초반에 발표된 작품은 <새로운 마을>. <마을의 사람들>, <마을의 승리>, <행복을 아는 사람들> 등 네 편이

---

19) 김경일 외,『동아시아의 민족이산과 도시-20세기 전반 만주의 조선인』, 역사비평사, 2004, p.278.
20) 김성호,「후기」,『전집』, p.536.

다. 이 작품들은 모두 사회주의 중국 건국 이후에 변화된 삶의 양상과 인식을 그리고 있다. 수난과 굴곡의 삶을 겪은 이주 조선인들이 중화 민족의 일원으로, 중국 공민으로 공식적으로 편입되고 사회주의 체제의 삶을 경험하게 되는 것은 역사적이고 민족적인 조선인으로서의 정체성에 변화를 요구한 전환기적 사건이다. 그렇기 때문에 중국 건국 직후 조선족의 초기 소설들은 조선족이 겪어 온 삶의 여정과 함께 이 시기가 가져다 준 획기적인 변화의 양상들을 반영하고 있다.[21] 김창걸의 작품들도 이러한 변화의 양상들을 반영하며 사회주의 제도의 우월성과 새 생활에 대한 희열과 긍정 그리고 새 사회, 새 생활을 가꾸어 가는 근로 대중의 전형적 성격[22]을 보여주고 있다.

사회주의 중국의 건립으로 인한 변화는 식민지적 억압과 이주민으로서의 차별 속에 놓여 있던 조선인들에게 무엇보다도 경제적인 차원에서 새로운 가능성으로 인식되고 있음을 알 수 있다. 주로 소작인의 지위에 머물렀던 그들이 토지 개혁을 통해 '내 땅에서 내 힘으로', '내가 가꿔 내가 먹는'[23] 자작농으로 변화되는 경제적인 환경의 변화는 이주의 직접적인 계기로 작용한 생계 문제, 땅의 문제가 해결될 수 있는 긍정적인 가능성으로 인식되기에 충분하다. <새로운 마을>은 이러한 경제적인 환경의 변화, 즉 사회주의적 집체 노동의 형태로 변화되어 가는 마을의 모습과 과정을 형상화하고 있다. <마을의 사람들>은 전쟁에 나간 남편을 둔 가정의 일을 서로 돕는 마을 사람들의 이야기를 통해 사회주의적 경제 체제와 공동 노동의 가능성을 제시하고 있다. 또한 일상생활에 침투하거나 잔재된 반혁명분자의 색출 이야

---

21) 김형규, 「탈식민 지향과 새로운 국가관―중국 조선족 초기소설의 의미에 대하여」, 『한중인문학연구』 19, 한중인문학회, 2006.12, p.122.
22) 조성일·권철, 『중국 조선족 문학 통사』, 이회문화사, 1997, pp.294-295.
23) <새로운 마을>, 『전집』, p.336.

기를 하고 있는 <마을의 승리>도 사회주의적 공동 노동이라는 새로
운 형태의 경제적인 환경을 바탕으로 하고 있다.

　사호주의 중국의 건립이 이주 조선인들에게 직접적이고도 구체적
인 생계 문제와 직결되는 경제적인 환경의 변화로 인식된 것뿐 아니
라 국딘의 일원으로서, 국가적 소속감을 가질 수 있는 계기가 되었다
는 점도 변화를 가능성으로 받아들이게 되는 이유가 될 수 있다. 식민
지 조국에서 떠나오면서, 그리고 만주 지역에 정착하면서 이주 조선인
들이 격었던 수많은 고난과 차별은 많은 부분 조국 상실이라는 상황
과 관련이 있다. 그렇기 때문에 그들에게는 조국에 대한 열망과 국민
으로서의 욕망이 존재할 수밖에 없다. 한때 만주국의 영향 아래 있었
지만 유사(類似)제국인 만주국은 온전한 국가로서의 역할도 할 수 없
었고, 그 속에서 온전한 국민으로 대우받는 것도 불가능했다. 사회주
의 중극의 건립으로 인한 변화는 국가적 소속감과 국민적 동일성을
체감할 수 있는 계기를 제공해 주었기 때문에 국가적 혜택, 국민적
대우라는 측면에서 긍정적인 가능성으로 인식될 수 있다. 대학 졸업생
들의 진로 배치와 관련한 갈등 상황과 해결을 그리고 있는 <행복을
아는 사람들>에는 이러한 국민적 동일성의 테두리 안에서 국민의 일
원으로 생활하고 있음이 행복임을 다음과 같이 제시한다.

　　해방이 되였기에, 공산당이 령도했기에, 중국 혁명은 성공했고, 우리
　들은 신세를 고치였고, 따라서 과거에는 상상도 할 수 없던 민족 대학이
　섰고, 우리 청년들은 당당한 인민장학금을 받아가면서 영광스럽게 대학
　을 졸업하게 되었고, 오늘날 당당한 국가의 일터를 배치받고 나가는데,
　이러한 행복에서 무슨 불만이 있을 수 있겠는가고.[24]

---

24) <행복을 아는 사람들>, 『전집』, pp.394-395.

중국 건립으로 인한 변화, 조선인에서 중국 조선족으로의 변화는 과거의 좌절된 욕망을 채워 줄 가능성의 공간으로 만주 지역을 인식하게 해 주었다. 경제적인 차원에서, 그리고 국민적 동일성의 차원에서 과거와 다름이 바탕이 된 이러한 가능성으로의 전환은 이주 조선인들의 삶의 터전인 만주 지역이 중국 공산당의 영향력 안에 편제되어 사회주의적 체제가 삶의 질서로 확립됨으로써 가능해졌다. 공동 소유와 공동 노동의 경제 형태, 계급주의에 기반한 민족적 연대 등이 바탕이 됨으로써 사회주의는 만주 지역을 가능성의 공간으로, 정착할 삶의 터전으로서의 인식을 제시할 수 있게 된 것이다.

이처럼 이 시기 김창걸의 소설은 사회주의 중국을 계기로 만주 지역에서의 삶이 새로운 가능성의 삶이 될 수 있음을 보여주고 있다. 그리고 이러한 가능성은 소설 속에서 예외 없이 미래에 대한 낙관적인 전망으로 이어진다. 하지만 사회주의 문예 원칙에 충실한 것으로 볼 수 있는, 사회주의 사상의 체화를 바탕으로 한 낙관적인 전망의 획득은 사회주의적 사상과 인식에 대한 당위적인 서술을 통해 이루어질 뿐 풍부한 형상적 근거를 가지지 못한다. 다시말해 미래에 대한 낙관적 전망의 획득, 즉 사회주의적 인식과 전망의 획득 과정은 이주 조선인들의 구체적인 삶의 문제와 결부되어 진행되지 않고 이미 획득된 사회주의적 인식의 당위성을 강조하는 형태로 진행되는 것이다. <새로운 마을>에서 마을의 분위기와 환경을 새로운 체제로 변화시키고 정착시키는 결정적인 역할을 하는 것은 이미 사회주의적 사상과 체제에 대한 확신을 가지고 있는 '최갑식'의 열정적인 활동이다. 또 <마을 사람들>에서도 모범 조장이나 부녀회장 등 이미 어느 정도 진보적 의식을 가진 인물들의 모습을 통해 사회주의적 체제의 가능성을 제시하고 있을 뿐이다. 가능성이 미래에 대한 사회주의적 전망으로 전화하는 과정이 이주 조선인들의 구체적인 삶의 조건에 바탕을 둔 서사적 상황을 통해서 보여주는 것이 아니라 이미 그러한 인식을 획득한 인물을 통해 사회주의적 인식의 당위성을 강조하는 형국이 된다. 이러한 당위적 서술이 갈등의 해결에 결정적인 역할을 한다.

> 상훈이는 깨달았다. 五十만이 아니라 五억 인민이 한 태양 모주석을 받들고 나간다. 한마음 한뜻으로 일체의 장애를 박차고 나아간다. 인류의 가장 아름다운 리상을 향하여 씩씩하게 팔을 걷고 나아간다. 자기도 이 五억 인민 대렬 속의 한사람이다.
> 상훈이는 가슴 한복판에서 「쿵」하는 소리를 틀림없이 들었다. 그것은 이때까지 해결 될락말락 하면서도 어느 정점에서 맺혀졌던 불만이 사태처럼 무너져 내려앉는 소리였다.[25]

 졸업 후 진로 배치에 불만이 있던 '상훈'의 고민이 일시에 해결되는 상황을 제시하는 부분이다. 그런데 이야기 전반에 걸쳐 지속되던 '상훈'의 불만이 이렇게 한꺼번에 해결되는 근거가 구체적으로 제시되어 있지 않다. 그 근거로 확인되는 것은 '모주석'을 중심으로 한 인민 대중의 일체감, 국민적 동일성을 깨달은 것이다. 이러한 깨달음을 얻게 된 결정적인 계기는 북경 참관 행사를 통해 주석단의 행렬을 직접 본 것이다. '모주석이 있는 북경'에 가서 모주석을 직접 봄으로써 국가의 일원으로서의 자신의 위치와 역할을 깨닫게 되고, 이를 통해 비로서 사회주의적 인식의 획득과 체화가 이루어진다. '모주석'이라는 상징적인 존재를 통한 사회주의 사상의 체화와 확신이 이루어질 뿐 사회주의적 사상이 어떻게 이주 조선인의 구체적이고 현실적인 삶의 문제를

---

25) <행복을 아는 사람들>, 『전집』, pp.401-402.

해결해 줄 것인가는 구체적으로 탐색하고 있지 않다.

　식민지인으로서, 이주민으로서의 수탈과 차별의 삶을 겪었던 조선인들에게 중국의 건립과 그에 따른 변화는 가능성으로 인식되기에 충분했다. 만주 지역은 만주국 시기에 좌절된 욕망을 다시 채워줄 가능성의 공간으로서 인식되는 것이다. 이러한 가능성이 사회주의적 전망을 통해 미래에 대한 낙관으로 이어지고 있음을 이 시기의 김창걸의 소설은 보여준다. 하지만 식민지적 모순 구조는 해결되었지만 이주민으로의 특수성이 어떻게 사회주의 중국의 체제와 삶 속에 융화될 것인가의 문제에 대해서는 구체적으로 탐색하지 않고 있다. 대신 사회주의적 인식에 대한 당위적 서술을 통해 미래에 대한 낙관적 전망을 제시하고 있을 뿐이다.[26] 사회주의적인 낙관적 전망은 존재하지만 이주 조선인의 역사적이고 현실적인 제 조건과 문제는 약화되고 있는 것이다.『만선일보』발표 시기의 작품들이 허구적 세계 안에 존재하는 작중인물의 시각을 통해 제한된 현실인식을 보이는 것과 달리 이 시기의 작품들은 모두 허구외적 서술자, 3인칭 시점에서 서술이 되고 있는 것도 이와 관련이 있다. 허구적 세계 이상의 현실인식, 사회주의적 인식과 전망을 이미 획득한 서술자에 의해 서술이 주도되고 있다.

3) 민족의 회복과 자기 확인의 공간

　1970년대 후반 문화대혁명기가 끝난 직후 발표된 작품들은 모두 18

---

26) 이 점은 '인민 대중에 대한 교양개조와 공산주의적 이상을 위해 분투'하는 혁명적 사실주의와 혁명적 낭만주의의 유기적 결합을 추구하는 사회주의 문예원칙이 충실히 반영된 것으로도 볼 수 있다.
　　임범송 외,『맑스주의 문학개론』, 나라사랑, 1989, pp.243-249 참조.

편이다. 이중 1982년 발행된『선집』에 <무빈골 전설>을 비롯해 모두 13편의 소설이 수록되어 있고. 나머지 다섯 작품 중 <일기의 운명>은 『연변문예』에 1982년에 발표되었고 <피의 교재>를 비롯한 4편도 창작 시기와 달리 1980년대 초반에 발표된다.

우선,『선집』수록 작품은 앞서 언급했듯이『선집』의 발행 시기 즈음에 작가의 기억에 의해 재구된 작품들이다. 해방 전의 상황이라면 쉽지 않았을 표현이나 제재들이 등장하고 있기 때문에 해방 전의 성과로 간주하기에는 무리가 있지만 해방 전의 사건과 상황들을 대상으로 하고 있다는 점에서 만주 지역에서의 조선인들의 이주와 정착 과정을 살펴볼 수 있는 자료적 가치를 가지고 있다.

토착 지주의 횡포에 원통하게 죽은 조선인이 혼령이 되어 복수하는 이야기를 전해주고 있는 <무빈골 전설>을 비롯해 <수난의 한토막>, <두번째 고향> 등에는 이주와 정착 과정에서 조선인들이 겪은 고난과 수탈의 실상들이 잘 드러나 있다. <수난의 한토막>에서는 '소표 검사'과정에서 지주와 관료들의 억지 행태에 힘없이 당하는 농민의 처지가 그려지고, <두번째 고향>에서는 '문턱세'와 같은 가혹한 수탈과 독립만세 사건 때의 탄압 등을 통해 간도에 정착하는 과정에서 겪은 일본 제국주의의 횡포가 구체적으로 제시된다. 이 밖에도 생계를 위해 치열한 삶을 살아 온 어머니의 생활력을 '밀수 력사'27)를 통해 형상화하고 있는 <밀수>, 일제 치하의 가혹한 탄광 노동의 한 단면을 보여주는 <범의 굴> 등에서도 이주 조선인들의 힘겨운 생활상을 엿볼 수 있다.

이 작품들은 초기『만선일보』수록 작품들과 비슷한 시기의 삶을

---

27) <밀수>, 『전집』, p.260.

대상으로 하고 있지만 인식 수준은 현저한 차이가 난다. 표기나 소재가 만주국 시기에는 다룰 수 없는 것들을 취하고 있는 점도 다르지만 무엇보다 이주 조선인의 힘겨운 삶에 대한 원인을 분명하게 인식하고 극복을 위한 구체적인 다짐과 행동을 결말 부분에 제시하고 있다는 점이 큰 차이다. 무엇보다도 이주 조선인들의 고난과 수탈의 삶이 잘못되었음을, 그리고 그 근본적인 원인에 일본 제국주의가 있음을 분명하게 인식하여 민족적 차원에서 갈등과 모순 구조를 인식하고 있다. '조선이나 간도나 돈 없고 나라 없고 권리 없기는 매 한가지'[28]라는 인식을 분명히 하고 있는 것이다. '전형'이라는 인물의 '왜놈'에 대한 풍자적 입담을 소재로 하고 있는 <개아들>에서도 마찬가지이고 『만선일보』 수록 작품과 많은 변화를 보이는 <락제>에서 조선인으로서의 처지가 강조되고 있는 것도 민족적 차원의 인식이 반영된 결과로 볼 수 있다. 민족적 차원에 바탕을 둔 이러한 현실 인식은 고난과 수탈의 삶에 대한 대응 방식도 초기의 작품들과는 다른 형태로 제시되어 적극적인 대항과 극복을 지향하는 모습을 보인다. '홍범도 부대', '주의자' 등의 사회주의적 인식을 행동지침으로 선택하는 것이 드러나기도 하고 <피의 교재>[29]에서처럼 혁명운동에 헌신하는 인물의 이야기를 통해 사회주의적 인식을 직접적으로 강조하기도 한다. 이 시기의 작품들은 조선인의 이주와 정착 과정을 대상으로 하고 있으면서 초기 『만선일보』 수록 작품들이 작중인물들의 제한된 인식을 드러내고 있는 것과 달리 항일 의식이라는 민족적 차원에서 당시의 현실을 인식하고 있다고 할 수 있다.[30]

---

28) <수난의 한토막>, 『전집』, p.34.

29) 작품 말미에 1940년 작으로 표기되어 있고, 『천지』 1986년 8호에 게재됨.

30) <暗夜>가 『선집』에 수록될 때에 제목이 '지새는 밤'으로 변경되어 있는 것도 이러한 현실인식이 반영된 것으로 추측할 수 있다. 『싹트는 대지』 수록본이 존재하고

　해방 전에는 일본 제국주의의 유사(類似)제국인 만주국의 지배체제 아래에서 민족의식에 제한을 받았고, 중국 건국 직후에는 사회주의 체제의 건설 과정 속에서 미처 민족적 처지에 대한 탐색의 겨를이 없었다면 이 시기에 와서는 민족적 차원의 현실 인식이 소설적 인식의 중요한 과제로 부상하게 되는 것이다. 이주 조선인들이 한 세기 이상 부대끼며 지내왔던 만주 지역에서 민족의 문제가 소설 속에서 본격적으로 제기됨으로써 만주 공간은 이주 조선인에게 민족적 정체성을 바탕으로 한 민족적 삶의 구체적인 현장으로 인식된다고 할 수 있다.

　이렇게 해방 전의 삶에 대한 민족적 차원의 인식이 가능한 것은 창작연도와 달리 창작환경이 다른 1980년대 재구되었기 때문이기도 하고 재구되면서 당시 삶에 대한 객관적 조망이 가능한 시간적 거리를 획득했기 때문이기도 하다. 그리고 '민족정풍'을 강조했던 문화대혁명이 끝남으로써 경직된 사회주의 체제에 대한 반성과 함께 상대적으로 민족 문제에 대한 관심이 가능한 환경이 제공된 것도 한 이유일 것이다.

　이주민족인 조선족에게 있어 민족의식은 자신들의 정체성을 이루는 핵심적인 요소이다. 중국의 공민으로서 만주 지역에 삶의 터전을 두고 있는 자신들의 정체성을 확고히 하기 위해서라도 민족의식, 민족적 뿌리의식은 중요할 수밖에 없다. 특히, 문화대혁명기를 거치면서 사회주의 중국의 공민으로서의 삶이 조선족의 정체성을 담보해주지 않는다는 점을 경험한 이상 민족적 정체성에 대한 확인 요구는 그 어느 때보다 클 수밖에 없다. 이 시기의 김창걸의 소설들이 민족적 차원

있어 전체적인 개작이 부담이 될 수 있는 상황이었기에 제목만이라도 긍정적인 기더와 희망의 의미를 내포시키기 위해 수정한 것으로 보인다. 1957년 『아리랑』 12호에 발표된 수필 「창작 수난 시대」를 보면 <暗夜>를 작가 스스로도 '캄캄한 밤'이라 지칭하고 있다.

에서 조선인들의 삶을 다루고 있는 것은 바로 조선족으로서의 뿌리의
식, 자기 확인의 욕구가 반영된 것이라 할 수 있다.

　이 시기의 작품들 대부분이 작가의 자전적 이야기들로 채워지고 있
는 것은 바로 자기 삶의 궤적을 돌아보며 자기를 확인하고자 하는 욕
망의 발현이라고 할 수 있다. 「선집」에 수록된 작품들을 '자서전적 제
재의 것'31)이라고 분명히 밝히고 있듯이 작가의 전기적 생애와 밀착
된 이야기를 담고 있는 작품들이 많다. <스트라이크>, <부흥회>는
1926년 작가가 은진중학교 재학시 학교 당국의 종교교육에 반대하여
동학들과 파과를 단행한 후 대성중학교로 집체 전학32) 한 경험을 다
루고 있다. '나'의 학업 과정에서 경제적 후원을 해주었던 세 명에 대해
이야기 하고 있는 <그들이 가는 길>이나 만주국의 황민화 의도에 따
라 사립학교를 공립학교로 전환하는 과정을 통해 민족교육의 수난을
형상화한 <강교장> 등의 작품도 작가의 전기적 생애를 쉽게 연관 지
을 수 있는 작품들이다. 『선집』에 수록되지 않았지만 문화대혁명기의
교육 실태를 보여주면서 문화대혁명기의 몰락을 기대하는 <기다려지
는 마음>, 문화대혁명기 때 취조와 고문 후유증으로 죽은 친구의 산소
를 찾아가는 이야기인 <고향길에서>, 일기장을 소재로 일제시대부터
문화대혁명기 때까지의 삶을 연대기적으로 구성한 <일기의 운명> 등
도 모두 작가 스스로의 자전적 이야기이면서 동시에 자기 삶에 대한
확인을 위한 서사들이라 할 수 있다.

　후기 김창걸의 소설들은 만주 지역에서의 삶을 민족적 차원에서 인
식함으로써 만주 공간에 대한 소설적 인식에 민족의 문제를 회복하고
자기정체성을 확인하고자하는 욕구를 반영하고 있다. 항일, 즉 식민과

---

31) 김창걸, 「작품집을 내면서」, 『선집』, p.2.
32) 권철, 「김창걸년보」, 『전집』, p.522.

제국의 관계 속에 이주 조선인들의 삶의 문제를 형상화함으로써 그동안 생략되거나 간과된 민족의 문제를 조선족 소설의 중심으로 부상시켰다. 그리고 제국에 대항한 민족의 지난한 삶을 조선족의 자기정체성을 뒷받침하는 한 근거로 삼고자 했다. 이러한 자기 확인의 욕구는 만주 공간에 대한 타자적 지위에서 벗어나 주체적인 지위를 회복, 확보하고자 하는 노력으로 볼 수 있다. 하지만 이러한 자기 확인의 욕구가 현실적인 상황, 현재 조선족의 삶의 제 조건에 대한 탐구로까지는 이어지지 못하고 있음은 김창걸 후기 소설의 아쉬움이다. 이 시기의 작품 대부분이 회상의 형식으로 과거의 삶만을 대상으로 하면서 조선족의 과거의 문제만을 주로 다룸으로써 현재적인 제 조건, 현실적인 차원의 자기 확인의 문제에는 소홀하다. 당대적 차원에서, 그리고 중국이라는 국가적 범주 안에서의 현실 문제, 중국 소수민족으로서의 조선족의 특수한 민족성과 자기정체성의 문제에 대한 탐구는 이루어지지 못하고 있다. 또한 대부분의 자기 확인의 문제가 자전적인 차원에서 이루어지고 있기 때문에 자기정체성의 문제가 작가 개인의 주관적인 문제로 국한될 수 있다는 비판도 가능하다. 자기 확인에 대한 욕구가 민족적 서사를 통해 형상화되지 못함으로써 자기 확인의 내용이 주관적이고 개인적인 차원에 머물 위험이 있다.

── 4. 체험 서사의 의의와 한계

　1911년 함경북도 명천군 태생인 김창걸은 1917년에 만주지역으로 이주했다. 1928년 '동만청년총동맹'에 가입한 이후 '고려공산청년회',

'조선공산당재건위원회' 등의 조직 활동을 통해 만주 지역에서의 공산주의 운동에 지속적으로 참가했다. 그리고 1948년 룡정시 인민학원을 시작으로 동북조선인민대학, 연변대학 등에서 교원으로 교육활동에도 매진했다. 문화대혁명기 때 '민족주의분자'로 몰려 비판받은 적이 있지만 그의 일생은 만주 지역 조선족 사회의 변화와 발전과정의 중심에서 한 평생을 보냈다고 할 수 있다. 그의 작가적 이력도 만주 지역의 사회 현실과 밀착된 전기적 생애와 관련이 많다. 일제 말기와 문화대혁명기 때 두 번에 걸친 절필의 시기도 그렇고, 그 두 번의 절필 시기를 전후한 시점에 창작 시기가 집중되어 있는 것도 그렇다.

만주에서 시작해 만주에서 끝난 그의 문학적 이력은 만주 체험에 대한 체험적 증언,[33] 체험 서사로서의 성격이 강하다. 대부분의 작품이 작가의 전기적 체험과 직접적으로 관련된 경우가 많고, 직접적인 관련 여부가 드러나지 않는다 해도 만주 지역의 이주 조선인의 이주 및 정착 체험의 형상화라는 측면에서 이해될 수 있다. 소위 재만문학에서부터 중국 조선족 문학에 이르기까지 만주 지역의 조선인, 혹은 조선족의 삶을 대상으로 한 김창걸의 소설은 곧 만주 지역 조선인들의 삶의 양상과 의미를 파악할 수 있는 기록이고, 이주 조선인이 중국 조선족으로 변화, 정착되어가는 과정에 대한 반영이자 만주 체험의 결과물, 만주 공간에 대한 소설적 인식이다. 이런 점에서 김창걸의 소설은 무엇보다 이주 조선인들의 지난한 삶의 과정과 면모를 구체적으로 증거하고 있다고 할 수 있다.

만주 공간에 대한 현실인식의 반영이라는 측면에서 김창걸의 소설은 만주국이라는 유사(類似)제국에서 이주 조선인들의 욕망과 기대

---

33) 장병희, 앞의 글, p.89.

가 좌절된 공간으로 만주 지역 조선인들의 삶과 현실을 인식하던 것
이 중국 건국 직후에는 사회주의적 인식을 바탕으로 긍정적인 현실인
식과 낙관적인 미래 전망으로 변화되고 있다. 그리고 후기인 문화대혁
명기 직후에는 민족의식을 바탕으로 자기 확인의 욕구를 회상적 서사
를 통해 추구하고 있다고 할 수 있다. 작중인물을 중심으로 한 구체적
인 개인의 서사가 사회주의 사상을 매개로 당위적인 집단의 서사로,
그리고 자기 확인의 욕구가 바탕이 된 주관적인 회상의 서사로 변모
하고 있는 것이다. 초기의 「만선일보」 발표 시기에서 중기 중국 건립
직후의 소설적 인식의 변화는 곧 조선인이 조선족으로 변화화게 된
근거를 확인할 수 있게 해준다. 중국의 건립이라는 체제의 변화가 만
주국 시기 이주 조선인들의 좌절감, 즉 경제적 궁핍과 조국의 부재에
서 오는 좌절감을 극복할 가능성을 제시해 줌으로써 사회주의 중국의
일원인 조선족으로의 변모와 정착을 가능하게 했다는 판단이 가능하
다. 또 자기 확인의 욕구를 반영하고 있는 문화대혁명기 직후의 작품
들은 중국의 소수민족으로서 자기정체성의 확인이 얼마나 중요한 문
제인가를, 그리고 조선족의 자기정체성 확인은 민족적 정체성의 확인
에서부터 출발해야 함을 보여주고 있는 것이라 하겠다. 중기의 소설들
에서 보이는 이념으로서의 사회주의, 혹은 중국이라는 국가주의 관념
에 기반한 획일적 자기동일성의 강요를 통해서는 조선족의 자기정체
성을 확인, 규명할 수 없음을 보여주는 것이기도 하다.

결국 김창걸 소설의 변모는 조선족에게 있어 자기정체성의 탐구가
얼마나 중요한지, 그리고 그것의 구성은 어떻게 가능한지에 대한 소설
적 제기라고 할 수 있다. 중국의 공민으로서의 삶을 살고 영위하지만
사회주의를 바탕으로 한 한족 중심의 중국 국가주의만을 가지고 조선
족의 정체성을 규명하는 데에는 한계가 있다는 점, 그리고 그 한계를

극복하기 위해서는 민족의식에 바탕을 둔 민족적 정체성에 대한 규명이 중요한 문제이고, 민족적 역사의식과 뿌리의식을 통해 출발해야 함을 소설을 통해 전거하고 있는 것이다. 이러한 문제를 작품을 통해 제기함으로써 민족적 공간으로서의 만주, 민족적 삶의 현장으로서의 만주 지역에 대한 인식을 회복, 확대하는 데 역할을 했다고 하겠다.

이러한 의의에도 불구하고 그의 생애에 비해 작품의 양이 많지 않고 작품 활동이 특정한 시기에 국한되어 있는 점은 아쉬움이다. 이는 그의 생애가 창작 생활보다는 활동가, 교육가로서의 삶에 무게가 놓여 있었고 그렇기 때문에 정치 사회적인 현실과 민감하고도 적극적인 연관관계에 놓여 있었기 때문이다. 두 번의 절필 시기를 거친 점 뿐만 아니라 중기와 후기의 작품 활동이 중국 건국 직후와 문화대혁명기 직후에 한정되어 이루어지고 있는 점 등이 이런 연관관계에서 이해될 수 있다. 또한 중기의 작품이 4편에 불과하고, 후기 작품들은 초기의 작품과 비슷한 제재를 재구한 것이 대부분인 점은 그의 활동가적 삶이 중기 이후로 더욱 강해지고 있음을, 그에 따라 그의 실질적인 창작 활동은 초기에 집중되어 있음을 보여주는 것이다. 초기 소설에서 보이는 서사적 생동감이 중기, 후기에 오히려 약화되고, 작가적 사상이 우위에 놓이는 작품들이 많아 사건이나 갈등이 생경한 점도 이와 관련이 있다. 작가적 체험에 기반한 그의 많은 작품들에서 작가 의식, 작가의 주관이 강하게 작용하는 현상도 이런 차원에서 이해가 가능한 아쉬움이다.

활동가적 삶, 그리고 작가의 개인적 체험의 범주에서 크게 벗어나지 못하고 있는 그의 작품 경향34)은 전반적으로 작가 개인의 주관적

---

34) 작품 속에 '나'가 등장하는 작품이 유난히 많은 것도 이와 관련이 있을 것이다. 검토 작품 29편 중 17편에 '나'가 등장하고 있다. 사회주의적 인식과 전망을 당위적

현실인식의 수준을 벗어나 폭넓고 총체적인 현실인식의 성취에 제한
이 된다. 특히 중기의 당위적 서술이나 후기의 개인적 회상의 서사는
이런 점에서 초기 소설에 미치지 못하는 성과를 드러낸다고 할 수 있
다. 실제로 김창걸은 조선족이나 한민족의 역사라는 차원에서 총체적
인 현실 인식을 시도하는 장편 소설이 한 편도 없으며 중기의 중국
건국 직후의 작품들을 제외하고는 당대적 삶을 다룬 작품이 거의 없
다. 여기에 후기의 작품들까지 대부분 해방이전의 삶을 대상으로 하고
있는 점은 그의 소설적 현실 인식이 자기 체험의 한계를 벗어나지 못
하고 있으며 현실의 제 조건에 대한 구체적인 탐색과 대응을 통해 미
래적 가치를 구성하는 것보다는 과거의 확인과 의미부여에 주안점이
놓여 있음을 보여준다.

___ 5. 맺음말

　지금까지 김창걸 소설의 변모 양상과 의미에 대해 살펴보았다. 김
창걸의 소설은 시대적인 환경 때문에 창작 당시에 발표되지 못하고
많은 시간이 지난 뒤에 재구되어 발표된 작품들이 많다. 이 때문에
작품의 시대적인 구분이 용이하지 못한데 본고에서는 발표연도를 기
준으로 하여 1930년대 후반부터 1940년대 초반까지『만선일보』 발표
작품을 초기로, 중국 건립 직후인 1950년대 초반을 중기로, 그리고 문
화대혁명이 끝난 1978년부터 1980년대 초반까지를 후기로 구분하여

　으르 제시하고 있는 중국 건국 직후의 중기 작품들을 제외하면 전체 25편 중 17편
이 1인칭의 작품이 된다. 또한 후기 작품들 중에는 1인칭 회상 형식의 작품이 유난
히 많다.

검토하였다.

만주 공간에 대한 현실인식의 반영이라는 측면에서 김창걸의 소설은 만주국이라는 유사(類似)제국에서 이주 조선인들의 욕망과 기대가 좌절된 공간으로 만주 지역 조선인들의 삶과 현실을 인식하던 것이 중국 건국 직후에는 사회주의적 인식을 바탕으로 긍정적인 현실인식과 낙관적인 미래 전망으로 변화되고 있다고 할 수 있다. 그리고 후기인 문화대혁명기 직후에는 민족의식을 바탕으로 자기 확인의 욕구를 회상적 서사를 통해 추구하고 있다고 할 수 있다. 작중인물을 중심으로 한 구체적인 개인의 서사가 사회주의 사상을 매개로 당위적인 집단의 서사로, 그리고 자기 확인의 욕구가 바탕이 된 주관적인 회상의 서사로 변모하고 있는 것이다.

김창걸 소설은 많은 부분 작가의 물리적 체험에 기반하고 있어 주관적이고 과거 지향적이라는 아쉬움이 있지만 이주 조선인으로부터 현재 중국 조선족에 이르는 현실인식, 특히 만주라는 역사적인 삶의 현장에 대한 인식과 변모과정을 보여주고 있다는 점에서 의의가 있다.

대상 작품 목록

재일동포

강태성, <물길 백리 꿈길 만리>, 『겨레문학』 2000 여름, 2000.5

강태성, <유언>, 『우리의 길』, 문예출판사, 1992

강태성, <유채꽃은 피고 지고>, 『겨레문학』 2001 겨울, 2002 봄, 2002.8

강태성, <청춘무대>, 『신인작품집』, 조선신보사, 1977

강태성, <상처>, 『문학예술』 82, 1985.12

고왕민, <편입생 상준이>, 『주체의 한길에서』, 조선신보사, 1970

고왕민, <편입생 상준이>, 『해빛은 여기에도 비친다』, 문예출판사, 1971

고찬유, <문화제>, 『재일조선인단편집』, 조선청년사, 1975

고찬유, <배길>, 『영광의 한길에서』, 조선신보사, 1973

김달수, <밤에 온 사나이>, 『조국의 빛발아래』, 조선문학예술총동맹출판사, 1965

김달수, <밤에 온 사나이>, 『해빛은 여기에도 비친다』, 문예출판사, 1971

김달수, <장군의 모습>, 『찬사』, 조선신보사, 1962

김두천, <숙제>, 『조국은 언제나 마음속에』, 문예출판사, 1979

김두천, <혜옥이의 새출발>, 『신인작품집』, 조선신보사, 1977

김 민, <어머니의 력사>, 『이른새벽』, 문예출판사, 1986

김 민, <이른 새벽>, 『문학예술』 18, 1966. 3

김 민, <첫 시련>, 『문학예술』 16, 1965.11

김 민, <포옹>, 『조국의 빛발아래』, 조선문학예술총동맹출판사, 1965

김 민, <포옹>, 『찬사』, 조선신보사, 1962

김병두, <겁쟁이>, 『조국의 빛발아래』, 조선문학예술총동맹출판사, 1965

김병두, <늙은 학생>, 『찬사』, 조선신보사, 1962

김병두, <다리>, 『해빛은 여기에도 비친다』, 문예출판사, 1971

김병두, <대회장으로 가는 뻐스안에서>, 『주체의 한길에서』, 조선신보사, 1970

김병두, <바지와 저고리>, 『조국의 빛발아래』, 조선문학예술총동맹출판사, 1965

김병두, <고집쟁이>, 『문학예술』 4, 1962.10

김석범, <어느 한 부두에서>, 『문학예술』 10, 1964.9

김석범, <혼백>, 『문학예술』 4, 1961.5

김영곤, <가정>, 『주체의 한길에서』, 조선신보사, 1970
김영곤, <가정>, 『해빛은 여기에도 비친다』, 문예출판사, 1971
김영철, <호출장>, 『조국의 빛발아래』, 조선문학예술총동맹출판사, 1965
김영철, <호출장>, 『해빛은 여기에도 비친다』, 문예출판사, 1971
김재남, <새출발>, 『주체의 한길에서』, 조선신보사, 1970
김재남, <새출발>, 『해빛은 여기에도 비친다』, 문예출판사, 1971
김재남, <승리의 날에>, 『조국의 빛발아래』, 조선문학예술총동맹출판사, 1965
김재남, <투쟁 속에서>, 『조국의 빛발아래』, 조선문학예술총동맹출판사, 1965
김정민, <약혼자>, 『신인작품집』, 조선신보사, 1977
김정화, <별따기>, 『신인작품집』, 조선신보사, 1977
남상혁, <증언>, 『조국은 언제나 마음속에』, 문예출판사, 1979
량우직, <준공식 날에>, 『주체의 한길에서』, 조선신보사, 1970
량우직, <태양의 품>, 『조국은 언제나 마음속에』, 문예출판사, 1979
량우직, <투쟁 속에서>, 『해빛은 여기에도 비친다』, 문예출판사, 1971
량우직, <한폭의 기발>, 『영광의 한길에서』, 조선신보사, 1973
류 벽, <자랑>, 『문학예술』 2, 1960.3
류 벽, <춘분>, 『문학예술』 2, 1960.3
리단숙, <팥죽장사>, 『주체의 한길에서』, 조선신보사, 1970
리량호, <첫 걸음>, 『재일조선인단편집』, 조선청년사, 1975
리량호, <한가정에서>, 『조국은 언제나 마음속에』, 문예출판사, 1979
리량호, <해빛 비치는 곳에서>, 『영광의 한길에서』, 조선신보사, 1973
리수웅, <아버지와 아들>, 『조국의 빛발아래』, 조선문학예술총동맹출판사, 1965
리수웅, <아버지와 아들>, 『문학예술』 1, 1960.1
리은직, <관두에 서서>, 『대렬』, 조선신보사, 1965
리은직, <노도의 거리>, 『문학예술』 67, 1978.9
리은직, <노도의 거리>, 『조국은 언제나 마음속에』, 문예출판사, 1979
리은직, <마지막 총 부리는>, 『조국의 빛발아래』, 조선문학예술총동맹출판사,
          1965
리은직, <생활속에서>, 『해빛은 여기에도 비친다』, 문예출판사, 1971
리은직, <생활속에서>, 『영광의 한길에서』, 조선신보사, 1973
리은직, <생활속에서>, 『해빛은 여기에도 비친다』, 문예출판사, 1971
리은직, <신작로>, 『문학예술』 31, 1969.10.
리은직, <신작로>, 『재일조선인단편집』, 조선청년사, 1975

리은직, <신작로>, 『해빛은 여기에도 비친다』, 문예출판사, 1971
리은직, <임무>, 『찬사』, 조선신보사, 1962
리인철, <손풍금소리>, 『조국은 언제나 마음속에』, 문예출판사, 1979
리인철, <약속>, 『재일조선인단편집』, 조선청년사, 1975
리인철, <진로>, 『신인작품집』, 조선신보사, 1977
리필국, <삐라>, 『조국의 빛발아래』, 조선문학예술총동맹출판사, 1965
림경상, <생명>, 『조국의 빛발아래』, 조선문학예술총동맹출판사, 1965
림경상, <스승의 길>, 『조국의 빛발아래』, 조선문학예술총동맹출판사, 1965
림경상, <스승의 길>, 『찬사』, 조선신보사, 1962
박관범, <꽃피는 길>, 『꽃피는 길』, 문예출판사, 1991
박관범, <누나와 함께>, 『문학예술』 67, 1978.9
박관범, <누나와 함께>, 『조국은 언제나 마음속에』, 문예출판사, 1979
박관범, <바다가의 웨침>, 『문학예술』 64, 1977
박관범, <분회장 고인호>, 『주체의 한길에서』, 조선신보사, 1970
박관범, <한권의 수첩>, 『재일조선인단편집』, 조선청년사, 1975
박관범, <행진>, 『대렬』, 조선신보사, 1965
박순영, <할머니>, 『신인작품집』, 조선신보사, 1977
박영일, <변화>, 『해협』, 재일본조선문학예술가동맹, 1990
박영일, <부탁 받은 책>, 『찬사』, 조선신보사, 1962
박영일, <전기>, 『조국의 빛발아래』, 조선문학예술총동맹출판사, 1965
박영일, <전기>, 『해빛은 여기에도 비친다』, 문예출판사, 1971
박원준, <수료식 날>, 『대렬』, 조선신보사, 1965
박원준, <이남의 거리>, 『조국의 빛발아래』, 조선문학예술총동맹출판사, 1965
박원준, <환송>, 『조국의 빛발아래』, 조선문학예술총동맹출판사, 1965
박종상, <동포>, 『영광의 한길에서』, 조선신보사, 1973
박종상, <동포>, 『조국은 언제나 마음속에』, 문예출판사, 1979(재일조선작가작품집)
박종상, <하늬바람>, 『주체의 한길에서』, 조선신보사, 1970
박종상, <하늬바람>, 『해빛은 여기에도 비친다』, 문예출판사, 1971
서상각, <동트는 거리>, 『조국은 언제나 마음속에』, 문예출판사, 1979
성윤식, <길>, 『대렬』, 조선신보사, 1965
소영호, <가장 귀중한 것>, 『조국은 언제나 마음속에』, 문예출판사, 1979
소영호, <고향 손님>, 『재일조선인단편집』, 조선청년사, 1975
소영호, <뜨거운 사랑>, 『영광의 한길에서』, 조선신보사, 1973

소영호, <첫고지>, 『주체의 한길에서』, 조선신보사, 1970
소영호, <해살은 여기에도 비친다>, 『해빛은 여기에도 비친다』, 문예출판사, 1971
신영호, <운동회날에>, 『주체의 한길에서』, 조선신보사, 1970
정화흠, <태풍>, 『해빛은 여기에도 비친다』, 문예출판사, 1971
조남두, <굽인돌이에 서서>, 『문학예술』 7, 1963.9
조남두, <귀국한 리동무>, 『문학예술』 3, 1960.10
조남두, <붕괴의 날>, 『찬사』, 조선신보사, 1962
조남두, <비 오는 날>, 『조국의 빛발아래』, 조선문학예술총동맹출판사, 1965
조남두, <비 오는 날>, 『문학예술』 5, 1963.3
조남두, <올가미>, 『문학예술』 28, 1969.2
조남두, <올가미>, 『주체의 한길에서』, 조선신보사, 1970
조혜선, <가죽 구두>, 『재일조선인단편집』, 조선청년사, 1975
한국신, <뭇별이 퍽 아름답소>, 『주체의 한길에서』, 조선신보사, 1970
현길보, <명숙어머니>, 『주체의 한길에서』, 조선신보사, 1970
현길보, <풍경>, 『해빛은 여기에도 비친다』, 문예출판사, 1971
<고(GO)>, 가네시로 카즈키 원작, 유키사다 이사오 감독, 한일 합작 영화, 2001.11
<偶然にも最惡な少年(The Boy Is The Worst Accidental)>, 구수연 원작·감독, 일본,
        2003(2005년 부천판타스틱 영화제)
<우리 학교>, 김명준 감독, 한국, 2007.03

중국조선족

강 철, <어머니와 아들>, 『단편소설선집』, 연변인민출판사, 1979
강필우, <크나큰 힘>, 『싸우는 사람들』, 연변교육출판사, 1955
강효근, <한길에서 만난 이>, 『단편소설선집』, 연변인민출판사, 1979
고창립, <장화꽃>, 『장화꽃』, 연변인민출판사, 1962
권정춘, <김대장>, 『우드봉의 매』, 연변인민출판사, 1972
길 운, <꽃분이와 마당이(민담)>, 『창작선집』, 연변교육출판사, 1956
길 운, <별천지>, 『장화꽃』, 연변인민출판사, 1962
김길련, <뿌리박은 싹>, 『단편소설선집』, 연변인민출판사, 1979
김덕천, <나어린 목축가>, 『창작선집』, 연변교육출판사, 1956
김동구, <물>, 『세전이벌』, 연변교육출판사, 1954

김동구, <봄철에 생긴 일>, 『싸우는 사람들』, 연변교육출판사, 1955

김동구, <전우>, 『창작선집』, 연변교육출판사, 1956

김동구, <제 二 호기>, 『세전이벌』, 연변교육출판사, 1954

김동구, <힘>, 『뿌리 박은 터』, 연변교육, 1953

김룡덕, <호장어머니>, 『붉은 수첩』, 연변인민출판사, 1975

김룡덕·김영기, <첨병>, 『격류』, 연변인민출판사, 1976

김룡섭, <생산자구 투쟁 전선에서>, 『싸우는 사람들』, 연변교육출판사, 1955

김병기, <꽃수건>, 『단편소설선집』, 연변인민출판사, 1979

김병수, <아버지의 호소>, 『단편소설선집』, 연변인민출판사, 1979

김병수, <아버지의 호소>, 『장화꽃』, 연변인민출판사, 1962

김수산, <념원>, 『설령을 넘으며』, 연변인민출판사, 1975

김순기, <자유로운 노래 소리>, 『단편소설선집』, 연변인민출판사, 1979

김영기, <붉은 수첩>, 『붉은 수첩』, 연변인민출판사, 1975

김창걸, <"부흥회">, 『김창걸 단편소설선집』, 료녕인민출판사, 1982.

김창걸, <강교장>, 『김창걸 단편소설선집』, 료녕인민출판사, 1982.

김창걸, <고향길에서>, 『20세기 중국조선족문학사료전집 제3집』, 중국조선민족
        문화예술출판사, 2003.12.

김창걸, <그들이 가는 길>, 『김창걸 단편소설선집』, 료녕인민출판사, 1982.

김창걸, <기념사진>, 『김창걸 단편소설선집』, 료녕인민출판사, 1982.

김창걸, <기다려지는 마음(등기우편)>, 『20세기 중국조선족문학사료전집 제3집』,
        중국조선민족문화예술출판사, 2003.12.

김창걸, <도망>, 『김창걸 단편소설선집』, 료녕인민출판사, 1982.

김창걸, <두번째 고향>, 『김창걸 단편소설선집』, 료녕인민출판사, 1982.

김창걸, <락제>, 『김창걸 단편소설선집』, 료녕인민출판사, 1982.

김창걸, <마을의 사람들>, 『20세기 중국조선족문학사료전집 제3집』, 중국조선민
        족문화예술출판사, 2003.12.

김창걸, <마을의 승리>, 『20세기 중국조선족문학사료전집 제3집』, 중국조선민족
        문화예술출판사, 2003.12.

김창걸, <무빈골 전설>, 『김창걸 단편소설선집』, 료녕인민출판사, 1982.

김창걸, <붓을 꺽으며>, 『김창걸 단편소설선집』, 료녕인민출판사, 1982.

김창걸, <새로운 마을>, 『20세기 중국조선족문학사료전집 제3집』, 중국조선민족
        문화예술출판사, 2003.12.

김창걸, <새로운 마을>, 『단편소설선집』, 연변인민출판사, 1979

김창걸, <새로운 마을>,『세전이벌』, 연변교육출판사, 1954

김창걸, <세상인심>,『김창걸 단편소설선집』, 료녕인민출판사, 1982.

김창걸, <소표>,『김창걸 단편소설선집』, 료녕인민출판사, 1982.

김창걸, <어머니의 반생>,『김창걸 단편소설선집』, 료녕인민출판사, 1982.

김창걸, <일기의 운명>,『20세기 중국조선족문학사료전집 제3집』, 중국조선민족
        문화예술출판사, 2003.12.

김창걸, <전형>,『김창걸 단편소설선집』, 료녕인민출판사, 1982.

김창걸, <정수와 나>,『20세기 중국조선족문학사료전집 제3집』, 중국조선민족문
        화예술출판사, 2003.12.

김창걸, <지새는 밤>,『김창걸 단편소설선집』, 료녕인민출판사, 1982.

김창걸, <행복을 아는 사람들>,『20세기 중국조선족문학사료전집 제3집』, 중국조
        선민족문화예술출판사, 2003.12.

김창걸, <행복을 아는 사람들>,『세전이벌』, 연변교육출판사, 1954

김 철, <중유발동기>,『창작선집』, 연변교육출판사, 1956

김철수, <제방>,『설령을 넘으며』, 연변인민출판사, 1975

김청화, <계화>,『붉은 수첩』, 연변인민출판사, 1975

김청화, <설령을 넘으며>,『설령을 넘으며』, 연변인민출판사, 1975

김학철, <늪임자>,『뿌리 박은 터』, 연변교육, 1953

김학철, <돌베 나뭇골 사건>,『뿌리 박은 터』, 연변교육, 1953

김학철, <맞지 않은 기쁨>,『뿌리 박은 터』, 연변교육, 1953

김학철, <뿌리 박은 터>,『뿌리 박은 터』, 연변교육, 1953

김학철, <지나 온 다리>,『뿌리 박은 터』, 연변교육, 1953

김해연, <꽃피는 삼월>,『장화꽃』, 연변인민출판사, 1962

김해진, <꽃피는 삼월>,『단편소설선집』, 연변인민출판사, 1979

김해진, <꽃피는 삼월>,『단편소설선집』, 연변인민출판사, 1979

로영림, <풍랑속의 새싹>,『붉은 수첩』, 연변인민출판사, 1975

리근전, <박창권할아버지>,『단편소설선집』, 연변인민출판사, 1979

리근전, <박창권할아버지>,『창작선집』, 연변교육출판사, 1956

리길남, <재해>,『싸우는 사람들』, 연변교육출판사, 1955

리만송, <교사의 붉은 수첩>,『장화꽃』, 연변인민출판사, 1962

리봉렬, <임무>,『우드봉의 매』, 연변인민출판사, 1972

리선근, <화수로 가는길>,『우드봉의 매』, 연변인민출판사, 1972

리왕구, <녀용수관리원>,『우드봉의 매』, 연변인민출판사, 1972

리 웅, <마음>, 『단편소설선집』, 연변인민출판사, 1979
리 웅, <물>, 『우드봉의 매』, 연변인민출판사, 1972
리윤봉, <나의 제도기>, 『창작선집』, 연변교육출판사, 1956
리태수, <무쇠주먹>, 『응모작품집 2』, 연변인민출판사, 1971
리태수, <우두봉의 매>, 『우드봉의 매』, 연변인민출판사, 1972
리홍규, <개선>, 『단편소설선집』, 연변인민출판사, 1979
리홍규, <걸음사건>, 『세전이벌』, 연변교육출판사, 1954
리홍규, <극장에서>, 『세전이벌』, 연변교육출판사, 1954
림옥자, <부녀대장>, 『응모작품집 2』, 연변인민출판사, 1971
림원춘, <도라지꽃>, 『단편소설선집』, 연변인민출판사, 1979
림원춘, <분배를 앞두고>, 『격류』, 연변인민출판사, 1976
마 림, <보섭>, 『세전이벌』, 연변교육출판사, 1954
마 림, <세투리 밭>, 『세전이벌』, 연변교육출판사, 1954
마상욱, <간호자>, 『단편소설선집』, 연변인민출판사, 1979
마상욱, <간호자>, 『창작선집』, 연변교육출판사, 1956
마상욱, <간호장>, 『단편소설선집』, 연변인민출판사, 1979
모길성, <꽃은 새사랑 속에서>, 『세전이벌』, 연변교육출판사, 1954
모길성, <어머니>, 『세전이벌』, 연변교육출판사, 1954
박태하, <사막에서의 조난>, 『단편소설선집』, 연변인민출판사, 1979
백남표, <김동무네와 왕동무네>, 『단편소설선집』, 연변인민출판사, 1979
백남표, <김동무네와 왕동무네>, 『세전이벌』, 연변교육출판사, 1954
백남표, <쌍 무지개>, 『세전이벌』, 연변교육출판사, 1954
백호연, <꽃은 새 사랑속에서>, 『단편소설선집』, 연변인민출판사, 1979
백호연, <꽃은 새사랑 속에서>, 『단편소설선집』, 연변인민출판사, 1979
원시회, <최선생>, 『단편소설선집』, 연변인민출판사, 1979
원시희, <최 선생>, 『단편소설선집』, 연변인민출판사, 1979
원시희, <최 선생>, 『창작선집』, 연변교육출판사, 1956
윤금철, <광석 령감>, 『장화꽃』, 연변인민출판사, 1962
윤금철, <숙질간>, 『단편소설선집』, 연변인민출판사, 1979
윤동호, <영철이 집으로 간다>, 『창작선집』, 연변교육출판사, 1956
윤명철, <폭풍전야>, 『격류』, 연변인민출판사, 1976
임효원, <아이도 혼자서는 못 논다>, 『뿌리 박은 터』, 연변교육, 1953
임효원, <한집안 일>, 『뿌리 박은 터』, 연변교육, 1953

장승환·태신, <수리공 송동무>, 『우드봉의 매』, 연변인민출판사, 1972
정관석, <감화>, 『단편소설선집』, 연변인민출판사, 1979
정반석, <감화>, 『창작선집』, 연변교육출판사, 1956
조병택, <녀운전공>, 『붉은 수첩』, 연변인민출판사, 1975
주선우, <진달래(민담)>, 『창작선집』, 연변교육출판사, 1956
차룡순, <약초캐는 사람들>, 『단편소설선집』, 연변인민출판사, 1979
차중남, <꽃분이와 이쁜이>, 『단편소설선집』, 연변인민출판사, 1979
차창준, <박촌장>, 『뿌리 박은 터』, 연변교육, 1953
최기자, <향양골의 홍매>, 『격류』, 연변인민출판사, 1976
최장춘, <설계도>, 『격류』, 연변인민출판사, 1976
최태욱, <녀방목원>, 『격류』, 연변인민출판사, 1976
최학윤, <녀 총무 주임>, 『세전이벌』, 연변교육출판사, 1954
최학윤, <애숭이 교원>, 『세전이벌』, 연변교육출판사, 1954
최현숙, <나의 사랑>, 『단편소설선집』, 연변인민출판사, 1979
최현숙, <나의 사랑>, 『창작선집』, 연변교육출판사, 1956
최현숙, <새 아침>, 『창작선집』, 연변교육출판사, 1956
최현숙, <이사>, 『뿌리 박은 터』, 연변교육, 1953
최현숙, <첫 승리>, 『세전이벌』, 연변교육출판사, 1954
한덕봉, <격류>, 『격류』, 연변인민출판사, 1976
한수동, <사냥군>, 『장화꽃』, 연변인민출판사, 1962
한수동, <사냥꾼>, 『단편소설선집』, 연변인민출판사, 1979
한원국·윤금철, <상봉>, 『장화꽃』, 연변인민출판사, 1962
허봉남, <밭머리에서>, 『응모작품집 2』, 연변인민출판사, 1971
허해룡, <박참모>, 『장화꽃』, 연변인민출판사, 1962
허해룡, <혈연>, 『단편소설선집』, 연변인민출판사, 1979
현룡순, <누님>, 『단편소설선집』, 연변인민출판사, 1979
황병락, <궤도우에서>, 『격류』, 연변인민출판사, 1976
황병락, <달리는 마음>, 『우드봉의 매』, 연변인민출판사, 1972
황병락, <달리는 마음>, 『응모작품집 2』, 연변인민출판사, 1971
황병락, <붉은 화살>, 『단편소설선집』, 연변인민출판사, 1979
황병락, <붉은 화살>, 『단편소설선집』, 연변인민출판사, 1979
황병락, <첩보>, 『설령을 넘으며』, 연변인민출판사, 1975

참고문헌

국내논문

고병국, 「남·북한 재일동포 정책의 특성과 문제점」, 『민족연구』2, 한국민족연구
　　　원, 1999.
권　철, 「중국 조선족문학 연구현황」, 『아시아문화』13, 한림대학 아시아문화연구
　　　소, 1997.
김관웅, 「중국 조선족문학의 력사적 사명과 당면한 문제 및 그 해결책」, 『비평문학』,
　　　13, 한국비평문학회, 1999.
김송이, 「재일자녀를 위한 총련의 민족교육 현장에서」, 『이중언어학』10, 이중언어
　　　학회, 1993.
김윤식, 「항일빨치산문학의 기원-김학철론」, 『실천문학』, 1998.12.
김응교, 「일본 속의 마이너리티, 재일 조선 시」, 『시작』, 2004년 겨울.
김종호, 「중국 조선족 문학과 김창걸의 소설」, 『한국문화연구』7, 경희대민속학연
　　　구소, 2003.
김종회, 「중국 조선족 문학의 어제와 오늘-한민족 문화권의 새로운 영역」, 『국어국
　　　문학』130, 국어국문학회, 2003.
김중하, 「중국 사회주의 문화정책이 조선족 소설창작 방법에 미친 영향」, 『한국문
　　　학논총』20, 한국문학회, 1997.
김호웅, 「중국 조선족문학의 산맥-김학철」, 『민족문학사연구』21, 민족문학사학회,
　　　2002.
김홍규, 「재일동포들의 민족교육에 대하여」, 『이중언어학』10, 이중언어학회, 1993.
남종영, 「차별을 넘어, 밥그릇을 넘어」, 『한겨레 21』, 한겨레신문사, 205.6.3.
　　　　＜http://zine.media.daum.net/mega/h21/200506/03/hani21/v9251826.html＞
민현기, 「중국 조선족 소설에 나타난 '개혁·개방'의 사회적 의미」, 『동서문화』33,
　　　계명대학교 인문과학연구소, 2003.
민현기, 「중국 조선족 페미니즘 소설 연구」, 『한국문학논총』31, 한국문학회, 2002.
서종택, 「재외 한인 작가와 민족의 이중적 지위」, 『한국한연구』, 고려대학교 한국
　　　학연구소, 1999.
송하춘, 「연변소설 개관(1)」, 『한국학연구』3, 고려대학교 한국학연구소, 1991.
심원섭, 「재일 조선인 시문학에 나타난 자기정체성의 제 양상」, 『한국문학논총』
　　　31, 한국문학회, 2002.

양문규,「중국 조선족의 한국 현대문학 인식 및 향후 수용 전망」,『배달말』 28, 배달말학회, 2001.

오상순,「개혁개방과 중국조선족 여성문학」,『여성문학연구』 7, 한국여성문학회, 2002.

오상순,「이중정체성의 갈등과 문학적 형상화-조선족문학의 어제와 오늘과 내일」, 『현대문학의 연구』 29.

오양호·임향란,「중국조선족문학에 나타난 고향의식」,『국제한인문학연구』 1, 국제한인문학회, 2004.

우한용,「역사적 주체로서의 인식과 실천-이근전 <고난의 년대>론」,『동서문학』, 1990.9.

유명기, 민족과 국민 사이에서: 한국 체류 조선족들의 정체성 인식에 관하여」,『한국문화인류학』35-1, 한국문화인류학회, 2002.

윤상인,「전환기의 재일한국인 문학」,『외국문학』, 열음사, 1994 겨울.

이상갑,「역사증언에의 욕구와 형상화 수준-김학철론(1)」,『한국학연구』 10, 고려대학교 한국학연구소, 1998.

이상갑,「한 민족주의자의 인간주의-김학철론(2)」,『한국학연구』 11, 고려대학교 한국학연구소, 1999.

이영구,「소수적 문학으로서의 재중교포문학」,『중국학연구』 28, 중국학연구회, 2004.

이영미,「가네시로 가즈키의 <고(GO)>에 나타난 '국적(國籍)'의 역사적 의미」,『현대소설연구』37, 한국현대소설학회, 2008. 4.

이재봉,「재일 한인 문학의 존재방식」,『한국문학논총』 32, 한국문학회, 2002. 12.

이진령,「조선인에서 조선족으로: 중국 공산당의 연변 지역 장악과 정체성 변화」, 『중소연구』95, 한양대학교 아태지역 연구센타, 2002.

이진영,「중국 정부가 바라보는 조선족과 조선족 정책」,『교포정책자료』 62, 해외교포문제연구소, 2001.12.

이한창,「민족문학으로서의 재일동포 문학 연구」,『일본어문학』 3, 한국일본어문학회, 1997.6.

이한창,「재일교포 문학 연구」,『외국문학』, 열음사, 1994 겨울.

이한창,「재일교포문학의 주제 연구」,『일본학보』 29, 1992.

이한창,「재일동포 문학에 나타난 한국 여성의 초상」,『한국문학연구』 19, 1997.3.

이한창,「재일동포 조직이 동포문학에 끼친 영향」,『일본어문학』 8, 한국일본어문학회, 2000.3.

이해영, 「<해란강아 말하라.의 창작방법 연구」, 『한중인문학연구』 11, 한중인문학회, 2003.
이호철, 「연변 조선족 소설에 드러나 있는 한국여성상」, 『한국문학연구』 19, 동국대한국문학연구소, 1997.
장병희, 「일제 암흑기의 재만문학연구-김창걸 단편소설을 중심으로」, 『어문학논총』 11, 국민대어문학연구소, 1992.
정덕준, 「개혁개방 시기 재중 조선족 소설 연구-1976-1995년대 전반기 작품을 중심으로」, 『한국언어문학』 51, 한국언어문학회, 2003.
정덕준·김기주, 「재중 조선족소설 전개 양상과 그 특성」, 『한국문학이론과 비평』 21, 한국문학이론과 비평학회, 2003.12.
조남철, 「1930년대 농민소설 연구-김창걸의 농민소설을 중심으로」, 『한국방송통신대학교 논문집』 27, 한국방송통신대학교, 1999.
조남철, 「연변 조선족 소설 연구」, 『한국방송통신대학교 논문집』 34, 한국방송통신대학교, 2002.
조진기, 「일제의 만주정책과 간도문학」, 『배달말』 27, 배달말학회, 2000.
진희관, 「재일동포의 '북송' 문제」, 『역사비평』 61호, 역사비평사, 2002년 겨울.
채 훈 「민족해방과 계급투쟁의 반백년사 - 이근전의 <고난의 년대>」, 『대륙문학 다시 읽는다』, 대륙연구소 출판부, 1992.
최경호, 「재만작가 김창걸론」, 『어문학』 54, 한국어문학회, 1993.
최영호, 「해방 직후의 재일한국인의 본국 귀환, 그 과정과 통제구조」, 『한일관계사연구』 4, 한일관계사학회, 1995.6.
표언복, 「중국 조선족작가 김창걸의 문학 일별」, 『목원어문학』 16, 목원대국어교육과, 1998.
표언복, 「해방을 전후한 창작환경의 차이가 작품에 미친 영향」, 『목원어문학』16, 목원대국어교육과, 1998.12.
한승옥, 「연변 조선족 현대소설에 나타난 갈등 구조 연구」, 『숭실대학교 논문집』 23, 1993.
홍기삼, 「재일한국인 문학론」, 『외국문학』, 1994 겨울.

국내서

『21세기 동북아 한국어문학연구의 현황과 전망』, 숭실어문학회 국제학술대회 발표논문집, 2005. 2.
『재일조선인 조선어문학의 현황과 과제』, 2004년도 제 2회 조선문화연구회 발표

자료집, 2004.12.

강덕상 외,『근·현대 한일관계와 재일동포』, 서울대출판부, 1999.

김게르만,『한인 이주의 역사』, 박영사, 2005.

김경일 외,『동아시아의 민족이산과 도시-20세기 전반 만주의 조선인』, 역사비평사, 2004.

김동춘,『근대의 그늘-한국의 근대성과 민족주의』, 당대, 2000.

김동화·김승철 편,『당대 중국조선족 연구』, 연변인민출판사, 1993.

김상철·장재혁,『연변과 조선족』, 백산서당, 2003.

김상철·장재혁,『연변과 조선족』, 백산서당, 2003.

김승찬 외,『중국 조선족 문학의 전통과 변혁』, 부산대출판부, 1997.

김시준,『중국 당대문학사』, 소명출판, 2005.

김욱동 편,『바흐친과 대화주의』, 나남, 1990.

김욱동,『대화적 상상력-바흐친의 문학이론』, 문학과 지성사, 1988.

김인덕,『우리는 조센진이 아니다』, 서해문집, 2004.

김재용,『북한문학의 역사적 이해』, 문학과지성사, 1994,.

김정일,『재일본조선인 운동과 총련의 임무』, 조선로동당출판사, 2000.

김종수·최건,『중국당대문학사』, 청년사, 1991.

김학렬 외,『재일동포 한국어문학의 전개양상과 특징 연구』, 국학자료원, 2007.

김호웅,『재만조선인문학연구』, 국학자료원, 1998.

류정아,『축제인류학』, 살림, 2003.

문옥표 외,『해외 한인의 민족관계』, 아카넷, 2006.

박종성,『탈식민주의에 대한 성찰』, 살림, 2006, p.31.

설성경 외,『세계 속의 한국문학』, 새미, 2002,

송현호 외,『중국 조선족 문학의 탈식민주의 연구 1』, 국학자료원, 2008.

송현호 외,『중국 조선족 문학의 탈식민주의 연구 2』, 국학자료원, 2009.

신명직,『재일코리안 3색의 경계를 넘어』, 고즈윈, 2007.

신승하,『중국 당대 40년사』, 고려원, 1993.

여홍상 편,『바흐친과 문화이론』, 문학과지성사, 1995.

연변조선족자치주개황 집필소조,『중국의 우리민족』, 한울, 1988.

오상순,『개혁개방과 중국조선족 소설문학』, 월인, 2001.

오양호,『일제강점기 만주조선인 문학연구』, 문예출판사, 1996.

오양호,『한국문학과 간도』, 문예출판사, 1988.

유럽문화정보센터,『축제와 문화』, 연세대학교출판부, 2003.

유숙자, 『재일한국인문학연구』, 월인, 2000.
윤인진, 『코리안 디아스포라』, 고려대학교출판부, 2004
윤재근·박상천, 『북한의 현대문학 2』, 고려원, 1990.
이광규, 『재일한국인-생활실태를 중심으로』, 일조각, 1983.
이광일, 『해방 후 조선족 소설 문학 연구』, 경인문화사, 2003
이재달, 『조선족 사회와의 만남』, 모시는 사람들, 2004.
이진경, 『노마디즘 1』, 휴머니스트, 2002.
이해영, 『중국 조선족 사회사와 장편소설』, 역락, 2006.
임계순, 『우리에게 다가온 조선족은 누구인가』, 현암사, 2003.
임범송 외, 『맑스주의 문학개론』, 나라사랑, 1989.
전성호, 『중국 조선족 문학예술사 연구』, 이회.
정신철, 『한반도와 중국 그리고 조선족』, 모시는사람들, 2004.
조선족략사편찬조, 『조선족약사』, 백산서당, 1989.
조성일·권철 외, 『중국 조선족 문학 통사』, 이회문화사, 1997.
조진기, 『친일문학 연구의 성과와 과제』, 우리말글학회, 2002
채 훈, 『일제강점기 재만한국문학연구』, 『깊은샘』, 1990.
채만식, 『채만식 전집』 6, 창작과 비평사 1989.
채영국 외, 『연변 조선족 사회의 과거와 현재』, 고구려연구재단, 2006.
최우길, 『중국 조선족 연구』, 선문대학교 출판부, 2005.
최형식, 『조선문학사』 13, 사회과학출판사, 1996.
하이브리드 컬쳐연구소, 『하이브리드컬처』, 커뮤니케이션북스, 2008.
한승옥 외, 『재일동포한국어문학의 민족문학적 성격 연구』, 국학자료원, 2007.
홍기삼 편, 『재일한국인 문학』, 솔 출판사, 2001.

역서 및 외서

강상중, 『오리엔탈리즘을 넘어서』, 이경덕·임성모 역, 이산, 1997.
강상중·요시미 순야, 『세계화의 원근법』, 임성모·김경원 역, 이산, 2004.
강재언·김동훈, 『재일 한국·조선인-역사와 전망』, 하우봉·홍석덕 역, 소화, 1995.
고스기 야스시 외 편, 『정체성』, 황영식 역, 한울, 2007.
김병욱 편, 『현대소설의 이론』, 최상규 역, 대방출판사, 1983.
김태영, 『저항과 극복의 갈림길에서』, 강석진 역, 지신산업사, 2005.

니시카와 나가오, 『국민이라는 괴물』, 윤대석 역, 소명출판, 2002.

서경식, 『난민과 국민 사이』, 임성모·이규수 역, 돌베개, 2006.

오자와 유사쿠, 이충호 역, 『재일조선인 교육의 역사』, 혜안, 1999.

코모리 요우이치·타카하시 테츠야 편, 『내셔널 히스토리를 넘어서』, 이규수 역, 삼인, 2000.

천쓰허, 『중국당대문학사』, 노정은·박난영 역, 문학동네, 2008.

치우란, 『중국 당대 문학사』, 중국어문연구회 역, 고려원, 1994.

Anderson, Benedict, 『상상의 공동체』, 윤형숙 역, 나남출판, 2002.

Assman, Aleida, 『기억의 공간』, 변학수 외 역, 경북대학교출판부, 2003.

Bhabha, Homi K., 『문화의 위치』, 나병철 역, 소명출판, 2002.

Chanda, Nayan, 『세계화, 전지구적 통합의 역사』, 유인선 역, 모티브, 2007.

Childs, Peter·Patrick Williams, 『탈식민주의 이론』, 김문환 역, 문예출판사, 2004.

Gellner, E., *Nations and nationalism*, Oxford: Basil Blackwell, 1983.

Gennep, Arnold Van, 『통과의례: 태어나면서부터 죽은 후까지』, 전경수 역, 을유문화사, 1985.

Mrson, Gary Saul·Caryl Emerson, 『바흐친의 산문학』, 오문석·차승기·이진형 역, 책세상, 2006.

Spivak, Gayatri Chakravorty, 『경계선 넘기』, 문화이론연구회 역, 인간사랑, 2008.

Pinker, Steven, 『언어본능』, 김한영·문미선·신효식 역, 그린비, 1998.

아주대학교 인문과학연구소

이주문화연구총서 **1**

민족의 기억과 재외동포소설

초판인쇄 2009년 10월 10일
초판발행 2009년 10월 19일

저자 김형규

발 행 인 윤석원
발 행 처 도서출판 박문사
책임편집 이혜영
등록번호 제2009-11호

우편주소 서울시 도봉구 창동 624-1 현대홈시티 102-1206
대표전화 (02) 992 / 3253
팩시밀리 (02) 991 / 1285
전자우편 bakmunsa@hanmail.net

ⓒ 김형규 2009 All rights reserved. Printed in KOREA

ISBN 978-89-94024-12-7 93810　　　　　　　　정가 17,000원